AF398351

Evelyn James ist das Pseudonym von Sophie Jackson. Seit 2003 ist Sophie Schriftstellerin und hat als Journalistin angefangen, und Geschichtsbücher und Artikel verfasst. Mit dem ersten Clara-Fitzgerald-Roman betrat sie 2012 den digitalen Buch markt. Seitdem hat sie innerhalb der Reihe mehr als 30 Bücher sowie eine Spin-Off-Serie The Gentleman Detective Mysteries geschrieben.

Sie ist eine produktive Autorin, die in vielen verschiedenen Genres schreibt und sich stark von ihrer Leidenschaft für seltsame Geschichte inspirieren lässt. Sie lebt in Suffolk, England, und wenn sie nicht gerade schreibt, unternimmt sie meist lange Strandspaziergänge mit ihren Hunden.

EVELYN JAMES

MORD IST FAMILIEN SACHE

Ein Fall für
Miss Fitzgerald

Deutsche Erstausgabe Oktober 2024

Copyright © 2014, Red Raven Publications
Titel des englischen Originals: Murder in Mink (A Clara Fitzgerald
Mystery 3)

Copyright © 2024 dp Verlag, ein Imprint der
dp DIGITAL PUBLISHERS GmbH
Made in Stuttgart with ♥
Alle Rechte vorbehalten

Mord ist Familiensache

ISBN 978-3-98998-470-7
E-Book-ISBN 978-3-98998-248-2

Übersetzt von: Lennart Janson
Covergestaltung: Emily Bähr
Umschlaggestaltung: ART.Core Design
Unter Verwendung von Abbildungen von
© Pedal to the Stock, © Peter Zijlstra, © Wirestock Collection, © Ka-
thySG, © merrymuuu
Lektorat: Katrin Ulbrich
Satz: dp DIGITAL PUBLISHERS GmbH
Druck und Bindung: Books on Demand GmbH, Norderstedt

Kapitel 1

Clara war zu dem Schluss gekommen, dass Automobile ein überaus unerfreuliches Fortbewegungsmittel waren; insbesondere, wenn sie offen waren, sodass man seinen Hut mit aller Kraft festhalten musste. Außerdem zog sie es vor, die Augen geschlossen zu halten, für den Fall, dass sich irgendein Tier auf die Straße verirrte. Vor einigen Kilometern hatte ein Landarbeiter den Zorn des Fahrers auf sich gezogen, weil er so dreist gewesen war, auf der Straße zu laufen. Diese rüpelhafte Reaktion hatte Clara verblüfft, doch es kam ihr so vor, dass alle „Automobilliebhaber" so fuhren und alle anderen Menschen auf der Straße so behandelten. Sie fragte sich, wie es eine solche unbeseelte Maschine schaffte, die schlimmsten Wesenszüge der Menschen zum Vorschein zu bringen.

Claras Bruder Tommy saß neben dem Fahrer und beobachtete jeden Schaltvorgang und jede Lenkradbewegung mit der Aufmerksamkeit eines Mannes, der sich ein eigenes Automobil wünschte. Tommy war als Krüppel aus dem Krieg zurückgekehrt, doch was er alles tun würde, wenn er nur seine Beine benutzen könnte! Er liebte Automobile, dachte Clara. Wenn er doch nur diesen Arzt aufsuchen würde, der glaubte, ihm helfen zu können!

Sie nahmen eine scharfe Kurve und erreichten ein Dorf. Der Fahrer war nicht älter als achtzehn, davon war Clara überzeugt, und er hupte laut, als müsse jeder erfahren, dass er da war. Einige Menschen traten zur Seite, während andere ihm böse Blicke zuwarfen. Clara versuchte, sich an seinen Namen zu erinnern. Jimmy oder Timmy, auf jeden Fall irgendetwas, das auf „y" endete. Er hatte sie vom Bahnhof abgeholt, entsprechend der Anweisung seiner Arbeitgeber, der Familie Campbell (zu der auch Claras und Tommys Cousins gehörten). Mit dem Automobil sollten sie dann zum Landsitz der Campbells gebracht werden. Clara hatte so etwas schon befürchtet, da sie vernommen hatte, dass die Campbells etwas für moderne Dinge übrighatten und mindestens zwei Automobile besaßen.

Sie schloss die Augen, während das Fahrzeug im Zickzack den schmalen Weg zwischen zwei Cottages entlangraste. Der Durchgang konnte gar nicht breit genug für das Automobil sein, doch Jimmy oder Timmy wurde kaum langsamer.

Die ganze Angelegenheit hatte Clara sehr beschäftigt, seit vor zwei Wochen der Brief angekommen war. Abgesehen vom traditionellen Austausch von Weihnachtskarten hatte sie seit Jahren nicht mehr an die Familie Campbell gedacht. Ihr Großvater hatte eine Schwester Namens Rosalie gehabt, die Josiah Campbell geheiratet hatte, den Erben eines erfolgreichen Kohleförderunternehmens. Rosalie war zusammen mit Josiah in den Norden gezogen und hatte zwei Söhne zur Welt gebracht, während ihr Bruder etwas zurückhaltender gewesen war und nur ein Kind gezeugt hatte – Claras Vater. Um 1900 hatte Josiah Campbell die aufsteigenden Probleme in der Kohleindustrie kommen sehen und seine Mine für eine absurde Summe verkauft. Ein großer Glücksgriff. Binnen weniger Jahre war der Kohlemarkt eingebrochen und der Krieg hatte weitere Katastrophen mit sich gebracht: Die Preise fielen, Arbeiter mussten entlassen werden und Kohleminen wurden schnell von der goldenen Gans zu nutzlosem Besitz, der nur Geld verschlang.

Josiah Campbell hatte seine Entscheidung nie bereut. Das Geld hatte er investiert und es erst verdoppelt und dann verdreifacht. Es gab Gerüchte über zwielichtige Geschäfte während des Krieges, doch man hatte ihm nie etwas nachweisen können. Als Josiah 1918 gestorben war – in dem Wissen, dass seine drei Enkelkinder den Krieg überlebt hatten – war er Multimillionär gewesen. Seine Söhne hatten das Vermögen gerecht unter sich aufgeteilt. Jetzt, zwei Jahre später, stand eine Hochzeit ins Haus: Das älteste Enkelkind Andrew würde am Samstag heiraten und zu diesem Anlass mussten sämtliche Familienzweige versammelt werden, selbst die entfernten Cousins und Cousinen.

Natürlich war Clara ein wenig angespannt. Hogarth Campbell war der jüngere von Josiahs Söhnen und hatte Kontakt zu Claras Vater gepflegt, da die beiden in ihrer Kindheit mal einen Sommer zusammen verbracht hatten.

Nach dem Tod von Claras Eltern war ein überschwänglicher Brief von Hogarth eingetroffen, in dem er den Verlust bitterlich betrauert hatte. Sie hatte ihn und seine Frau Glorianna wohl bei der Beerdigung ihrer Eltern zum letzten Mal gesehen. Dann waren da noch die Kinder gewesen: Andrew, Penelope (Peg) und Susan. Clara erinnerte sich dunkel daran, sie am Ende des Trauerzugs gesehen zu haben. Andrew hatte

Uniform getragen, da er auf Heimaturlaub gewesen war, während Peg und Susan zueinander passende, schwarze Kleidung getragen hatten und noch wie Schülerinnen gewirkt hatten. Sie mussten jetzt achtzehn und zwanzig sein. Clara fragte sich, ob sie sie wiedererkennen würden.

Das Automobil fuhr zwischen zwei steinernen Torpfosten hindurch, die mit brüllenden Löwenköpfen verziert waren. Der Fahrer trat aufs Gas, sodass sie Kies aufwirbelten, während sie die Zufahrt hinauffuhren. Clara traute sich, einen Blick in die Gegend zu werfen. An beiden Enden des Rasens standen dekorative Kiefern, unter denen Stühle aufgestellt worden waren, und in einer Ecke hatte man alles für eine Partie Krocket aufgebaut und dann zurückgelassen. Vögel trällerten in den Baumkronen, doch Clara fiel auf, dass es keine Blumenbeete gab, was sie enttäuschte. Der April war dem Mai gewichen und es war die Zeit der Blüten. Ein so großer Garten ohne Blumen kam ihr eigenartig vor.

Ein Haus im neoklassischen Stil ragte vor ihnen auf. Der Fahrer lenkte das Automobil um die enge Kurve der Auffahrt und hielt vor der Haustür. Clara sprang hinaus, noch ehe er die Handbremse angezogen hatte, da sie nicht davon überzeugt war, dass er nicht auf der Stelle weiterrasen würde. Ein Butler kam die Vortreppe herunter, um sie in Empfang zu nehmen.

„Miss Fitzgerald?"

„Ja."

Der Butler hob eine Hand und zwei junge Männer kamen heran, um das Gepäck aus dem Fahrzeug zu holen.

„Mein Bruder braucht Hilfe."

Der Butler lächelte ihr wissend zu, ging persönlich um das Automobil herum, holte den Rollstuhl heraus und half Tommy hinein.

„Danke, alter Junge", knurrte Tommy, während man ihm in den Stuhl half.

„Sehr gern, Sir. Düfte ich Sie bitten, mir zu folgen? Mir wurde aufgetragen, Sie in den Sommersalon zu führen, wo die Familie auf Ihr Eintreffen wartet."

Clara wurde zunehmend nervös. Normalerweise machte sie sich keine großen Sorgen um ihr Auftreten, doch sie hatte den eigenartigen Wunsch, bei ihren Cousins einen guten Eindruck zu machen. Sie fasste sich einem Automatismus folgend an den Hut, strich ihren Rock glatt und richtete den Stoff, der an ihrer Hüfte heraufgerutscht war und beinahe verriet, dass sie eine gute Figur hatte. Leider war sie nicht davon überzeugt, dass sie gut genug war.

„Hier entlang, bitte." Der Butler hüstelte höflich, während er dabei war, Tommy in seinem Rollstuhl die Treppe heraufzuziehen.

Jimmy oder Timmy der Fahrer fuhr mit dem Automobil davon. Jetzt gab es kein Entkommen mehr. Clara wappnete sich und ging dem Wiedersehen mit ihren Cousins entgegen.

Kapitel 2

„Tommy, du siehst prächtig aus!" Glorianna Campbell kam in extravaganten, hochhackigen Schuhen und einem Kleid, das Clara jüngst in einer Werbeanzeige für Harrods gesehen hatte, über den Teppich gefegt. Sie war schon über vierzig, doch sie war die zweite Ehefrau, was ihr eine Ausrede gab, um Kleider zu tragen, die an ihren Stieftöchtern angemessener ausgesehen hätten.

Sie kam heran, die Arme in einer theatralischen Geste weit ausgebreitet, und umarmte Tommy mit falscher Begeisterung, wobei sie ihm einen Kuss auf die Stirn gab und dort mit ihrem Lippenstift einen Fleck hinterließ.

„Oh, Clara, du siehst toll aus! Die längeren Haare stehen dir gut!"

Clara wurde auf die gleiche Weise umarmt und mit einem Kuss auf beide Wangen bedacht. Gloriannas Augen leuchteten ein wenig zu hell.

„Es freut mich so sehr, dass ihr es einrichten konntet. Es ist schon viel zu lange her, dass wir uns das letzte Mal gesehen haben. Ich sagte schon zu Hogarth, dass nie wieder so viel Zeit ohne einen Besuch vergehen darf! Drinks?"

„Nur einen Gin Tonic ... mit wenig Gin", sagte Clara.

„Oh, mach doch einen Cocktail daraus!" Glorianna strahlte. „Peg mixt vortreffliche Getränke. Peg, wie hieß dieser neue Cocktail, den du vergangenes Jahr aus Amerika mitgebracht hast? Ein Mississippi? Ein New York?"

„Ein Boston Belle." Peg hatte lässig am anderen Ende des Raumes am Kaminsims gelehnt und kam jetzt zu ihrer Stiefmutter herüber.

Clara hätte sie auf den ersten Blick überhaupt nicht erkannt. Das Schulmädchen gehörte definitiv der Vergangenheit an. Peg trug eine Hose und ihr Haar war so kurz geschnitten, dass es gerade so ihre Ohrläppchen erreichte. Sie war auffällig androgyn in ihrem Auftreten und strahlte nicht ein bisschen Weiblichkeit aus, wie sie so in ihren absatzlosen Schuhen dastand; doch als maskulin hätte man sie nun auch nicht beschreiben können.

„Ich werde ihn mixen", bot Peg an, während sie Clara und Tommy zulächelte. „Glory vertut sich immer bei den Mengen."

„Ich dachte, unsere amerikanischen Freunde hätten Alkohol verbannt?", merkte Tommy an.

„In der Tat. Seit Januar gibt es die Prohibition. Ich war allerdings von Oktober bis Dezember dort, so sind mir diese Schrecken erspart geblieben. Mir tun all diese armen Trinker leid. Was sollen sie nur tun?" Peg grinste schalkhaft.

„Ich schätze, ihr habt Peg nicht mehr gesehen, seit sie ein kleines Mädchen war, oder?" Glorianna verzog ganz leicht das Gesicht, doch das mochte auch Zufall gewesen sein.

Clara warf Tommy einen Blick zu, der sich kein bisschen an Pegs Äußerem zu stören schien.

„Peg, bist du eine dieser modernen Frauen, die Männer nicht ausstehen können?", fragte er so direkt, dass selbst Clara davon überzeugt war, er müsse damit einen Fauxpas begangen haben.

Glorianna verspannte sich, wodurch die Konturen ihres Kleides deutlich gerader wurden. Peg hingegen lachte laut los.

„Sei nicht albern, Tommy. Ich mag Männer, solange sie nicht von mir erwarten, sie zu heiraten." Sie hielt ihm ein Glas mit einer klaren Flüssigkeit hin. „Wie steht es mit dir?"

„Geht mir genau so." Tommy grinste.

Die angespannte Situation war entschärft und niemand schien sich beleidigt zu fühlen. Tatsächlich bekam Clara den Eindruck, dass Tommy bereits Gefallen an Peg gefunden hatte.

„Du warst also in Amerika?"

„Nur kurz. Es hat mir nicht gefallen. Dort laufen zu viele Gangster herum, ohne dass sich die Polizei daran stören würde. Allerdings wissen die Amerikaner, wie man gute Cocktails macht."

„Gangster?"

„Amerikaner!"

Clara nippte vorsichtig an ihrem Getränk. Der Cocktail schmeckte recht süß und hatte einen leicht bitteren Nachgeschmack. Welcher Alkohol auch immer darin sein mochte, er war gut versteckt, was vermutlich bedeutete, dass es sich um ein überaus berauschendes Getränk handelte.

„Hogarth? Willst du nicht Hallo sagen?" Glorianna winkte einen dicken Mann heran, der sich zu ihrer Rechten im Hintergrund gehalten hatte, bis sich der Wirbel um Peg gelegt hatte.

Jetzt trat er gut gelaunt vor.

„Clara, meine Liebe! Sieh dich nur an! Ich habe dich noch als kleines Mädchen vor Augen. Du hast eine Puppe im Kinderwagen herumgeschoben und dich geweigert, deine Karotten zu essen. Jetzt bist du erwachsen!"

Hogarth war so übergewichtig, dass sich die Ärzte gewiss Sorgen machten und ihm Flüssignahrung und körperliche Ertüchtigung verschrieben. Er war sehr breit, hatte ein gerötetes Gesicht und schwitzte leicht, nur weil er seinen massigen Körper herumschleppen musste. Doch er war freundlich und gab sich einladend. Er umarmte Clara und sie roch nichts als Seife und Rasierwasser. Sein Blick wirkte heiter und er schien sich aufrichtig über ihre Anwesenheit zu freuen.

„Dein Vater wäre sehr stolz." Er schob sie auf Armlänge von sich, um sie besser betrachten zu können, und in seinem Augenwinkel hing eine Träne. „Der arme Albert."

„Hogarth, mach dich nicht unglücklich. Dies ist ein heiterer Anlass." Glorianna tätschelte liebevoll seinen Arm. „Du erinnerst dich noch an Andrew und Susan, oder, Clara?"

Hogarths andere Kinder verschwanden beinahe hinter seiner breiten Figur. Andrew war groß und schlank; das genaue Gegenteil seines übergewichtigen Vaters. Er wirkte ein wenig hochmütig und lächelte nicht, als er Clara die Hand gab. Für einen Bräutigam wirkte er nicht allzu begeistert. Susan war quirlig und ihrem Vater recht ähnlich. Sie packte Claras Hand und betonte immer wieder, wie sehr sie sich freute ... über alles; die Hochzeit, Claras Besuch, die Feiern, das Essen, die Kleider ... einfach alles. Clara vermutete, dass einem schwindelig werden konnte, wenn man zu viel Zeit in Susans Gesellschaft verbrachte. Da alle im Raum einander begrüßt hatten, widmete sich Glorianna wieder ihren Aufgaben als Gastgeberin.

„Ihr werdet jetzt gewiss auf eure Zimmer gehen wollen, um euch vor dem Abendessen frisch zu machen. Wir essen um sieben, aber um sechs gibt es Cocktails. Wir erwarten heute Abend auch noch Onkel Eustace. Erinnert ihr euch an ihn?"

Clara konnte sich den älteren der Campbell-Brüder nicht ins Gedächtnis rufen; sie war der Meinung, dass er nicht bei der Beerdigung ihrer Eltern gewesen war.

„Das macht auch nichts. Ihr werdet ihn bald kennenlernen. Wir sind beim Essen nicht allzu förmlich. Oh, beinahe hätte ich es vergessen. Die gute Laura wird auch hier sein. Sie ist die Braut."

Clara und Tommy wurden zu ihren Zimmern geführt (die sich Tommy zuliebe im Erdgeschoss befanden), und waren nach dieser Begegnung mit den Campbells ein wenig benommen. Peg hatte die Ehre, ihnen ihre Zimmer zu zeigen, und schob Tommy dabei vor sich her, als würde sie ihn schon seit Ewigkeiten kennen.

„Was hältst du von uns?", fragte sie.

Clara hob den Blick.

„Wie bitte?"

„Nun, du bist eine Detektivin, nicht wahr? Eine tolle Sache, übrigens. Aber da musst dir doch deine Gedanken machen, wenn du diesen Haufen siehst."

Clara wollte das nicht bestätigen, doch Tommy war etwas redefreudiger.

„Clara lässt sich nicht gern in die Karten schauen, aber ich nehme an, du hast dir eigene Gedanken gemacht, Peg."

„Ich denke so Einiges, aber ich glaube, das liegt daran, dass ich so lange in Amerika war und mich an Orten aufgehalten habe, wo Gangster ihr Unwesen treiben. Ihr müsst wissen, dass man da drüben sehr vorsichtig sein muss, da man nie weiß, wer der Böse ist. Doch man spürt ständig die unterschwellige Spannung. Und als ich nach Hause kam, nun ja, ich weiß auch nicht, aber hier schien ich die gleiche Spannung wahrzunehmen."

„Das liegt vermutlich nur an der Hochzeit", entgegnete Clara. „Bei einem solchen Anlass wird jeder nervös."

„Nun ja, du bist noch nicht lange hier. Mit der Zeit wirst du sehen, was ich meine." Peg blieb vor ihren Zimmern stehen. „Irgendetwas ist hier faul. Vielleicht plant einer von ihnen einen Mord!"

Peg lachte lauthals los, doch Clara wusste nicht, was daran amüsant sein sollte. In den vergangenen Monaten war sie in zwei Mordfälle verwickelt worden, einer aktuell und einer aus der Vergangenheit. Und an diesen Fällen war absolut gar nichts amüsant gewesen.

„Nun, wir sehen uns am Abend wieder. Wiedersehen." Peg winkte und überließ es ihnen, sich in ihren Zimmern umzusehen.

Clara schob Tommy in seinen Raum.

„Ich hoffe, diese Sache, die man über Polizisten sagt, trifft nicht zu; dass sie niemals Urlaub haben, weil ihnen die Arbeit immerzu folgt", sagte Tommy.

Clara schaute in neugierig an.

„Warum?"

„Weil das auch auf Detektive und Detektivinnen zutreffen könnte."

„Ach, sei nicht albern." Clara verdrehte die Augen. „Wir besuchen eine Hochzeit. Es gibt nicht viel, was Mordgedanken ferner sein könnte. Wir müssen nur das Wochenende überstehen, dann können wir nach Hause zurückkehren."

„Ja, du hast recht." Tommy schüttelte seine düstere Stimmung ab. „Peg hat eine ganz eigene Art, nicht wahr?"

„Ich vermute, dass sie andere gern schockiert."

„Das bezweifle ich nicht. Aber wenigstens ist sie lebhaft." Tommy schaute sich in seiner Unterkunft um. „Hast du dich je gefragt, wie es wäre, wenn unser Großvater derjenige mit dem Vermögen gewesen wäre?"

Clara warf einen Blick auf die grünen Vorhänge und nahm den schwachen Geruch nach frischer Farbe wahr, der noch in der Luft lag.

„Ich versuche, es zu vermeiden. Das Leben ist mit Geld viel komplizierter."

Kapitel 3

Laura Pettibone verfügte über etwas zu viel Geld und nicht über genug gesunden Menschenverstand. Sie tauchte in einem paillettenbesetzten Kleid zum Abendessen auf, das eher einem Unterkleid glich und in Falten über ihre unnatürlich flache Brust fiel. Ihr hübsches, blondes Haar war kurzgeschnitten und eine Locke hing ihr neckisch in die Stirn. Sie drehte sich, um auf Hogarths Wunsch hin ihr Kleid zu präsentieren, woraufhin der alte Mann schallend loslachte und sich laut fragte, was nur aus der Welt geworden sei. Die lebhafte Susan begrüßte Laura wie eine lange verschollene Schwester. Sie konnte nicht an Lauras Glanz heranreichen, dafür war sie viel zu unscheinbar, doch sie hatte ihr Bestes gegeben, mit grünem Samt und Perlen.

Laura kicherte und gab jedem die Hand, bis sie ihren Verlobten erreichte, der sie mit einem zärtlichen Kuss auf die Wange begrüßte. Gleichzeitig lächelte er zum ersten Mal an diesem Abend.

Clara beobachtete Laura aus sicherer Entfernung – ihr Glanz war ein wenig überwältigend – und fragte sich, was dieses ungleiche Paar zusammengebracht hatte. Andrew musste bestimmt zehn Jahre älter sein als seine Braut, zumindest nach Claras Einschätzung. Er passte so gut zu Laura wie eine Maus zur Katze. Doch als Laura aufgetaucht war, hatte sich etwas in ihm verändert. Seine Muskeln hatten sich entspannt, sein Gebaren war lockerer geworden und er wirkte jetzt beinahe menschlich.

„Was hältst du von ihr?" Peg kam mit Tommy zu ihr. Sie war ihm den ganzen Abend nicht von der Seite gewichen, als wäre Tommy ein Schild gegen die ungebändigte Weiblichkeit, von der sie umgeben waren. Selbst Glorianna hatte Mascara aufgetragen.

„Sie ist nicht ganz das, was ich erwartet hatte", gab Clara zu.

„Viel Schein, wenig Sein", sagte Peg unverblümt.

„Macht das etwas aus?" Tommy grinste sie beide an.

Peg und Clara tauschten einen Blick.

„Typisch Mann."

„Ich weiß."

„Wollen wir mal sehen, was all der Glanz bringt, wenn die erste Krise ins Haus steht." Peg schüttelte den Kopf. „Manchmal verzweifle ich am weiblichen Teil der Menschheit."

„Es ist genug Platz in dieser Welt, für glanzvolle Frauen und stumpfere Exemplare wie uns, Peg." Clara lächelte.

„Warte nur ab, bis du dich ein wenig mit ihr unterhalten hast!" Peg ging sich noch einen Cocktail machen.

„Du hast eine neue Freundin gefunden." Clara grinste Tommy an, sobald die Luft rein war.

„Peg ist gute Gesellschaft. Wusstest du, dass sie einen Rennwagen hat?"

„Wirklich?"

„Ja, oben an der Rennstrecke Brooklands. Andrew besitzt auch einen. Übrigens: Sie würde es zwar nicht zugeben, doch Peg ist schrecklich eifersüchtig auf all diesen Hochzeitstrubel."

Das überraschte Clara.

„Ich hätte nicht gedacht, dass sie sich daraus etwas macht."

„Anscheinend doch. Peg ist ein komplexes Wesen, und trotz ihres Auftretens ist sie immer noch eine Frau."

Sie wurden von dem Butler zum Essen geführt, der sie auch bei der Ankunft begrüßt hatte. Die frühen Cocktails waren Clara etwas zu Kopf gestiegen und ihr war ein wenig schwummrig, als sie neben Andrew Platz nahm; beinahe direkt gegenüber seiner zukünftigen Ehefrau.

„Ich bin so froh, dass Sie der Hochzeit beiwohnen werden, Clara", sprudelte es aus ihr heraus, kaum dass alle saßen. „Als wir mit der Hochzeitsplanung anfingen, befürchtete ich schon, dass wir überhaupt keine Gäste haben würden. Mein Vater hat nicht mehr viele Verwandte, die noch am Leben sind, oder irgendetwas anderes als steinalt. Und Freunde hat er auch keine. Ich muss mich darauf verlassen, dass Andrew die Kirche mit Gästen füllen kann."

„Wer ist Ihr Vater?", fragte Clara höflich, während sie erleichtert feststellte, dass eine leichte Suppe in kleinen Schüsseln serviert wurde. Sie wusste wieder, warum sie so selten Alkohol trank.

„Meinem Vater gehört die neue Gummifabrik. Und, nun ja, davor hat er auch noch andere Dinge gemacht. Aber seit 1918 ist er im Gummigeschäft. Er macht Reifen; dadurch habe ich Andrew kennengelernt. Mein Vater führt seine Reifen in Brooklands vor."

„Und Ihre Mutter?" Clara traute sich, einen Löffel von der Suppe zu kosten.

„Die ist mit einem Handelsreisenden durchgebrannt, als ich noch ein Kind war. Das hat mir zumindest mein Vater so erzählt. Sie schreibt mir nie."

Diese direkte Antwort ließ Clara kurz zögern. Laura schien die Wirkung ihrer Offenheit gar nicht zu bemerken. Sie schien sich nicht darüber bewusst zu sein, wie ungewöhnlich es war, so unverblümt zu sprechen.

„Mein Vater verwöhnt mich nach Strich und Faden, weil sie fort ist. Er wird mich sehr vermissen, wenn ich mit Andrew ein neues Leben anfange. Ich habe ihm versprochen, dass wir ihn oft besuchen kommen. Ich glaube, sonst würde er das nicht aushalten."

Andrew hatte während dieser gesamten Unterhaltung geschwiegen und seine Suppe gelöffelt. Jetzt hob er den Blick.

„Er wird bestens zurechtkommen, Laura. Seine Fabrik wird ihn beschäftigt halten."

„Aber wir werden ihn besuchen, oder?"

„Gelegentlich. Zu Weihnachten und ähnlichen Anlässen."

Laura schien ein wenig in sich zusammenzusinken. Sie rührte eine Weile in ihrer Suppe herum und die Unterhaltung erstarb, sodass Clara hören konnte, was am anderen Ende des Tisches vor sich ging.

„Penelope, meine Liebe, du wirst am Samstag ein Kleid tragen, und einen hübschen Hut", sagte Glorianna.

„Das ist doch verdammter Unsinn! Warum sollte ich bei einer Hochzeit ein Kleid tragen müssen? Ich bin nicht die Braut!"

„Achte auf deine Wortwahl, junge Dame", grummelte Hogarth in seine Suppe. „Du wirst tun, was deine Mutter sagt."

„Bitte bezeichne Glory nicht als meine Mutter." Peg klang eher genervt als wütend.

„Sie ist so gut wie deine Mutter. Abgesehen davon geht es am Samstag um deinen Bruder, nicht um dich."

Die wütende Unterhaltung verebbte, als Laura gerade wieder zum Leben erwachte.

„Peg sagte, dass Sie eine Detektivin sind, Clara. Stimmt das?"

„Das stimmt." Clara legte ihren Löffel ab, obwohl sie die Suppe kaum angerührt hatte.

„Sie ermitteln bei Verbrechen? Wie in den amerikanischen Romanen?"

„Manchmal. Aber ich suche auch verschwundene Katzen, verschollene Verwandte und kläre alle möglichen banalen Probleme. Vergangene Woche hat eine Dame mich angeheuert, um ein Strickmuster ausfindig zu machen, das sie haben wollte."

„Das klingt recht langweilig", warf Andrew ein und Clara hörte den spöttischen Unterton.

„Nur teilweise. Ich helfe eben gerne Menschen, und manche von uns müssen ohne reichen Vater auskommen." Sie bereute die Worte, noch während sie sie aussprach. Sie biss sich reumütig auf die Zunge. Ihr Temperament würde eines Tages noch ihr Untergang sein. Es meldete sich besonders dann, wenn andere ihre Arbeit schlechtredeten.

„Ich bin mir sicher, dass es ein interessanter Beruf ist." Laura schaltete sich als Friedensstifterin ein. „Mussten Sie je einen Mörder finden?"

„Ja. Schon zweimal."

„Siehst du? Das ist doch aufregend!"

Plötzlich hämmerte jemand gegen eine Tür und alle Gäste schauten auf. Das Geräusch schien aus der Eingangshalle gekommen zu sein, und kurz darauf konnten sie hören, wie die Haustür geöffnet wurde und jemand eintrat.

„Ist das ..." Glorianna wurde blass. „Ich dachte, er hätte zugestimmt, erst nach dem Abendessen zu kommen."

„Du weißt, wie Eustace mit Zeitvorgaben ist. Aber irgendwann musste er so oder so auftauchen", sagte Hogarth beschwichtigend.

Clara blickte sich neugierig am Tisch um, in der Hoffnung, jemand würde die plötzliche Anspannung im Raum erklären. Sie begegnete kurz Pegs Blick, doch falls sie im Sinn gehabt hatte, etwas zu sagen, wurden diese Pläne durchkreuzt, als die Tür des Speisezimmers aufflog und ein Riese von einem Mann hereingestürmt kam.

Onkel Eustace war über zwei Meter groß und hatte Hogarths Dimensionen, wenn auch nicht im gleichen Extrem. Er war außerdem cholerisch und trank oft zu viel. Das war die besten Eigenschaften, an die Clara sich noch aus seltenen Anmerkungen erinnern konnte, die sie zu Hause aufgeschnappt hatte. Er blickte sich wie ein rasender Irrer im Raum um.

„Ihr habt ohne mich angefangen?"

„Eustace! Was für eine Überraschung!" Glorianna erhob sich und bedeutete Hogarth, einen weiteren Stuhl zu holen. „Ich hatte dich nicht vor neun Uhr erwartet."

„Das weiß ich. Deshalb bin ich früher gekommen. Ich wusste, dass ihr ohne mich essen würdet. Was ist los, Glorianna? Schämst du dich für mich? Willst du nicht, dass ich an deinem prächtigen Esstisch sitze und vielleicht etwas Peinliches sage?"

Glorianna lief tiefrot an, fächelte sich verlegen mit einer Hand Luft zu und warf ihren Gästen ein angespanntes Lächeln zu.

„Unsinn, Eustace, ich dachte nur an die Zugfahrpläne, mehr nicht."

„Du warst noch nie eine gute Lügnerin, Glorianna." Eustace kam mit schweren Schritten in den Raum. Als er an Clara vorbeikam, nahm die eine Bierfahne wahr. „Es ist mir eigentlich egal, weißt du? Ich bin es gewohnt. Mein Vater hat sich auch immer für mich geschämt."

„Vielleicht wäre das anders, wenn du nicht ständig stinken würdest wie eine Brauerei", knurrte Hogarth, während er seinen Bruder zu einem Stuhl scheuchte, den er rasch zwischen sich und seine Ehefrau gestellt hatte.

„Ich hatte einen kleinen Drink, bevor ich in den Zug gestiegen bin." Eustace ließ sich unter besorgniserregendem Knarren auf den Stuhl sinken. „Ich hasse es, zu warten. Mit ein oder zwei Bier lässt sich die Zeit vertreiben."

„Oder fünf." Andrew zog eine Grimasse.

„Andrew! Hogarth!" Glorianna warf den beiden Männern ernste Blicke zu. „Eustace ist unser Gast und ich will nichts mehr von eurem Gerede hören."

„Die gute, alte Glory ... immer versucht sie, den Frieden zu wahren. Man hätte dich im Krieg nach Frankreich schicken sollen. Es hätte einige unserer Männer gerettet, wenn du die verdammten Hunnen hättest beschwichtigen können." Eustace lachte herzlich, doch niemand am Tisch stimmte ein.

„Suppe, Eustace?" Glorianna bedeutete einem der Bediensteten, ein zusätzliches Gedeck zu bringen.

„Wenn es dir nichts ausmacht, nehme ich gleich das richtige Essen." Eustace zwinkerte den Gästen theatralisch zu, dann landete sein Blick auf Peg. „Wer ist dieser Kerl? Ich habe ihn noch nie zuvor gesehen."

„Das ist Penelope", sagte Hogarth mit unverhohlener Wut.

„Ich dachte, Penelope wäre ein Mädchenname."

„Das *ist* er."

Clara begegnete Tommys Blick. Er war von Onkel Eustaces Auftritt halbwegs amüsiert, doch der Rest der Familie offensichtlich nicht.

„Wo ist die zukünftige Braut?" Eustaces Blick wanderte um den Tisch herum und blieb kurz an Clara hängen, bis Laura sich selbst vorstellte.

„Ich bin die Braut!" Sie kicherte und streckte eine Hand aus, die Eustace über den Tisch hinweg nur unter Anstrengung erreichte. „Schön, Sie kennenzulernen, Onkel Eustace. Ich bin Laura."

„Na, du bist vielleicht ein Augenschmaus, was?" Eustaces Augen waren groß geworden. „Wie in aller Welt hast du dir die geschnappt, Andrew?"

Glorianna versuchte, alle mit dem eintreffenden Hauptgericht abzulenken, doch Eustace hatte sich auf Laura eingeschossen.

„Wirklich erstaunlich. Warum willst du diesen alten Quengler heiraten? Du solltest dir einen lebenslustigen Mann suchen."

„Oh, aber Andrew ist lebenslustig!"

Eustace brach wieder in dröhnendes Gelächter aus.

„Hör sich das einer an."

„Eustace, unterlasse es, meine Kinder zu beleidigen!", blaffte Hogarth.

„Aber schau sie dir an, Mann! Sie ist eines dieser modischen Mädchen. Nichts als Gekicher und Beine. Sie ist nicht Andrews Typ!"

„Ich glaube, ich kann selbst entscheiden, wer mein ‚Typ' ist, danke", antwortete Andrew geringschätzig, womit er sich als genau so ernst und langweilig darstellte, wie es ihm sein Onkel vorgeworfen hatte.

„Wenn du das sagst, Andrew. Ich bin nicht hier, um Ärger zu machen." Eustace nahm einen Teller mit Ente in Orangensoße entgegen und für einen Moment breitete sich Frieden an der unruhigen Tafel aus.

Clara stocherte in ihrer Ente herum. Mit dem Essen ließ die Wirkung des Cocktails nach, doch ihre Gedanken rasten zu sehr, als dass sich Appetit hätte einstellen können. Eustace war ganz anders als sein Bruder Hogarth. Er war rüpelhaft, ungehobelt und derb. Sein Bruder gab den freundlichen, aufmerksamen Gastgeber, während Eustace wirkte, als wolle er jeden in seiner Nähe verärgern. Clara wusste nicht, ob er schon immer so gewesen war, oder ob Spannungen innerhalb der Familie ihn zu diesem mit Beleidigungen um sich werfenden Mann gemacht hatten. Sie wusste, wie große Familien waren: Üblicherweise brodelte irgendetwas unter der Oberfläche. War Eustace das schwarze Schaf, weil er den Mund nicht halten konnte, oder hatte Missgunst ihn so werden lassen?

Sie warf einen verstohlenen Blick zum anderen Ende des Tisches. Eustace war damit beschäftigt, mit seinen Kartoffeln Soße aufzuwischen. Glorianna wirkte angewidert davon und spielte nur mit ihrem eigenen Essen. Hogarth versuchte angestrengt, seinen Bruder zu ignorieren.

Clara widmete sich wieder ihrer Ente, doch Laura begegnete ihrem Blick.

„Ist er immer so?"

Clara zuckte mit den Schultern, doch Andrew hatte mitgehört.

„Immer", spöttelte er. „Deshalb hat mein Vater das Anwesen geerbt, obwohl Eustace der ältere Bruder ist. Eustace verprasst all sein Geld in London."

Lauras Augen wurden groß und sie schaute mit neuem Verständnis zu Eustace, doch es lag nicht unbedingt Abscheu in diesem Blick. Clara hatte den Eindruck, dass sie einigermaßen fasziniert von ihm war. Außerdem stellte Clara fest, dass sie sich ebenfalls fragte, was Laura in ihrem zukünftigen Ehemann sehen mochte, auch wenn sie solche Gedanken im Gegensatz zu Eustace niemals laut aussprechen würde.

Das Abendessen endete mit Eis und Kaffee. Sobald Andrew es sich erlauben konnte, verließ er die Versammlung, indem er anführte, sich zum Rauchen auf die Terrasse zurückzuziehen. Laura schaute ihm mit einem eigenartig gereizten Blick hinterher. Glorianna schlug vor, dass sich die Damen in den Salon zurückziehen sollten. Peg protestierte, doch ein Blick ihrer Stiefmutter brachte sie zum Schweigen. Dieser Abend war nicht die richtige Zeit für kleinliche Streitereien. Clara zog sich zusammen mit Laura zurück, wobei sie Tommys missmutigen Blick bemerkte, als er mit dem übergewichtigen und mittlerweile stark schwitzenden Eustace zurückblieb.

„Und wer bist du?", bellte Eustace Tommy entgegen, als die Damen hastig zum Salon flohen.

Als sie dort angekommen waren, nahm sich Glorianna eine Zigarette aus einer Schachtel auf dem Kaminsims und entzündete sie ungeduldig.

„Mach uns bitte Cocktails, Peg; irgendetwas Starkes", flehte sie.

„Für mich nicht", fügte Clara rasch hinzu. „Ich vertrage Cocktails nur in kleinen Mengen."

„Bei Dickens, das war furchtbar." Glorianna lief vor dem Kamin auf und ab und rauchte, wie es ihr unterbewusstes Verlangen einforderte. „Was ist nur in ihn gefahren, so früh hier aufzutauchen?"

„Er wollte Ärger machen." Peg lief zu einem Tablett mit Drinks hinüber. „Du weißt, wie er ist."

„Ich kann ihn nicht ausstehen!" Glorianna nahm ein Glas entgegen und stürzte beinahe den gesamten Inhalt herunter. „Wie kann dieser Mann mit Hogarth verwandt sein?"

„Mach dir einfach nichts aus ihm, Glory", sagte Peg, während sie ihren eigenen Cocktail nahm.

„War er schon immer so? Oder liegt es an mir? Hasst er mich?"

„Onkel Eustace war schon immer eigenartig. Ich weiß nicht mehr, seit wann genau er nicht mehr im Haus willkommen war, doch ich war damals noch ein kleines Mädchen."

„Er hat dich doch nicht durcheinandergebracht, oder, Laura?" Susan packte das Handgelenk ihrer Freundin.

„Sei nicht albern!" Laura grinste in die Runde. „Ich fand das alles recht unterhaltsam. Dinnerpartys können so langweilig sein. Oh, abgesehen von deinen natürlich, Glorianna."

Glorianna wischte die unbeabsichtigte Beleidigung mit einer Handbewegung weg.

„Also ..." Clara entschied, dass sie an der Reihe war, Fragen zu stellen. „Was muss ich über Eustace wissen?"

„Er ist ein Trunkenbold und Tunichtgut", sagte Glorianna unverblümt.

„Er kommt nicht gut mit meinem Vater aus, und wie ich hörte, war das schon immer so", fügte Peg hinzu. „So wie ich das verstehe, sind die beiden praktisch verfeindet. Eustace hält sich üblicherweise fern. Wir sehen ihn vielleicht mal zu Weihnachten oder bei Anlässen wie diesem, doch sonst bleibt er in seinem Club in der Stadt."

„Verabscheut er diese Tatsache? Also, dass er aus dem Haus seiner Familie verbannt wurde?"

„Falls ja, kann er sich wohl kaum darüber beklagen. Es ist seine eigene Schuld." Peg zuckte mit den Schultern. „Ich glaube, es klaffte ein tiefer Graben zwischen ihm und meinem Großvater. Er wurde nur deshalb nicht enterbt, weil mein Vater sich für ihn eingesetzt hat. Eustace sollte dankbar sein."

„Das sehen betroffene Menschen nicht immer so", merkte Clara an.

„Nun, er irritiert mich sehr." Glorianna drückte ihre Zigarette aus. „Ich bin froh, wenn ich ihn nach der Hochzeit wieder los bin. Ich werde ihn nicht einladen, länger zu bleiben. Ich versuche, nett zu sein, aber ihr seht ja, wie er dem armen Hogarth das Leben schwermacht."

„Andrew ist eindeutig wütend", sagte Laura, beinahe mit einem Hauch von Schadenfreude.

„Oh, Andrew kennt seinen Onkel", versicherte Peg ihnen allen. „Er wird darüber hinwegkommen."

„Ich weiß nicht, ob ich das auch schaffen werde." Glorianna holte eine weitere Zigarette aus der Schachtel. „Ich bringe ihn um, wenn er Andrews und Lauras Hochzeit ruiniert."

Clara wünschte sich, die Menschen würden so etwas in ihrer Gegenwart nicht sagen. Solche Kommentare brannten sich ihr auf höchst unangenehme Weise in den Verstand.

Kapitel 4

Clara nahm die Einladung vor allem aus Neugier an. Warum sollte Laura Pettibone sie ausgerechnet am Tag vor ihrer Hochzeit zu sich bitten? Sie beschloss, niemandem aus der Campbell-Familie von der Einladung zu erzählen, und machte sich auf den Weg über das Anwesen, in Richtung des Dorfes, in dem Laura wohnte. Es war ein schöner Frühlingstag. Bald würde der Sommer folgen und die willkommene Wärme würde alle nach dem feuchten, kalten Winter wiederbeleben. Clara schlenderte den Weg entlang und genoss die Freiheit, abseits der Spannungen im Haus. Was sollte sie von alledem halten? Würde Eustace die Hochzeit ruinieren? Nein, *so* unsensibel wirkte er nicht auf sie. Er neigte bloß dazu, sich bemerkbar zu machen, indem er sich so grob und aggressiv wie möglich gab. Hogarth würde ihn gewiss in Schach halten.

„Guten Morgen."

Clara wurde aus ihren Gedanken gerissen und sah, dass der örtliche Vikar seinen Hut hob, um sie zu grüßen. Sie lächelte ihm zu. Ihre Wege kreuzten sich und er lief an ihr vorbei in Richtung der Kirche oben auf dem Hügel. Sie nahm an, dass sie am folgenden Tag mehr von ihm zu sehen bekommen würde.

Der Weg wand sich hinunter ins Dorf und führte Clara an einem kleinen Süßwarenladen und einer

Apotheke vorbei, in deren Schaufenster längliche Glasgefäße mit einer blauen Flüssigkeit standen. Sie erreichte das Postamt und ging kurz hinein, um nach einer Wegbeschreibung zu Lauras Haus zu fragen. Kurz darauf war sie wieder unterwegs, bog am Pub rechts ab und merkte plötzlich, dass sie auf ein großes, graues Gebäude zuhielt. Es war nicht so verschwenderisch wie die Campbell-Residenz, aber alles andere als bescheiden. Die Haustür befand sich unter einem Säulenvorbau und zu beiden Seiten gab es eine Reihe von Fenstern mit Blick auf die Zufahrt. Ein Lieferant entfernte sich gerade, als Clara das Tor durchschritt, und das Haus wirkte geschäftig, als wäre es selbst lebendig und sehr beschäftigt. Sie nahm die beiden Stufen vor der Haustür und klingelte.

Ein Dienstmädchen führte sie in Lauras Wohnzimmer im oberen Stockwerk. Die zukünftige Braut hatte es sich in einem seidenen Morgenmantel auf einem weißen Sofa gemütlich gemacht und ihr Haar hing in federnden Locken oberhalb ihrer Schultern. Sie legte ihre Filmzeitschrift beiseite, als Clara eintrat, und streckte die Arme aus.

„Ist es schon elf Uhr?", fragte sie träge.

„Schon kurz nach."

Laura erhob sich grazil vom Sofa und umarmte Clara. Für Clara, die eher reserviert war, wenn es um die Bekundung von Zuneigung ging, kam die plötzliche Umarmung einer beinahe Fremden sehr überraschend.

„Ich bin so froh, dass du kommen konntest. Möchtest du mein Hochzeitskleid sehen?" Laura nahm sie am Arm und zog sie ins benachbarte Schlafzimmer.

Der Raum war ganz in cremefarben und weiß gehalten, sodass Clara beinahe geblendet wurde. In einem anderen Haus hätte er leer gewirkt oder gar kahl, doch die Stapel von Kleidern in sämtlichen Regenbogenfarben, die überall verteilt lagen, wirkten dem entgegen. Schuhe waren wahllos auf dem Teppich abgestellt worden und Schals und Schultertücher hingen in einer Reihe am Bettgestell. Clara fühlte sich in diesem Zimmer eingeengt, obwohl alles so hell war, und sie fragte sich, wie man hier schlafen konnte.

„Das ist es." Laura griff nach einem weißen Kleid, das im Gegensatz zur restlichen Kleidung im Raum fein säuberlich an einem Kleiderbügel hing. Es war genau die Art Kleid, die Clara sich für Laura vorgestellt hatte. Gerade geschnitten, mit tiefer Taille, einer Schärpe an der Hüfte und der Rock war mit geraden Plisseefalten versehen. Das Kleid würde kurz über den Knöcheln enden und den Blick auf die weißen Kalbslederschuhe mit breiten Absätzen und Bändern statt Schnürsenkeln freigeben.

„Das hier ist der Schleier." Laura zog sich eine enge Haube über den Kopf, die ihren kurzen Bob beinahe verschwinden ließ, und ließ den langen, breiten Schleier vor sich fallen.

Clara trat vor und half ihr, den Stoff zu richten.

„Sehr hübsch."

„Findest du?"

„Definitiv, und das Kleid wird dir ausgezeichnet stehen."

„Ich finde es fantastisch." Laura legte den Schleier ab und hängte das Kleid wieder weg.

Clara fragte sich, ob sie nur dafür hergebeten worden war; um das Kleid zu begutachten und ihr Urteil dazu abzugeben. Oder steckte noch ein anderes Motiv hinter dieser dringenden Einladung? Denn falls Laura sich einen Mutterersatz wünschte, wäre Glorianna Campbell gewiss die bessere Wahl.

„Mir ist das Kleid aufgefallen, das du gestern Abend getragen hast." Laura hatte sich an ihre Frisierkommode gesetzt und kämmte sich das Haar. „Ich finde, es stand dir gut."

Clara hoffte, dass dieser Kommentar als Kompliment gemeint war. Ihr Dienstmädchen Annie hatte dieses Kleid geschneidert, nach dem Schnittmuster aus einer Frauenzeitschrift. Sie konnte nicht vorgeben, dass es die Klasse eines Designerkleides hatte, doch sie fand, es hatte Flair.

„Trägst du Lippenstift?", fragte Laura.

„Manchmal." Clara holte eine runde Hülle aus ihrer Handtasche und präsentierte den purpurroten Inhalt.

„Aber kein Mascara? Das solltest du ändern. Es würde deine Augen betonen. Hier, ich zeige es dir."

Clara setzte sich auf einen anderen Stuhl am Frisiertisch und Laura holte eine Dose mit schwarzem Mascara und einen feinen Pinsel hervor.

„Falls es dir zu teuer ist, den Mascara zu kaufen, lass ihn dir von deiner Köchin aus Vaseline und Kohlenstaub herstellen. Das funktioniert ebenso gut. Auch ich habe schon in Notfällen darauf zurückgegriffen."

Clara ließ sich darauf ein, ihre Augen schminken zu lassen. Sie war sich immer noch sicher, dass es bei dieser Einladung Hintergedanken gegeben hatte, und die könnte sie womöglich aufdecken, wenn sie sich kooperativ gab. Außerdem konnte sie schweigen, solange ihre Augen geschminkt wurden, während Laura weiterplauderte.

„Ich trage seit vergangenem Jahr Mascara. Mein Vater fand es zunächst grässlich, doch er hat sich daran gewöhnt. Andrew hat nie etwas dazu gesagt. Ich weiß nicht, ob es ihm überhaupt aufgefallen ist."

Es lag ein Zögern in dieser Aussage, das Clara für bedeutsam hielt, auch wenn sie gerade nach oben an die Decke starrte, damit Laura unterhalb ihrer Augen schminken konnte.

„Hast du einen festen Freund, Clara?"

„Nicht wirklich."

„Es ist nicht leicht, dieser Tage. Ich weiß, dass sich viele meiner Freundinnen über den Mangel an jungen Männern beschweren. Ich schätze, das ist diesem schrecklichen Krieg anzurechnen. Schau dir nur Peg an. Sie hat offensichtlich aufgegeben. Doch ich kann es auch ihr nicht vorwerfen, sich wie ein Mann kleiden zu wollen. Die haben es immer noch am besten, nicht wahr?"

„Aber du hast es geschafft, einen Mann zu finden, den du heiraten willst."

„Oh, ja! Ich meine, als Andrew um meine Hand anhielt, habe ich die Gelegenheit gleich ergriffen. Wer weiß, ob ich eine weitere Chance bekommen hätte, und ich will nicht als alte Jungfer enden."

Clara fragte sich, ob hier der Grund für die Einladung lag.

„Wie lange warst du schon mit Andrew zusammen, bevor er den Antrag gemacht hat?"

„Gar nicht." Laura hielt inne. „Er war mir eigentlich kaum aufgefallen, wenn ich ehrlich bin. Doch dann fragte er mich, ob ich ihn heiraten wolle, einfach so. Das war 1919 und er sah in seiner Uniform sehr schneidig aus. Ich dachte nur: Warum nicht? Bis zu diesem Zeitpunkt hatten meine Aussichten hoffnungslos gewirkt."

„Hat es dir keine Sorgen gemacht, dass du ihn gar nicht kanntest?"

Laura legte den Mascara ab.

„Vermutlich schon, oder? Nur ein wenig?"

„Und?"

Laura wischte die Bürste an einem Tuch ab.

„Wie findest du es?", fragte sie und meinte damit die Schminke.

Clara betrachtete ihr Spiegelbild. Zu ihrer eigenen Überraschung gefiel es ihr, dass der Mascara ihre Augen größer wirken ließ.

„Nicht schlecht."

„Noch ein wenig Lippenstift dazu, dann ist es perfekt." Laura räumte den Tisch auf. „Würdest du einen Mann heiraten, den du kaum kennst, weil du schreckliche Angst davor hast, allein zu sein?"

„Nein", sagte Clara geradeheraus, doch sie wusste, dass Laura sich nach einer ehrlichen Antwort verzehrte.

„Auf keinen Fall?"

„Einsamkeit macht mir weniger Angst als die Vorstellung, mein Leben mit einem Fremden zu verbringen. Hast du Zweifel, Laura?"

„Oh, nein!" Laura erhob sich rasch und lief durch den Raum. „Zumindest keine großen."

„Ich denke, vor einer Hochzeit macht sich jeder Sorgen“, sagte Clara. „Du hast Andrew mittlerweile kennengelernt. Magst du ihn?“

„Oh, Clara, ich liebe ihn!“ Dieser Ausbruch war so leidenschaftlich, dass Clara ihn nur als wahrheitsgemäß akzeptieren konnte.

„Aber?“

„Was hältst du denn von Andrew?“

„Ich kenne ihn kaum.“

„Aber du bist eine Detektivin. Ich war ganz aufgeregt, als Glorianna mir davon erzählte. Die Vorstellung, dass die Cousine meines Ehemannes ein weiblicher Ermittler ist! Selbst Peg war beeindruckt.“

„Das bedeutet nicht, dass ich eine Person auf den ersten Blick einschätzen kann. Du bist es, die Andrew am besten kennt.“

„Das ist das Problem. Ich kenne ihn nicht wirklich; nicht so. Ich denke, er versteckt einiges von sich vor mir.“ Laura ließ sich auf das Bett sinken. „Manchmal verstehe ich ihn nicht. Ich habe keine Angst vor ihm, oder so etwas. Ich begreife nur nicht ganz, wer er ist. Ich glaube, er hat Geheimnisse.“

„Das trifft auf die meisten Menschen zu.“

„Ich möchte alles über ihn wissen, doch er lässt mich nicht an sich heran, und manche Leute ...“ Laura presste die Lippen zusammen und starrte ins Nichts. „Was war dein erster Eindruck von ihm? Ganz ehrlich.“

„Ganz ehrlich?“

„Absolut.“

Clara hatte das Gefühl, sich auf gefährlichem Terrain zu bewegen, und beschloss, vorsichtig vorzugehen. Ehrlichkeit hatte eine niedrige Toleranzschwelle.

„Ich halte Andrew für klug, dominant und vom Militär geprägt. Er ist vielleicht ein wenig reserviert; versteckt seine Gefühle. Ich bezweifle, dass er Narren toleriert, doch ich habe keinen Anlass, ihn für grausam zu halten. Ich vermute, dass er wie viele Männer, die im Krieg waren, aus verschiedenen Gründen Schmerzen mit sich herumträgt, die wir nie ganz werden begreifen können.“

„Ja. Ja, das ist Andrew. Siehst du? Ich wusste, dass du klug genug bist, um ihn gleich richtig einzuschätzen!“

Laura klatschte begeistert in die Hände.

„Und denkst du, dass er einen guten Ehemann abgeben wird?“

Das war wirklich gefährliches Terrain.

„Das gilt für die meisten Männer; mit der Zeit. Hat jemand etwas Gegenteiliges verlauten lassen?“

Laura schien in sich zusammenzusinken.

„Susan ... Susan scheint zu glauben, dass ich die Sache überstürze.“

„Andrews Schwester?“

„Ja. Sie meint, dass ich kaum genug Gelegenheit hatte, ihn kennenzulernen, um zu wissen, ob ich seine Ehefrau sein will. Sie sagt, dass mir eine herbe Enttäuschung bevorstehen könnte. Aber Susan ist nicht wie ich. Susan möchte ein Leben und eine Karriere haben. Sie kann gut tippen und lernt gerne Dinge. Ich tauge zu gar nichts, außer vielleicht dazu, mich schick zu machen.“ Laura deutete auf einen der Kleiderstapel. „Susan meint es gewiss gut, doch das macht mir schwer zu schaffen.“

„Das kann ich mir vorstellen. Aber es ist ganz und gar deine Entscheidung. Nur du kannst mit Gewissheit sagen, was du von Andrew und der Hochzeit hältst. Wenn du ihn heiraten möchtest, und bereit bist, alles zu akzeptieren, was das Eheleben mit sich bringt, dann sollte niemand versuchen, dich umzustimmen. Susan hat ihre eigene Sichtweise aufs Leben, doch das bedeutet nicht, dass sie weiß, was für dich am besten ist."

Lauras Stimmung verbesserte sich.

„Du bist wirklich weise. Hast du je eine Ehe in Betracht gezogen, Clara?"

Hatte sie, doch sie verbannte diese Gedanken in eine dunkle Ecke ihres Verstandes, da ihr eine Hochzeit wie eine ferne Hoffnung vorkam.

„Ich habe darüber nachgedacht. Aber du weißt, dass nicht jeder heiraten kann. Manche finden einfach nicht die richtige Person dafür."

„Oh, ich weiß. Deshalb schätze ich mich sehr glücklich, seit ich Andrew gefunden habe. Manchmal frage ich mich, ob Susan eifersüchtig ist. Sie hatte nie einen Lebenspartner, und Peg hat ihren im Krieg verloren."

„Wirklich?"

„Das wusstest du nicht? Die beiden waren schon verlobt. Ich glaube, es war 1918. Damals hat sie angefangen, sich wie ein Mann zu kleiden."

„Es tut mir leid, das zu hören. So viele haben auf diese Weise geliebte Menschen verloren."

„Ich hatte das große Glück, dass Andrew in einem Stück zurückkam." Laura nahm sich ein Türkisarmreif und ließ ihn gedankenverloren in ihrer Hand kreisen. „War Tommy im Krieg?"

„Ja. Seitdem kann er seine Beine nicht mehr benutzen."

„Das ist traurig. Ich hatte keine Gelegenheit, mich mit ihm zu unterhalten, aber er wirkt nett. Mag er Automobile?“ Laura war plötzlich von ihrem Bett aufgesprungen und wühlte in einer Schublade herum. „Hier, ich habe lange darauf gewartet, die richtige Person hierfür zu finden. Brooklands veranstaltet am Sonntag ein Renntreffen. Es ist eine informelle Veranstaltung, aber es werden viele Rennfahrer dort sein. Andrew auch. Wir verschieben die Flitterwochen, damit er Rennen fahren kann. Stell dir das nur vor. Ich halte mich deswegen für sehr verständnisvoll.“

Laura erwartete Bestätigung und Clara stimmte ihr rasch zu: „Oh, ja, sehr verständnisvoll.“

„Nun, Andrew hat mir diese Tickets gegeben, aber ich weiß nicht, wem ich sie geben könnte. Aber falls Tommy hingehen möchte, natürlich mit dir, dann gehören zwei der Tickets euch.“

„Ich glaube, Tommy würde das gefallen, doch wir wollten nach der Hochzeit wieder abreisen. Alles andere würde Glorianna nur unnötig Umstände machen.“

„Das lässt sich einfach lösen! Ihr könnt nach der Hochzeit hier unterkommen. Wir haben etliche Zimmer und es wäre schön, wenn du noch ein wenig länger bliebest. Die Hochzeitsreise beginnt erst eine Woche nach der Hochzeit und die Zeit bis dahin wird schrecklich langweilig! Und Andrew wird mit den Rennen so beschäftigt sein, dass er kaum Notiz von mir nehmen wird. Könntest du mir also bitte noch ein wenig Gesellschaft leisten?“

Clara befand, dass es nicht schaden konnte, noch einige Tage länger zu bleiben. Es war schön, mal von

Brighton und ihrem Arbeitsalltag fortzukommen. Sie nahm die Tickets entgegen.

„Richte Tommy aus, dass er unbedingt darauf bestehen muss, einmal in Andrews Napier zu fahren. Er ist überwältigend."

Clara dachte an einen anderen jungen Mann mit einer Vorliebe für schnelle Automobile zurück. Der schneidige Captain O'Harris hatte sich nie mit Stillstand zufriedengegeben; oder damit, am Boden zu bleiben. Sein letzter Flug in der Buzzard suchte sie noch immer in ihren Träumen heim.

„Himmel, Laura, es ist spät geworden. Ich werde zum Mittagessen erwartet. Würdest du mich entschuldigen?"

Clara floh vor der überwältigenden Romantik und Hoffnung, die in Lauras Zimmern vorherrschte. Plötzlich war ihr das alles zu viel geworden. Diese wenigen Tage in Captain O'Harris' Gesellschaft hatten einen eigenartigen Traum in ihr erwachen lassen, den sie sorgfältig unter Verschluss gehalten hatte. Jetzt war er tot und der Schmerz noch immer frisch. Clara redete sich ein, dass sie ihn nicht geliebt hatte. Sie war vielleicht ein wenig in ihn vernarrt gewesen, ja, doch Liebe brauchte Zeit. Dennoch wurde diese Hochzeit für sie langsam zu einem schmerzvollen Erlebnis.

Kapitel 5

Peg saß gegenüber von Eustace in einem Ledersessel und rauchte eine Zigarre.

„Komm schon, raus mit der Sprache. Warum haben sich mein Vater und du zerstritten?"

Clara saß an einem Tisch am Fenster und schrieb eine Postkarte, um einer Freundin zum Geburtstag zu gratulieren, den sie beinahe vergessen hatte, als Peg ihre Befragung begann. Eustace grummelte und wirbelte den Whisky in seinem Glas herum.

„Was geht dich das an?"

„Es geht mich gar nichts an, ich bin bloß neugierig." Peg zog zufrieden an ihrer Zigarre. „Clara bestimmt auch."

Clara hielt den Kopf gesenkt und gab vor, nichts gehört zu haben.

„Meine brüderlichen Streitigkeiten sind zu kompliziert für eine seichte Unterhaltung."

Peg machte ein ungläubiges Geräusch.

„Also wirklich, Onkel Eustace. Was bist du nur für ein Langweiler. Hier bin ich, um mir deine Seite der Geschichte anzuhören, aber du willst nichts preisgeben. Was soll das für eine Rechtfertigung sein?"

„Eine Rechtfertigung? Wofür sollte ich mich rechtfertigen müssen?"

„Für alles! Für die Anspannung gestern beim Abendessen, für die mangelnde Harmonie zwischen dir und meinem Vater. Ich bin geneigt, mir ein eigenes Bild zu der Sache zu machen, doch so wie es gerade steht, wird das wohl kaum vorteilhaft für dich ausfallen."

Eustace gab wieder sein Grummeln zum Besten, was ein Anzeichen für Verärgerung zu sein schien.

„War es der Alkohol?"

„Ein Mann wird ja wohl trinken dürfen." Eustace leerte zum Beweis sein Whiskyglas.

„Dann ging es vielleicht um Frauen? Oder Geld?"

„Entscheidest du dich mal für einen Makel?"

„Es könnten auch alle drei sein." Peg klopfte Asche von ihrer Zigarre in einen Aschenbecher aus Onyx und wartete auf eine Antwort. Sie kam von unerwarteter Stelle.

„Ich glaube, du wirst feststellen, dass die Kluft zwischen Hogarth und Eustace nur auf die traurige Feststellung zurückgeht, dass Eustace nicht der Sohn sein konnte, den sich sein Vater gewünscht hatte, Hogarth aber schon. Doch Hogarth war jünger und das bedeutete, dass er eigentlich nicht den Löwenanteil des Imperiums seines Vaters erben sollte."

Peg und Eustace schauten zu Clara, die das ködernde Geplänkel hinter ihr satt hatte.

„Eustace interessierte sich nicht für das Geschäft, Hogarth schon. Doch die Tradition gebietet es, ein solches Unternehmen an den ältesten Sohn zu vererben. So wurde Eustace in eine Rolle gedrängt, die ihm nicht zusagte, und natürlich hat er versagt. Oder vielleicht sollte ich sagen, er hat rebelliert. Das Ergebnis war eine Entfremdung. Eustace verbrachte viel Zeit fern der

Heimat und nahm es Hogarth übel, dass er der Lieblingssohn war. Außerdem schämte er sich für sich und seine Familie."

„Bei Gott." Eustaces Hand zitterte, als er sein Glas abstellte. „Woher weißt du das?"

Peg war ebenfalls verblüfft.

„Also wirklich, Clara. Bist du eine Hellseherin, oder so etwas?"

„Nein, aber ich fürchte, deine Geschichte ist nichts Neues, Eustace. Damit ein ältester Sohn derart verstoßen wird, musste es in etwa so gelaufen sein." Clara zuckte mit den Schultern. „Alles andere ist das gleiche wie bei der Hellseherin auf dem Jahrmarkt. Vage Andeutungen, die aber alle in eine Richtung deuten. Tut mir leid."

„Es tut dir leid? Das ist verdammt aufschlussreich!" Peg lachte lauthals. „Hat dir schon jemand erzählt, dass sie Privatdetektivin ist, Eustace?"

„Nein. Ist das wahr, Clara?"

„Ja, aber es ist nicht so aufregend, wie es klingt. Oft suche ich ausgerissene Hunde und Ehemänner."

Eustace ließ sich wieder in seinen Sessel sinken.

„Du hast den Nagel auf den Kopf getroffen. Das hat mich erschüttert, aber es stimmt. Ich war nie der Sohn, den sich mein Vater gewünscht hatte. Könnte ich noch einen Whisky bekommen?" Eustace streckte Peg sein Glas entgegen und Peg schenkte ihm folgsam ein. „Hogarth war anders. Er hatte den Geschäftssinn, konnte gut rechnen und machte niemals Ärger. Ich war immer das schwarze Schaf."

„Das heißt nicht, dass du weniger bedeutend bist", sagte Clara tröstend.

„Nein, aber so etwas kann einen Mann zunichtemachen." Eustace trank zur Stärkung einen Schluck Alkohol. „Jetzt bin ich bloß noch ein reicher Narr; zu alt und dick, um irgendwo von Nutzen zu sein."

„Das ist traurig." Clara ging zu den beiden hinüber. „Und ich glaube nicht, dass es wahr ist. Ich denke, du hast viele Talente, auf die du stolz sein kannst. Du versteckst sie bloß gut, weil es dir an Selbstbewusstsein mangelt."

„Zu gütig, Clara."

Clara zuckte mit den Schultern. In diesem Augenblick platzte Glorianna in den Salon.

„Habt ihr Susan gesehen?", wollte sie wissen.

Peg zuckte angesichts ihrer aufgewühlten und hektischen Stiefmutter zusammen.

„Nein", sagte sie. „Warum?"

„Macht euch keine Sorgen, aber ich war in ihrem Zimmer, weil sie ihr Brautjungfernkleid anprobieren sollte, und sie war nicht da. Wir hatten uns dazu verabredet, ihr Outfit für morgen zu prüfen."

„Sie ist hier bestimmt irgendwo." Peg ließ dabei ihre Zigarre kreisen, um die Worte zu unterstreichen. Sie hatte sich sichtlich entspannt, jetzt da sie wusste, dass es sich nur um eine Krise der modischen Art handelte.

„Das ist ja die Sache. Ich habe schon überall gesucht."

„Sie wird bald wieder auftauchen", sagte Peg beharrlich. „Du weißt doch, wie flatterhaft ihr Verstand sein kann."

Glorianna verließ missmutig den Raum. Clara blickte ihr mit wachsender Sorge hinterher.

„Susan ist nicht immer gut auf Glory zu sprechen", flüsterte Peg ihnen beiden verschwörerisch zu. „Euch muss aufgefallen sein, dass Glory versucht, sich wie eine zwanzigjährige Frau zu kleiden, oder? Sie versucht ständig, Susan auszustechen, wenn es um Kleider geht. Deshalb trage ich so gerne Hosen. Damit bin ich keine Konkurrenz für meine Stiefmutter."

„Verschwindet Susan häufiger, wenn Glorianna sich mit ihr über Kleidung unterhalten will?", fragte Clara.

„Na ja, sie verschwindet nicht unbedingt, sondern trödelt eher herum. Glory hat dann irgendwann die Nase voll und widmet sich ihrer eigenen Garderobe."

Clara war dennoch der Meinung, dass dies ein seltsamer Zeitpunkt war, um trotzig zu sein, am Abend vor der Hochzeit des eigenen Bruders.

„Macht es Susan etwas aus, die Brautjungfer zu sein?"

„Ob es ihr etwas ausmacht? Ich würde sagen, dass sie es mittlerweile gewohnt ist. Es wird ihr drittes Mal sein. Du weißt doch, was man über die Frauen sagt, die ständig Brautjungfer sind: dass sie niemals die Braut sein werden."

„Das ist doch der Slogan dieses Zahnpulvers", steuerte Eustace bei. „Um junge Frauen daran zu erinnern, dass Mundgeruch die Männer auf Distanz hält. Ich muss sagen, dass ich noch nie einer Frau mit Mundgeruch begegnet bin."

Clara spürte, dass ihr Unbehagen zunahm. Sie blickte zur Tür und fragte sich, was sie tun sollte.

„Susan ist immer das fünfte Rad am Wagen. Wirklich eine Schande, wo sie doch so klug ist. Ich schätze, sie ist nicht allzu hübsch und ein wenig rundlich, aber sie hat eine tolle Singstimme", grübelte Peg laut.

„Das Problem ist, dass auf jeden jungen Kerl zehn junge Frauen kommen. Die Herren werden wählerisch.

Zu meiner Zeit waren wir froh, wenn eine Frau ledig war und ihren linken Fuß vom rechten unterscheiden konnte." Eustace grinste, während er in Erinnerungen schwelgte. „Natürlich waren wir damals nicht halb so forsch wie sie es heute sind."

Plötzlich konnte Clara ihre eigene Nervosität nicht länger aushalten.

„Ich werde mal sehen, ob sie schon wieder aufgetaucht ist." Sie erhob sich, was die beiden überraschte, und eilte hinaus.

Glorianna war bei Hogarth im Arbeitszimmer, rang die Hände und sprach davon, einen Suchtrupp zusammenzustellen. Clara trat ein, ohne anzuklopfen.

„Ihr habt sie also immer noch nicht gefunden?"

„Oh, Clara, wohin kann sie nur verschwunden sein?" Glorianna seufzte leise.

„Ich werde die Bediensteten zusammentrommeln und sie auf die Suche schicken. Susan würde nicht einfach so davonlaufen." Hogarth schaute zur Uhr. Es war Viertel nach neun. „Vielleicht ist sie nur frische Luft schnappen gegangen."

„Es ist dunkel, Hogarth! Und auf der Terrasse habe ich schon nachgesehen."

„Ich mache mich schon mal auf die Suche, während ihr die anderen zusammenruft." Clara kehrte in den Flur zurück und ging ihren Mantel holen. Verschiedenste Möglichkeiten rasten durch ihre Gedanken, und keine davon war schön.

Sie ging nicht durch die Haustür hinaus, sondern stieg in den Bereich der Bediensteten hinunter. Wie erwartet, saßen die männlichen Bediensteten bei Tee in der Küche. Sie entdeckte den Fahrer, der sie abgeholt hatte. Sein Name wollte ihr immer noch nicht einfallen, doch sie wählte die wahrscheinlichste Variante.

„Jimmy?"

„Ja, Miss", antwortete er mit besorgtem Blick.

„Susan wird vermisst. Sie werden gleich alle zusammengerufen werden, um sie zu suchen. Doch ich möchte, dass Sie mich begleiten, Jimmy."

Der Fahrer erhob sich hastig, während alle anderen verwirrt wirkten und einige nach ihren Mänteln griffen. Im Flur, der zum Hintereingang führte, stellte Clara ihre ersten Fragen.

„Gibt es Seen, Teiche oder Flüsse auf dem Anwesen oder in der Nähe?"

„Im hinteren Teil des Anwesens fließt ein Fluss über das Grundstück. Dort gibt es auch eine Brücke. Was geht Ihnen durch den Kopf, Miss?"

„Oh, schreckliche Dinge, Jimmy, doch ich hoffe, dass ich mich irre."

„Sehr wohl, Miss. Ich heiße übrigens Timmy, Miss." Der Fahrer zog kleinlaut den Kopf ein, weil er sie korrigiert hatte.

Clara lächelte ihm zu. Mehr brachte sie im Augenblick nicht zustande.

„In Ordnung, Timmy. Wir müssen eine junge Frau finden."

Timmy führte sie über die hinteren Treppenstufen und an den Garagen vorbei. Er hielt kurz an, um zwei Taschenlampen zu holen, von denen er eine an Clara weiterreichte. Dann machten sie sich auf den Weg in die dunklen Ausläufer des Anwesens. Die Nacht war bewölkt, sodass kein Mondlicht ihren Weg erleuchtete. Timmy schien zu wissen, wo es langging, während

Clara das Licht ihrer Taschenlampe vor sich auf den Boden richtete, um nicht zu stolpern. Ihre neuen Schuhe, die sie eigens für den Besuch bei den Campbells gekauft hatte, waren nicht sonderlich gut dafür geeignet, über feuchte Erde zu wandern. Ihre Absätze sanken immer wieder in den Boden ein.

Das Anwesen war sehr weitläufig und bald hatte Clara die Orientierung verloren. Timmy führte sie weiter, mittlerweile allerdings etwas zögerlicher. Der Lichtkegel seiner Taschenlampe wanderte über Büsche und Bäume und gelegentlich eine einsame Statue oder eine in Vergessenheit geratene Bank. In der Ferne konnte Clara Stimmen hören und sie wusste, dass sie nicht allein auf der Suche waren. Mehrere Menschen riefen nach Susan, doch sie waren weit hinter ihnen, in der Nähe des Hauses, und gingen anscheinend nicht davon aus, dass Susan weit gekommen war. Clara hatte andere Annahmen getroffen.

Stets die Brautjungfer, nie die Braut ... Susan hatte so lebhaft gewirkt, so gütig und freundlich, doch sie hatte versucht, Laura dazu zu bringen, noch einmal über die Hochzeit nachzudenken. Hatte sie das aus aufrichtiger Sorge getan, oder eher aus Eifersucht? Wenn Laura heiratete, würde Susan einen Bruder und eine junge Frau verlieren, die ihr eine enge Freundin geworden war. War sie deswegen aufgebracht? Machte es ihr Angst? Clara hoffte, dass bloß ihre Fantasie mit ihr durchging.

„Das ist der Fluss." Timmy richtete seine Taschenlampe auf ein rasch fließendes Gewässer.

„Über welche Strecke fließt er durch das Anwesen?"

„Zwei oder drei Kilometer." Timmy zuckte mit den Schultern. „Aber das ist nur geraten."

Clara wünschte, sie hätte ihren Gedanken mit mehr Menschen geteilt. Es würde schwierig werden, nur mit Timmy den Fluss abzusuchen.

„Wo ist die Brücke?"

„Miss, glauben Sie, dass sie hineingesprungen ist?"

„Ich bin mir nicht sicher, was ich glauben soll, aber ich möchte mich dort umsehen."

Timmy führte sie zur Brücke; sie hatte drei Bögen, war aus Stein und im klassischen Stil gehalten. Unter anderen Umständen hätte Clara sie bewundert, doch jetzt gerade dachte sie nur daran, dass eine Person von der Brüstung springen konnte. Sie leuchtete mit ihrer Taschenlampe unter den ersten Brückenbogen und suchte das aufgewühlte Wasser nach irgendeinem Zeichen ab. Timmy tat auf der anderen Seite das Gleiche.

„Falls sie gesprungen ist, wäre sie davongetragen worden."

Clara verzog das Gesicht.

„Ich weiß, aber wo wäre sie dann gelandet?"

Timmy dachte darüber nach.

„Wo der Fluss auf die Mauer trifft, fließt er zwischen einem niedrigen Bogen und einer Kante hindurch. Dort wäre sie nicht weitergekommen."

Keiner von ihnen erwähnte, dass das davon abhing, ob sie noch am Leben war. Clara ließ den Strahl ihrer Taschenlampe erneut über das Wasser wandern.

„In Ordnung, zeigen Sie mir die Stelle."

Sie folgten dem Fluss nach links. Das Wasser floss hier sehr schnell. Unterwegs wurde Claras Blick immer wieder vom dunklen Wasser angezogen. Sie rechnete jederzeit damit, einen Rock zu erblicken oder einen Hilferuf zu hören. Weit hinter ihr rief der Suchtrupp immer noch nach Susan. Wenn man sie doch nur finden würde, schlafend in einer Gartenlaube oder bei einem Spaziergang zwischen den Bäumen. Doch Susan antwortete nicht auf die Rufe.

Claras Schuhe waren gründlich ruiniert, als die Mauer an der Grenze des Anwesens in Sicht kam. Sie dachte überhaupt nicht darüber nach, sondern hielt den Blick immerzu aufs Wasser gerichtet, und auf den flachen Bogen, der jetzt zu sehen war. Das Wasser strömte zwischen diesem Bogen und dem Sockel der Mauer hindurch, sodass Fische hindurchschwimmen, aber Wilderer nicht eindringen konnten. Clara richtete ihre Taschenlampe auf die Stelle, doch der Strahl war nicht hell genug und sie hörte nichts als das rauschende Wasser. Sie eilte weiter und Timmy beschleunigte seine Schritte ebenfalls. Quälend langsam wanderte der Lichtkegel über das Wasser hinweg, erleuchtete schließlich den Bogen und irgendetwas ... irgendetwas anderes.

Timmy stieß einen Schrei aus und rannte vor. Clara rutschte auf dem Gras aus, als sie ihm folgte. Die Lichtkegel beider Taschenlampen vereinten sich auf der Gestalt, die sich an eine Kante oberhalb des Bogens klammerte. Susan war völlig durchnässt und sah aus, als hätte sie kaum genug Kraft, um zu verhindern, dass sie von der Strömung mitgerissen wurde. Sie blickte in das Licht, konnte aber niemanden erkennen.

„Susan! Wir werden dir helfen!", rief Clara.

Timmy zog bereits Jacke und Schuhe aus. Er reichte Clara seine Taschenlampe und sprang ins Wasser. Clara hielt den Atem an, während er zu Susan hinüberschwamm. Als er sie an der Hüfte packte, löste sie augenblicklich ihren Klammergriff und schien beinahe das Bewusstsein zu verlieren. Er zog ihren kraftlosen Körper zum Ufer zurück, wobei er die ganze Zeit gegen die Strömung ankämpfen musste. Clara eilte ans Ufer und packte Susan. Zusammen mit Timmy zog sie Susan aufs Gras.

„Oh, Susan!" Clara merkte, dass sie angesichts der triefnassen Frau schluchzte.

Susan weinte leise. Das dunkle Haar klebte ihr im Gesicht und ihre Kleidung war ruiniert. Sie trug die Sachen, in denen sie zum Abendessen erschienen war.

„Warum, Susan? Warum?" Clara legte ihr eine Hand in den Rücken. „Na ja, das ist erst mal egal. Wir bringen dich zum Haus zurück. Alle machen sich große Sorgen."

Susan leistete keinen Widerstand, als Timmy und Clara sie auf die Füße zogen. Timmy wollte sie hochheben und tragen, doch Clara bremste ihn.

„Es ist besser, wenn sie läuft. Sie ist eiskalt. Das wird sie ein wenig aufwärmen."

Susan weinte immer noch. Timmy legte sich ihren rechten Arm um die Schultern und Clara nahm den linken. Zusammen führten und schleppten sie Susan auf das Haus zu.

„Es war ein Missgeschick", platzte es plötzlich aus Susan heraus, als die Lichter des Hauses in Sicht kamen.

„Wirklich?" Clara hob eine Augenbraue. „Wenn du Glorianna das sagen willst, dann meinetwegen."

„Ich wollte das wirklich nicht", sagte Susan beharrlich. „Ich meine, ich bin ausgerutscht."

„Denken wir im Moment nicht darüber nach. Du brauchst trockene Kleidung und ein heißes Getränk."

„Aber Clara, wenn du mich nicht gefunden hättest ..."

„Ich habe dich gefunden, und das ist alles, was zählt." Clara lächelte der jungen Frau zu.

Sie hatten den Rasen erreicht. Licht fiel aus den offenstehenden Terrassentüren und überall waren Menschen unterwegs.

„Sie ist hier! Wir haben sie!", rief Clara.

Hogarth schob sich an zwei Bediensteten vorbei und Glorianna folgte eilig hinterher. Er rannte zu seiner Tochter und zog sie an sich.

„Was in aller Welt?", rief er, als er bemerkte, dass sie völlig durchnässt war.

„Ich bin verunglückt", sagte Susan rasch. „Ich war am Fluss spazieren und habe den Halt verloren."

Falls Hogarth dieser Antwort misstraute, ließ er es sich nicht anmerken.

„Wir bringen dich ins Haus und machen dir eine heiße Schokolade mit Schuss. Martha! Holen Sie Handtücher und machen Sie eine Wärmflasche!" Hogarth bedeutete den Bediensteten, sich wieder ihren üblichen Aufgaben zu widmen, und langsam löste sich die Menge auf.

Susan wurde ins Haus geführt, in den schützenden Armen ihres Vaters, während Glorianna um sie herumwuselte und ihr über das nasse Haar und die nasse Kleidung strich. Clara blieb allein mit Timmy zurück.

„Vielen Dank für die Hilfe", sagte sie zu ihm. „Ich glaube, Ihre Uniform ist ruiniert."

Timmy zog am Ärmel seines Hemdes und roch daran.

„Nichts, was ein wenig Karbol nicht richten könnte.“ Er zuckte mit den Schultern. „Gute Nacht, Miss.“

„Gute Nacht.“

Clara kehrte ins Haus zurück und fragte sich, was in aller Welt es mit diesem Drama auf sich hatte.

Kapitel 6

Hochzeiten sollten heitere Anlässe sein, dachte Clara, doch die Stimmung im Haus der Campbells war an diesem Morgen sehr düster. Susan lag mit einer Erkältung im Bett und war offiziell von ihren Pflichten als Brautjungfer entbunden. Es war noch offen, wer sie in dieser Rolle ersetzen würde. Die Ereignisse der vergangenen Nacht lagen wie ein Sargtuch über allem. Susan mochte behauptet haben, dass es ein schreckliches Missgeschick war, doch Clara war nicht die Einzige, die etwas anderes dachte. Die Stimmung am Frühstückstisch war besonders angespannt gewesen. Irgendwie war Eustace umsichtig genug gewesen, sich nicht zu zeigen.

Während Clara ihr Kleid richtete und sich die Haare kämmte, beschäftigte sie sich mit dem Gedanken, dass Susans Bad im Fluss ein schlechtes Omen war. Eine Hochzeitsfeier zu begehen, während alle an die Tragödie dachten, der sie nur knapp entgangen waren, kam ihr alles andere als vorteilhaft vor. Das beunruhigte Clara und machte sie beinahe nervös.

„Ich denke zu viel nach", tadelte Clara sich selbst, während sie die Bürste ablegte und ihr Spiegelbild betrachtete. Sie fragte sich, ob Susan Mascara besaß. Es war eine gute Ausrede, um nach ihr zu sehen.

„Zu neugierig bin ich obendrein", schimpfte Clara, während sie ihr Zimmer verließ. Doch das hielt sie auch nicht davon ab, zu Susans Schlafzimmer hinaufzugehen.

Clara klopfte und Susan rief sie herein. Sie lag im Bett auf einem Berg aus Kissen und aß mit gutem Appetit Kedgeree. Sie sah überhaupt nicht krank aus, sondern hatte rosige Wangen und wirkte heiter.

„Guten Morgen, Clara."

„Guten Morgen. Entschuldige die Störung. Hast du zufällig Mascara?"

Susan deutete auf etliche Fläschchen und Dosen auf ihrem Frisiertisch.

„Wie geht es dir?", fragte Clara, während sie den Haufen durchsuchte. Um ehrlich zu sein, wusste sie nicht genau, wonach sie suchte.

„Deutlich besser. Ich weiß nicht, was gestern Abend über mich gekommen ist."

„Ich bin erleichtert, das zu hören."

„Es tut mir leid, dass ich euch allen einen solchen Schrecken eingejagt habe. Ich bin sonst nicht morbid veranlagt. Es wurde mir bloß alles zu viel." Susan lud sich Reis auf die Gabel. „Ich konnte nicht klar denken und hatte eigentlich gar nicht vor ... du weißt schon ... es zu beenden."

„Ich verstehe." Clara fand einen kleinen Topf mit schwarzer Creme. „Das hier?"

„Oh, nein, das Zeug ist schrecklich. Such nach der blauen Dose. Wie sich herausstellt, hat es meine Laune ungemein verbessert, dass ich diese fröhliche Hochzeit verpassen werde."

„Warum das? Ich meine, die meisten Menschen freuen sich auf eine Hochzeitsfeier.“

„Ich weiß es nicht. Diese Hochzeit ist irgendwie anders für mich.“ Susan richtete ihre Kissen. „Ich kann nicht sagen, warum, und ich habe erst heute Morgen verstanden, dass es mir wegen der Hochzeit so miserabel ging. Zu wissen, dass ich nicht teilnehmen kann, war eine große Erleichterung. Ist das nicht seltsam?“

Clara entdeckte eine kleine, runde, blaue Dose und hielt sie in Susans Richtung.

„Genau. Da liegt auch irgendwo ein Pinsel.“

„Ich schätze, gleichzeitig einen Bruder und eine Freundin zu verlieren, würde jeden traurig stimmen“, sagte Clara, während sie sich durch Fläschchen, Ohrringe und Zettel wühlte. „Immerhin werden Laura und Andrew gemeinsam ein neues Leben beginnen. So schön wie das sein mag, kann es auch erschütternd sein.“

„Ja, darüber habe ich auch schon nachgedacht.“ Susan seufzte. „Im vergangenen Jahr habe ich drei Hochzeiten meiner Freundinnen miterlebt. Ich bin die Einzige, die noch übrig ist. Da fühlt man sich übergangen.“

Susan lachte, doch es klang nicht überzeugend.

„Aber du hast doch noch andere Dinge im Leben. Laura erzählte mir, dass du eine Karriere anstrebst.“ Clara fand einen Pinsel und ging zu Susan hinüber. „Würde es dir etwas ausmachen?“ Sie streckte ihr die Dose entgegen.

„Nein, natürlich nicht. Beug dich vor.“ Susan machte sich vorsichtig daran, Claras Augen zu schminken. „Weißt du, Clara, eine Karriere würde mir gefallen.

Nun ja, es würde mir gefallen, irgendetwas zu haben. Etwas, das ich anderen zeigen und worauf ich stolz sein kann. Das Problem ist nur, ich weiß nicht, was das sein könnte."

„Es gibt dieser Tage deutlich mehr Möglichkeiten für Frauen."

„Das kann ich nicht bestreiten, doch es gibt auch immer noch viele Bereiche, aus denen wir ausgeschlossen werden. Erzähl mal, Clara, wie hast du dich dafür entschieden, Detektivin zu werden?"

„Ich fürchte, das ist einfach so passiert. Zu behaupten, ich hätte mich dafür entschieden, würde weitaus mehr Planung implizieren, als jemals stattgefunden hat. Es war bloß eine Sache, die ich gut kann und gerne tue."

„Da hast du es doch, du hast dich dafür entschieden. Du hast etwas gewählt, was du kannst und magst. Warum kann ich nicht etwas Ähnliches finden?"

„Was machst du denn gern?"

„Das ist das Problem. Ich mag es, gar nichts zu tun." Susan hatte Claras Augen fertig geschminkt und stellte die Dose auf dem Nachttisch ab. „Ich bin nicht gerade eine moderne Frau, die in die Geschäftswelt vordringen und die Einschränkungen der Gesellschaft überwinden will. Es gefällt mir sehr gut, zu Hause zu sein und das Geld meines Vaters auszugeben. Klingt das nicht fürchterlich?"

Clara lächelte, während sie sich erhob.

„Ich werde dich nicht dafür verurteilen. Aber ich glaube nicht, dass dieses Leben genug für dich ist, sonst wärst du angesichts dieser Hochzeit nicht so aufgebracht."

„Wohl wahr." Susan nickte. „Vielleicht würde es mir gefallen, eine Familie zu haben?"

„Du hast noch genug Zeit, um das herauszufinden." Clara betrachtete ihre Augen im Spiegel und lief dann zur Tür. „Vielen Dank für den Mascara. Ich werde dir etwas Kuchen mitbringen."

„Oh, mach dir keine Umstände, es wird genug übrigbleiben. Wir werden noch wochenlang davon essen." Susan runzelte die Stirn, als sie sich wieder in die Kissen sinken ließ. „Erzähl Laura nichts davon."

„Meine Lippen sind versiegelt", versprach Clara und kehrte dann in ihr Zimmer zurück.

Die Kirche war sehr voll. Die verschiedenen Zweige der Familie Campbell waren so zahlreich vertreten, dass sie sogar auf der Seite der Braut saßen. Doch da die Pettibones nur wenige Gäste beisteuerten, war das im Grunde egal. Clara wurde zusammen mit Tommy von einem Platzanweiser zum äußeren Ende einer Kirchenbank geführt. Der Mann entschuldigte sich knapp für die Plätze.

„Zu Recht!", sagte Clara grummelnd zu ihrem Bruder. „So in eine Ecke gestopft zu werden, in fünfter Reihe, nicht einmal auf der gleichen Bank wie die anderen Cousins und Cousinen. Man sollte bedenken, dass wir relativ enge Blutsverwandte sind und mindestens in der dritten Reihe hätten sitzen sollen. Immerhin sind wir sogar bei der Familie des Bräutigams untergekommen!"

„Das liegt nur hieran." Tommy klopfte an die Seite seines Rollstuhls. „Sie wussten nicht, wo sie mich platzieren sollten, ohne dass ich einen Gang blockiere."

Claras Gesichtsausdruck verfinsterte sich noch mehr.

„Das ist ungerecht, Tommy. Hast du nicht die Kontrolle über deine Beine verloren, während du für die meisten der Menschen hier gekämpft hast? Ich bin mir sicher, dass man dich noch irgendwo mit auf eine Bank setzen kann. Ich werde mit jemandem sprechen!"

„Clara!", zischte Tommy. Seine Stimme klang plötzlich schneidend. „Mach kein Theater. Ich will mich nicht vor all den Leuten aus diesem Rollstuhl auf eine Bank hieven lassen."

Clara ließ sich auf ihre Bank sinken.

„Ich weiß. Ich weiß", sagte sie leise. „Ich ... ich bin bloß verletzt, weil du nicht besser eingeplant wurdest. Glorianna hat Hogarths Geld immerhin mit vollen Händen ausgegeben. Sie hätte irgendetwas organisieren können, statt uns wie Aussätzige in eine Ecke zu verbannen."

„Es macht mir nichts aus", sagte Tommy beruhigend.

„Was hätte unsere Mutter dazu gesagt? Sie wäre außer sich gewesen."

„Aber ich bin es nicht", sagte Tommy mit Nachdruck. „Es ist nur eine Hochzeit, und ehrlich gesagt sitze ich lieber hier als neben heulenden Tanten und Onkeln."

„Ja. Du hast ja recht. Immerhin hat man uns nicht hinter eine Säule gesetzt."

„Apropos Onkel, da kommt Eustace."

Eustace zwängte sich in den schmalen Raum zwischen den Kirchenbänken und bewegte sich auf Clara zu. Mit einem Ächzen ließ er sich fallen.

„Macht es euch etwas aus, wenn ich hier sitze? Sie wollen mich vorne nicht haben, das weiß ich, ohne zu fragen. Schaut euch nur Glorys Gesicht an." Eustace hob eine Hand und winkte Glorianna albern zu, die sich auf ihrem Platz herumgedreht hatte. Sie warf ihm einen bösen Blick zu und wandte sich rasch ab.

„Wie hast du Glorianna überhaupt gegen dich aufgebracht? Ist sie nicht erst seit drei Jahren mit Hogarth verheiratet?"

„Fünf. Sie hat ihn geheiratet, kurz nachdem Maud Campbell den Löffel abgegeben hat. Ich hätte gemeint, Hogarth könnte unmöglich eine schlimmere Frau als Maud finden; diese alte Streitaxt. Sie hat mit eisernem Willen über ihren Ehemann und die Kinder geherrscht. Und Andrew ist ihr gar nicht unähnlich. Kaum dass sie unter der Erde lag, verkündete Hogarth, dass er wieder heiraten würde; den Mädchen zuliebe natürlich."

„Glorianna ist gar nicht so schlimm. Zu uns war sie sehr nett", entgegnete Clara.

„Pah! Ihr kennt sie bloß noch nicht. Fragt mal Susan. Dieses kleine Drama gestern Abend? Wenn ihr mich fragt, hatte Glory da ihre Hände im Spiel."

„Sie hat sich Sorgen um Susan gemacht, das hast du gesehen."

„Sollte sie auch, wenn es ihre scharfe Zunge war, die Susan in die Kälte hinausgetrieben hat, und dazu, sich umbringen zu wollen."

Clara versteifte sich.

„Es war ein Missgeschick."

„Wir wissen beide, dass sie gesprungen ist." Eustace verzog das Gesicht und rieb sich die Brust. „Diese verdammten Magenverstimmungen lassen mich nicht in Ruhe."

„Willst du andeuten, dass Glorianna und Susan nicht gut miteinander auskommen?"

„Wie viele junge Frauen kommen schon gut mit einer Stiefmutter aus, die ihr Vater wenige Wochen nach dem Tod ihrer leiblichen Mutter geheiratet hat? Typische Bitterkeit und Angst. Susan ist ein liebes Mädchen, aber recht sensibel. Sie nimmt sich vieles sehr zu Herzen und Glory kann grausame Worte von sich geben, wenn sie will. Natürlich gibt sie sich vor ihren besonderen Gästen herzallerliebst.“

Es lag ein unangenehmer Unterton in Eustaces Worten, der Clara Unbehagen bereitete. Sie wusste, dass sie die Frage nicht stellen konnte, doch sie hätte gern erfahren, was er andeuten wollte.

„Besondere Gäste?“

„Glory liebt es, sich wohltätig zu zeigen. Sie braucht Menschen, denen sie sich überlegen fühlen kann. Tut mir leid, dir zu sagen, dass euch diese Rolle zufällt, Clara. Die verarmte Verwandtschaft. Deshalb wohnt ihr im Haus, aber niemand sonst. Ihr seid Glorys kleines Projekt. Sie kann euch herumzeigen, um zu beweisen, wie großzügig und nett sie ist. Sie mag mich nicht, weil ich ihre Spielchen nicht mitspiele“, schnaubte Eustace. „Sie will, dass sich ihre Freunde daran erinnern, wie gut sie sich um die mittellose Verwandtschaft ihres Ehemannes gekümmert hat; wie gütig und nett sie war. Dass Tommy ein Krüppel ist, setzt dem Ganzen noch die Krone auf. ‚Schaut nur, wie ich mich um die Kriegsversehrten kümmere!‘ Habt ihr euch nie gefragt, warum sie nach all der Zeit plötzlich Kontakt aufgenommen hat?“

„Ignorier ihn einfach“, sagte Tommy. Er weigerte sich, Eustace anzuschauen. „Das ist bloß seine Art, Aufmerksamkeit zu erregen.“

Und Clara ignorierte ihn. Sie war zu vernünftig, um Eustace diese „ehrlichen" Worte einfach abzukaufen. Doch der Samen des Zweifels war ausgesät worden. Sie hatte sich tief im Inneren schon die ganze Zeit gefragt, ob mehr hinter dieser plötzlichen Hochzeitseinladung steckte. Immerhin waren sie tatsächlich ins Haus der Familie eingeladen worden. Wie oft ließ man entfernten Cousins und Cousinen schon ein solches Privileg zukommen?

„Eustace, würdest es dir etwas ausmachen, dich auf Lauras Seite zu setzen? Wir sind ungleich verteilt." Glory war wie eine Walküre aufgetaucht, bereit, sich mit Schild und Speer auf einen widerspenstigen Feind zu stürzen.

Eustace funkelte sie an.

„Ja, es würde mir etwas ausmachen. Ich kenne da drüben niemanden!"

„Du kennst Großtante Bess und ihre Gefährtin Irlene."

„Bess Campbell! Du willst, dass ich mich neben diese taube, alte Schachtel setze?"

„Ja. Wir müssen die Gäste auf beiden Seiten ausgleichen, sonst ergibt das ein seltsames Bild. Komm schon, Eustace. Du wolltest ohnehin nicht bei uns sitzen, warum machst du also einen solchen Aufstand?"

„Das ist ja wieder typisch!" Eustace stand auf und schob sich die Reihe entlang. „Du hast es auf mich abgesehen, Glory!"

„Unsinn! Ich habe auch schon Cousin Bert und Cousine Freda gebeten, sich umzusetzen, und sie sind damit sehr kultiviert umgegangen."

Als Eustace den Mittelgang der Kirche erreichte, keuchte er bereits schwer vor Anstrengung. Glorianna führte ihn behutsam zu einer Bank auf der anderen Seite, stellte ihn dann Großtante Bess vor und ließ ihn in ihrer Obhut. Sie kam kurz zu Clara und Tommy zurück.

„Das tut mir wirklich leid, Clara."

„Es ist nichts passiert", versicherte Clara ihr.

„Er treibt mich wirklich in den Wahnsinn. Man weiß nie, was er als nächstes tun wird. Und es tut mir leid, dass ihr so weit hinten sitzt. Das ist wirklich ärgerlich. Der Vikar hat mir versichert, dass er es irgendwie möglich machen würde, Tommys Rollstuhl in der dritten Reihe unterzubringen, doch wie ihr sehen könnt, hat er das völlig vergessen." Glorianna fächelte sich mit der Hand Luft zu. „Manchmal frage ich mich wirklich … ich frage mich …"

Sie wurde von dem Geflüster abgelenkt, dass die Braut eingetroffen sei, und kehrte eilig zu ihrem Platz zurück.

„Lasset die Spiele beginnen", sagte Tommy mit einem leicht griesgrämigen Grinsen.

Laura sah überwältigend aus, als sie im Kirchenportal auftauchte. Die private Vorführung des Kleides war ihm nicht gerecht geworden. Die verschlankenden Linien, die tiefe Taille und der Saum, der den Blick auf die Knöchel und die weißen Schuhe freigab, machten das Kleid zu einem Outfit, in dem sich auch ein Filmsternchen zeigen könnte. Laura hatte auch die zierliche Figur, um diesen Schnitt zu tragen, der kein Gramm zu viel verzeihen würde. Ihr Schleier hing hinter ihr und breitete sich wie ein großes Spinnennetz auf dem

Boden aus. Da eine Brautjungfer fehlte, hatten die anderen jungen Mädchen damit zu kämpfen, den Stoff in der Luft und faltenfrei zu halten.

Clara beobachtete mit einem seltsamen Rumoren im Bauch, wie Laura den Mittelgang entlanglief. Einen Mann zu heiraten, den man so innig liebte, kam ihr in diesem Augenblick wie das Größte auf der Welt vor. Clara spürte einen Kloß im Hals, als Laura ihren Platz neben Andrew einnahm und überglücklich in seine Augen schaute.

Würde Clara je diesen Moment erleben? Sie drängte den Gedanken beiseite; es machte sie nur wütend, so emotional und töricht zu werden. Sie hatte ihren Platz in der Welt, so wie jeder andere auch. Bislang war sie einen recht einsamen Weg gegangen, und da ihr vierundzwanzigster Geburtstag immer näher rückte, schwanden die Chancen darauf, dass sich daran noch etwas ändern würde. Doch sie hatte andere Dinge, die ihr wichtig waren, und war zufrieden mit dem Leben, das sie sich aufgebaut hatte. Doch viele Menschen fehlten: ihre Mutter, ihr Vater und jene, die in den Krieg gezogen und nicht zurückgekommen waren. Eine Träne rollte über ihre Wange.

Tommy nahm ihre Hand und drückte sie. Clara schaute zu ihm und lächelte, um ihm zu versichern, dass es ihr gutging, dann hielt sie seine Hand fest.

Der Reverend arbeitete sich langsam durch die Hochzeitszeremonie. Andrew stand stolz da, in seiner Offiziersuniform, mit all seinen Orden an der Brust. Er zeigte keinerlei Emotionen, doch im Inneren bewegte ihn dieser einzigartige Anlass gewiss auch, oder? Laura war atemlos und freudig erregt. Sie versuchte, den gesprochenen Worten zu folgen, war aber eigentlich viel zu aufgeregt dafür. Es war, als würde für sie ein Traum wahrwerden und sie könnte nur an den Moment denken, in dem sie beide als Mann und Frau die Kirche verlassen würden.

Reverend Draper kam gerade in Schwung, als er die Stelle erreichte, bei der er sich an die Gemeinde wandte und überaus theatralisch fragte – da er einst mit dem Jugendschauspiel aufgetreten war – ob jemand einen Einwand gegen diese Eheschließung habe.

Es herrschte einen Augenblick lang Stille, während sich alle gegenseitig beäugten. Eine albere Sorge überkam Clara und sie wünschte, dass diese lange Stille ein Ende nähme. Sie verspannte sich, doch niemand sagte ein Wort. Reverend Draper machte sich daran, fortzufahren.

„Wenn dem so ist …"

„Hey! Ich habe einen verdammt guten Einwand!"

Die gesamte Hochzeitsgesellschaft drehte sich gleichzeitig zum offenstehenden Kirchenportal um. Sie schauten auf die Frau in Rot, die dort stand, als wäre sie ein streunender Hund, der zufällig hereingewandert war. Doch sie war keine Streunerin, sie wusste genau, wo sie war. Sie trat in ihren schwarzen, hochhackigen Schuhen vor und zog sich dabei eine Nerzstola über die Schultern.

„Schicke Aufmachung, mein lieber Andrew. Hast du vergessen, mich einzuladen?"

Clara war beinahe die Einzige, die den Blick von der Frau losriss, um sich Andrews Reaktion anzuschauen. Er wirkte wie versteinert und schwieg; völlig ungerührt. Nichts schien seine gelassene Fassade durchdringen zu können.

„Entschuldigung, aber wer sind Sie?" Glorianna, die rachsüchtige Walküre, stürzte sich erneut in die Schlacht.

Clara hatte das ungute Gefühl, dass sie dieses Mal nicht siegreich daraus hervorgehen würde.

„Ich bin seine Ehefrau!", knurrte die Frau.

„Wessen Ehefrau?", wollte Glorianna wissen.

„Andrew Campbells Ehefrau! Deshalb kann er dieses kleine Vögelchen nicht heiraten! Er ist bereits mit mir verheiratet!"

Kapitel 7

Clara vermutete, dass Glorianna in ihren Leben nur sehr wenige Niederlagen erlebt hatte, doch diese fremde Frau in Rot änderte diese Tatsache drastisch. Gloriannas Lippen bewegten sich, doch es kamen keine Worte heraus. Was hätte sie auch sagen sollen?

„Falls Sie mir nicht glauben", fuhr die Frau fort, während sie ihre Handtasche öffnete, „hier ist meine Heiratsurkunde."

Sie reichte die Urkunde an Glorianna weiter, die sie benommen betrachtete.

„Machen Sie keine Dummheiten, es werden Kopien dieser Unterlagen aufbewahrt." Die Frau wirkte sehr zufrieden mit sich.

Laura war in den Armen ihres Vaters zusammengesunken und ihr Gesicht war so weiß wie ihr Kleid. Hogarth trat in den Mittelgang und nahm seiner Frau behutsam die Urkunde ab. Er betrachtete sie eine Weile lang, ehe er sich erwartungsvoll zu seinem Sohn umdrehte.

„Andrew?"

Andrew war völlig ungerührt. Er ging ohne ein Anzeichen von Wut, Reue oder gar Trauer auf die Frau zu. Er nahm sie am Arm und flüsterte ihr etwas ins Ohr.

„Na schön, ich werde gehen", sagte die Frau und schnappte sich ihre Heiratsurkunde. „Aber ich musste mich doch zeigen, oder nicht? Es wäre nicht richtig gewesen, diese Veranstaltung einfach weiterlaufen zu lassen."

Sie stopfte die Urkunde in ihre Handtasche, während Andrew, der sie immer noch am Arm hielt, sie zum Kirchenportal führte.

„Wirst du mich besuchen kommen?", hörte Clara sie fragen, doch Andrews Antwort konnte sie nicht mehr verstehen.

„Ähm, vielleicht sollten Braut und Bräutigam und, ähm, die Eltern mich für einen Moment in die Sakristei begleiten, damit wir diese Angelegenheit besprechen können." Reverend Draper wirkte schwer erschüttert. Sämtliche Farbe war aus seinem Gesicht gewichen und seine Stimme bebte.

„Armer Kerl. So etwas ist ihm noch nie passiert", flüsterte Tommy seiner Schwester zu.

„Wer?" Clara erwachte aus ihrem Schock ob dieser plötzlichen Wendung.

Laura, Andrew und die Eltern zogen sich mit dem Vikar zurück, während sich alle anderen umschauten und sich fragten, was hier gerade vorgefallen war.

„Ist es wahr?", hörte Tommy sich fragen.

„Sie hatte die Urkunde dabei und kannte ihn offensichtlich." Clara richtete ihren Blick auf die Tür zur Sakristei, als könnte sie sich hindurchbohren und herausfinden, was dahinter vor sich ging. Sie machte sich Sorgen um Laura. Die junge Frau war offensichtlich am Boden zerstört.

„Ich meine, solche Dinge passieren", fuhr Tommy fort. „Während des Krieges gab es viele junge Männer, die rasch ihre Freundinnen geheiratet haben, für den

Fall, dass sie diese Gelegenheit sonst nicht mehr bekommen würden."

„Aber wie viele von ihnen haben die Frau im Stich gelassen, um sich eine neue Braut zu suchen?"

Tommy zuckte mit den Schultern.

„Ich sage nur, dass es technisch möglich wäre. Andrew könnte die junge Frau aus einer gewissen Torheit heraus geheiratet haben, bevor er an die Front ging, und als er zurückkam, hat er sie schlicht aus seinem Gedächtnis gestrichen. Er lebte sein Leben weiter, in der Hoffnung, dass nie jemand davon erfahren würde."

„Das ist aber nicht sehr ehrenhaft", sagte Clara.

„Der Krieg verzerrt die eigene Vorstellung von Ehre. Vielleicht war sie eine junge Frau, die er ..." Tommy kniff die Augen zu.

„Du kannst ehrlich mit mir sein, Tommy. Es ist mittlerweile ziemlich schwierig, mich zu kränken."

„Nun, sagen wir, ein Kerl will Spaß mit seiner Freundin haben, aber sie weigert sich, solange er sie nicht zu seiner Angetrauten gemacht hat. Die beiden gehen also schnell auf ein Standesamt, regeln alles Nötige und dann sind alle glücklich."

„Sie wirkte nicht wie eine Frau, der so etwas wichtig wäre", antwortete Clara düster. „Sie sah aus wie ein Flittchen und ist meiner Einschätzung nach einige Jahre älter als Andrew."

Tommy verzog das Gesicht.

„Das ist nicht sehr nett."

„Vielleicht nicht, aber ich stehe zu meiner Aussage. Außerdem ist es egal, ob sie ein leichtes Mädchen oder eine Dame mit strengen Moralvorstellungen ist.

Andrew hat sie verlassen, sein Gelübde gebrochen und wollte Laura in eine Ehe locken, die nicht völlig rechtens gewesen wäre. Was immer er sich auch gedacht haben mag, irgendwann musste es doch herauskommen."

„Dann besser jetzt als später. Gut, dass die Frau hergekommen ist."

Clara schnaubte.

„Ich sage dir eines, Tommy: Diese Frau ist seit mehreren Tagen hier und hat für ihre Enthüllung den Augenblick abgewartet, in dem sie Andrew am härtesten trifft. Sie hätte zu den Campbells gehen können, ohne Aufsehen zu erregen, um die Sache schon vor dem heutigen Tag zu klären. Stattdessen kommt sie hier hereingestürmt und demütigt die arme Laura, die ihr nichts angetan hat und in dieser Sache völlig unschuldig ist. Das allein setzt meine Meinung von ihr deutlich herab."

„Wie kannst du dir so sicher sein, dass sie nicht gerade erst hier angekommen ist?"

„Wo war ihr Gepäck? Wenn sie gerade erst mit dem Zug angekommen und hergelaufen ist – übrigens eine Strecke von über drei Kilometern – warum sind ihre Schuhe dann makellos sauber? Sah sie aus wie eine Frau, die gerade aus dem Zug ausgestiegen ist? War sie abgespannt von der Reise? Nein, sie war taufrisch und ihr Haar und ihre Schminke waren tadellos. Sie hat diesen Auftritt schon seit einer Weile geplant."

„Ich schätze, sie hat die Hochzeitsankündigung in der Zeitung gesehen. Hogarth hat dafür gesorgt, dass sie in allen großen Zeitungen des Landes veröffentlicht wurde."

„Die eigentliche Frage ist: Warum jetzt? Warum nicht früher? Sie muss gewusst haben, wo sie ihn finden kann. Sein Name wäre recht einfach nachzuverfolgen; erst recht, wenn sie seine Soldatenkennziffer kannte."

„Nicht jeder Mensch denkt wie du, Clara." Tommy lächelte sie an.

„Selbst wenn ... was will sie? Geld? Soll Andrew zu ihr zurückkehren? Sie muss doch zumindest wissen, dass Letzteres aussichtslos ist."

„Vielleicht hegt sie trotzdem die Hoffnung."

„Sie wirkte ein wenig zu erfahren, um sich mit Hoffnungen abzugeben", merkte Clara düster an.

Reverend Draper kehrte zurück. Hogarth war gleich hinter ihm. Er lief zum Altar und blickte mit Unbehagen auf die versammelten Gäste.

„Wie ihr alle wohl vermuten werdet, gab es Komplikationen bei den Modalitäten dieser Eheschließung. Wir werden sie verschieben, bis alles geklärt ist. Wenn ihr euch bitte alle ins Dorf begeben würdet, der Empfang findet im Bon-Bon statt, und wir wollen das gute Essen doch nicht verschwenden. Bitte geht hin und vergnügt euch. Meine Frau und ich werden bald dazustoßen." Hogarth ließ den Blick über sein aufmerksam lauschendes Publikum schweifen. „Ich bin mir sicher, dass alles bald ins Reine kommt. Es scheint ein wenig Verwirrung zu geben. Ich muss natürlich nicht erwähnen, dass ich euch bitten würde, keinerlei Gerüchte über diese Sache zu verbreiten. Es handelt sich um eine ganz banale Angelegenheit."

„Banal!" Clara lachte beinahe. „Ich will nicht wissen, was seiner Definition nach als echte Krise durchgeht."

Die ersten Gäste erhoben sich und verließen die Kirche.

„Möchtest du zu diesem Empfang gehen?", fragte Tommy.

„Ich würde lieber zum Haus zurückkehren."

„Du bist zu neugierig, Clara."

„Ganz und gar nicht! Ich habe nach diesem Debakel bloß den Appetit verloren."

Tommy warf ihr einen ungläubigen Blick zu, gerade als Glorianna aus der Sakristei kam. Sie war offensichtlich ganz durcheinander, als sie zu Hogarth ging.

„Laura ist mit ihrem Vater durch die Hintertür verschwunden. Sie konnte es nicht ertragen, an all den Gästen vorbeizugehen." Glorianna wischte sich ein Haar aus der Stirn. „Gütiger Himmel, ist das wirklich passiert?"

Sie eilte den Mittelgang entlang und scheuchte die letzten Gäste geradezu hinaus. Bald waren Clara und Tommy allein in der Kirche. Hogarth hatte sich entfernt und Andrew war wie seine Braut verschwunden. Reverend Draper räumte gerade seine Bibel weg. Seine Hände zitterten noch immer.

„Eine schlimme Sache", sagte Clara zu ihm, während sie Tommy in den Mittelgang schob. „Ich hoffe, das hat Sie nicht zu sehr mitgenommen."

Der Reverend hob den Blick. Er sah vor Schock beinahe ausgemergelt aus.

„Eine überaus seltsame Geschichte. Damit hätte ich nie gerechnet. Sie so hier hereinspazieren zu sehen!" Der Reverend schüttelte den Kopf. „Wirklich seltsam."

„Der Mann steht kurz vor dem Nervenzusammenbruch“, sagte Tommy, als sie die Kirche verließen. „Er ist über diese Sache wirklich sehr aufgebracht.“

„Es hat ihn zutiefst erschüttert. Es muss eine schreckliche Vorstellung sein, dass jemand die Gelübde, die einem selbst heilig sind, so einfach brechen würde.“

„Die meisten Geistlichen, denen ich an der Front begegnet bin, waren aus härterem Holz geschnitzt.“

„Ja, natürlich! Mussten sie ja auch sein.“

Sie holperten mit dem Rollstuhl den Hang hinab, in Richtung der Campbell-Residenz, und ignorierten das Hochzeitsautomobil, das einsam in der Auffahrt stand.

„Ich hoffe, dass es Laura gutgeht“, sagte Clara zum wiederholten Male.

„Menschen erholen sich schnell“, versicherte Tommy ihr. „Und sie ist noch jung.“

Das wollte Clara nicht so recht beruhigen. Was hatte die Jugend mit der Verarbeitung vernichtender Nachrichten zu tun?

Es waren nur knapp zwei Kilometer von der Kirche zum Haus der Campbells und auf dem Weg sprachen sie nur wenig. Tommy bestand darauf, seinen Rollstuhl selbst zu schieben, und brachte Clara dazu, die Griffe loszulassen. Der Hang verlieh ihm zusätzlichen Schwung und Clara musste rennen, um Schritt zu halten. Sie hielt ihren Hut fest und packte den Rollstuhl, wann immer er drohte, gegen eine Mauer zu rollen. Als sie sich der Zufahrt des Hauses näherten, waren sie beide von ihrem Treiben völlig außer Atem.

„Ich bekomme ein schlechtes Gewissen, wenn ich nach allem, was passiert ist, so heiter bin“, sagte Clara, während sie Tommys Rollstuhl mühevoll die Zufahrt hinaufschob.

„Sei kein Frosch. Wenn jeder traurig wäre, wann immer andere traurig sind, weil man glaubt, dass es sich so gehört, dann würde niemand mehr glücklich werden!"

Clara brauchte einen Moment, um die Logik dieser vagen Aussage herauszuarbeiten.

„Vermutlich hast du recht."

„Ich habe immer Recht. Das ist eine Gabe."

„Pah! Das redest du dir bloß immer wieder ein!"

Sie waren bester Laune, als sie die Haustür erreichten, doch das änderte sich, sobald sie Peg begegneten.

„Ist Glory bei euch? Nein, nein, natürlich nicht. Sie ist bei diesem verflixten Empfang. Verdammt!" Peg hatte sich eine Zigarette angezündet und zog fieberhaft daran. „Das alles ist so lächerlich. Andrew ist einfach verschwunden. Vermutlich schraubt er an seinem Automobil herum. Ich weiß nicht, was Laura gerade denkt. Habt ihr sie gesehen, als ihr die Kirche verlassen habt?"

Clara verneinte.

„Verdammt!" Peg hatte ihre Zigarette aufgeraucht und steckte sich gleich die nächste an. „Wie muss es ihr nur gehen? Und als ich nach Hause kam, war Susan nicht in ihrem Zimmer. Da bin ich völlig durchgedreht. Ich rannte nach unten und befürchtete schon das Schlimmste, da spaziert sie mit einem Strauß Blumen in der Hand durch die Terrassentür herein. Sie hatte bloß frische Luft geschnappt. Nachdem ich sie beinahe in rechtschaffenem Zorn angeschrien hätte, musste ich ihr erzählen, warum ich so früh wieder zu Hause war und was bei der Hochzeit passiert ist. Sie wollte sofort zu Laura gehen, doch ich bestand darauf, dass sie sich wieder ins Bett legt. Ganz ehrlich, diese Familie ist ein einziges Wrack! Was hältst du von alledem, Clara? Sag es mir."

„Ehrlich gesagt bin ich so verblüfft und überwältigt wie du. Ich habe sicher nicht mit dem gerechnet, was da in der Kirche passiert ist." Clara hob Pegs Zigarettenstummel auf, der ein Loch in den Teppich im Flur sengte. Einen Brand, der alles noch zusätzlich verkomplizierte, konnten sie nun wirklich nicht gebrauchen.

„Ich frage mich, wie es jetzt weitergeht." Peg stieß eine Rauchwolke aus und ließ sich gegen die Wand sinken. „Ist es wahr? Ich meine, könnte Andrew diese Frau geheiratet haben?"

„Zu schade, dass er nicht hier ist, um ihm diese Frage zu stellen", merkte Tommy an.

„Wenn man ihm denn überhaupt eine Antwort entlocken könnte", knurrte Peg. „Andrew ist nicht gerade mitteilsam, wie ihr vielleicht bemerkt haben werdet. Er war schon vor dem Krieg nicht allzu gesprächig. Man bekam nie eine Information aus ihm heraus. Es war zum Schreien."

„Ich bin mir sicher, dass sich das alles aufklären wird. Die Frau könnte eine Hochstaplerin sein, die nur Ärger machen und etwas Geld herausschlagen will", bot Clara als dürftige Erklärung an.

„Sie hatte die Urkunde. Glory und mein Vater haben einen Blick darauf geworfen. Ihnen muss sie wohl echt genug vorgekommen sein. Glory hätte man vielleicht täuschen können, doch mein Vater ist ein schlauer Mann, und er weiß, wie rechtsgültige Dokumente aussehen sollten."

„Peg, versuch, dich zu beruhigen. Wir müssen diese Sache Schritt für Schritt angehen. Und selbst wenn es die Wahrheit sein sollte, gibt es Mittel und Wege, um die Situation zu klären. Es wird Andrews Entscheidung sein, und natürlich davon abhängen, ob Laura ihn dann immer noch heiraten will."

„Himmel, mir wäre die Lust vergangen." Peg hatte eine weitere Zigarette aufgeraucht. „Nach diesem Schlamassel ... wie beschämend. Armes Mädchen."

„Nun, du kannst nicht viel tun, bis Andrew sich wieder zeigt, deshalb schlage ich vor, dass du im Moment nicht mehr darüber nachdenkst." Clara hob den zweiten Zigarettenstummel auf, als er zu Boden fiel.

„Ich schätze, ich könnte meinem Vater etwas Tee machen." Peg lief plötzlich fort und wirkte ein wenig benommen. „Und ich könnte dieses verdammte Kleid ausziehen."

Clara seufzte erleichtert, als Peg verschwunden war.

„Was für ein Schlamassel, nicht?"

Tommy und Clara schauten nach links und sahen Onkel Eustace in der Tür zum Salon stehen.

„Meine Magenverstimmung ist davon nur noch schlimmer geworden", er rieb sich erneut die Brust, verzog das Gesicht und wanderte in Richtung Barschrank davon.

„Also, wie schnell können wir packen und uns aus dem Staub machen?", fragte Tommy hoffnungsvoll.

Clara hörte ihm gar nicht zu. Ihre Gedanken hingen an all den kleinen Dramen, die sich um sie herum abgespielt und in einer großen Katastrophe gegipfelt hatten. Sie fragte sich, ob sie Andrew aufspüren oder gar Laura besuchen sollten, doch sie wusste, dass sie nichts dergleichen tun würden. Sie würden den Kopf unten halten und beobachten, wie sich die Dinge entwickelten, bis Clara dazu aufgefordert wurde, entweder zu helfen oder zu verschwinden. In der Zwischenzeit hielt sie es für ratsam, der Familie aus dem Weg zu gehen.

„Warum habe ich nur das Gefühl, dass es noch schlimmer wird, bevor es besser wird?", murmelte sie.

„Weil du eine Pessimistin bist", sagte Tommy. „Ich hingegen bin Optimist. Und so denke ich zum Beispiel, dass wir binnen weniger Stunden gepackt haben und im Zug nach Brighton sitzen könnten."

Er beobachtete seine Schwester.

„Nur dass wir nicht nach Hause fahren werden, oder?", fragte er kläglich.

„Noch nicht. Das wäre, als würden wir ein sinkendes Schiff verlassen. Wir bleiben noch bis morgen, länger nicht. Außerdem hast du diese Tickets für die Rennstrecke."

„Glaubst du, Andrew wird so schamlos sein, immer noch daran teilzunehmen?"

„Oh, wer weiß. Er ist so verrückt nach seinen Automobilen, dass er dafür seine Hochzeitsreise verzögert hat! Alles ist möglich."

„Das ist es, was mir Sorgen bereitet." Tommy schüttelte den Kopf. „Na ja, aber dann komm nicht angerannt, wenn du dir wünschst, du wärst mit dem erstbesten Zug nach Hause gefahren."

„Werde ich nicht", versicherte Clara ihm. „Außerdem gehören wir zur Familie!"

Kapitel 8

Clara ging an diesem Abend früh zu Bett. Das Abendessen war sehr unangenehm gewesen: traurige Gesichter und gesenkte Blicke. Alle hatten bloß in einer Zusammenstellung der kalten Gerichte herumgestochert, die beim Empfang übriggeblieben waren. Anscheinend hatten viele der Gäste kein Hochzeitsmahl essen wollen, ohne dass überhaupt eine Hochzeit stattgefunden hatte. Sie hatten sich entschuldigt und waren in ihre Hotels oder Häuser zurückgekehrt. Es war viel zu viel Essen übriggeblieben. Glorianna hatte es alles eingesammelt und fürs Abendessen nach Hause gebracht. Sie versuchte, gute Miene zu machen, doch sie war offensichtlich ausgelaugt und verstimmt.

Peg hatte so viel geraucht, dass ihr schlecht geworden war, und stocherte bloß lustlos in dem kalten Fleisch und den Kartoffeln auf ihrem Teller herum. Hogarth war das genaue Gegenteil: Er schlang sein Essen herunter und verlangte nach mehr. Offensichtlich versuchte er so seinen Kummer und seine Verwirrung zu vertreiben. Susan war aus ihrem Zimmer heruntergekommen, hatte aber schlechte Laune, da sie wusste, dass schon ihr Verhalten am vergangenen Abend dem Haussegen geschadet hatte. Nur Eustace aß mit normalem Appetit und schien seine Magenbeschwerden ganz vergessen zu haben. Andrew war immer noch nicht wiederaufgetaucht.

Clara knabberte ein wenig an ihrem kalten Hühnchenfleisch und warf einen schamvollen Blick auf die köstlich aussehenden Desserts, die auf der Anrichte standen. Zu Hause gab es nur selten Dessert, und wenn, dann war es Milchreis oder Obstkuchen. Die außergewöhnlichen Gerichte, die man für die Hochzeit zubereitet hatte, waren etwas ganz anderes, als ihre üblichen süßen Freuden. Ihr Blick wanderte immer wieder zu einem Sherry-Trifle, das mit einer dicken Schicht Sahne und Goldflocken bedeckt war. Die Hochzeitstorte war nicht ins Haus zurückgekehrt; zumindest nicht ins Speisezimmer. Sie war auseinandergenommen und auf die verschiedenen Etagen unter dem Personal des Hotels und den Bediensteten der Campbells aufgeteilt worden. Wenigstens für diese Leute hatte der Tag mit einer angenehmen Überraschung geendet.

Das Abendessen endete recht plötzlich. Es gab zwar Dessert für diejenigen, die es wollten, aber Glorianna, Susan und Peg zogen sich leise zurück. Clara fand es vernünftig, sich eine Schüssel mit Desserts zu beladen und sich zum Essen in ihr Zimmer zurückzuziehen. Tommy folgte ihrem Beispiel, dann entschuldigten sie sich leise und ließen die beiden Campbell-Brüder allein zurück.

„Ich hoffe, sie streiten sich nicht", dachte Clara kurz laut, als sie sich in ihrem Zimmer einschloss.

Es war geradezu entspannend, plötzlich das ganze Campbell-Drama ausgesperrt zu haben. Clara stellte ihre Schüssel mit Trifle, Zitronentörtchen und Mousse au Chocolat auf dem Schreibtisch ab und löffelte den

Inhalt, während sie einen Brief an ihr Dienstmädchen Annie verfasste, um sie darüber zu informieren, dass sich ihre Rückkehr wohl verzögern würde.

Als sie ihr Dessert aufgegessen hatte, lag das Haus seltsam still da und Clara wusste nicht, was sie tun sollte. Sie öffnete das Fenster einen Spaltbreit, da die Luft ein wenig stickig war, und saß dann eine Weile da, ohne irgendetwas Nennenswertes zu denken. Sie hörte den Ruf einer Eule und ihr fiel auf, wie still es hier draußen auf dem Land war. In Brighton gab es ständig irgendwelche Geräusche, die von außerhalb des Hauses hereindrangen.

Kurz vor Mitternacht gab sie den Versuch auf, sich eine Beschäftigung einfallen zu lassen, und ging zu Bett. Natürlich konnte sie nicht sofort einschlafen, sondern lag eine Weile mit rasenden Gedanken wach.

Die Frau aus der Kirche *musste* einen rechtmäßigen Anspruch haben. Niemand würde so etwas als Betrug versuchen. Es wäre viel zu einfach, die angeführte Eheschließung zu widerlegen. Und Andrew hatte kein Wort gesagt. Er hatte ihr nicht widersprochen, nicht gelacht, nicht einmal Wut gezeigt. Er hatte alles schweigend hingenommen. Das ließ Clara frösteln. Laura hatte erwartbar reagiert, mit Schock, Entrüstung und Entsetzen. Sie hatte sich, offensichtlich überwältigt, in die Arme ihres Vaters sinken lassen. Dann war da noch Mr. Pettibone. Ja, das war eigenartig. Ein Vater wäre doch normalerweise außer sich gewesen, nachdem seine Tochter derart gedemütigt worden war. Doch Mr. Pettibone hatte sich den Geschehnissen still und leise gefügt. Kein wütender Ausbruch. Kein erbitterter Widerspruch. War das wirklich der reiche

Geschäftsmann, den man Clara beschrieben hatte? Natürlich verhielt sich jeder Mensch auf seine eigene Art. Vielleicht war Mr. Pettibone einfach zurückhaltend. Zumindest Glorianna hatte sich erwartungsgemäß verhalten.

Wenn diese Krise also echt war, und so schien es, wie standen die Dinge dann? Und was sagte das über Andrew? Nun, es bedeutete zumindest, dass er gelogen hatte, und sowohl seiner Verlobten als auch seiner Familie Dinge verschwiegen hatte. Tommy hatte vermutlich recht mit der Einschätzung, dass es sich um ein Techtelmechtel aus Kriegszeiten handeln musste; um einen Moment der Unvernunft, den Andrew hatte vergessen wollen. Doch solche Geheimnisse kamen immer irgendwann ans Licht. Hatte er wirklich geglaubt, er würde damit durchkommen, zwei Ehefrauen zu haben? Er musste doch gewusst haben, dass seine erste Ehefrau höchstwahrscheinlich eine der Hochzeitsanzeigen sehen würde. Oder hatte er nach einer Vereinbarung mit ihr erwartet, dass sie sich fernhalten würde, was sie dann aber nicht getan hatte? Die Möglichkeit bestand. Auf jeden Fall musste die Sache geklärt werden und dafür gab es zwei Optionen: Er konnte zu seiner ersten Frau zurückkehren oder einen Scheidungsantrag stellen. Option eins würde Probleme mit sich bringen. Andrew hatte seine Frau verlassen und Clara war der Überzeugung, dass es nicht zu Eheglück führen würde, wenn man einen solchen Mann zwang, zu seiner Ehefrau zurückzukehren. Vielleicht war sie da zu zynisch, räumte Clara ein. Doch sie kannte nur wenige Fälle, in denen es gut ausgegangen war, Menschen zu etwas zu zwingen, was sie nicht tun wollten. Das ging gegen die menschliche Natur. Ein Mensch, der zu etwas gezwungen wird, hat den natürlichen Instinkt zur Revolte.

Das bedeutete aber nicht, dass sie Mitgefühl mit Andrew entwickelte. Er war ein Schuft gewesen. Was immer Andrew von der Frau in Rot halten mochte, er hatte sie geheiratet, heilige Gelübde abgelegt und war dann abgehauen. Möglicherweise hatte es dafür einen guten Grund gegeben. Vielleicht hatte ihn die Frau zuerst verlassen, oder er hatte sie für tot gehalten. Dann könnte das sein Handeln erklären. Doch er hätte es dennoch vor seiner zweiten Hochzeit überprüfen müssen, um sicherzugehen, dass er Laura legal heiraten konnte. Man stelle sich nur vor, die beiden hätten Kinder bekommen, bevor das alles herausgekommen wäre. Plötzlich wären es uneheliche Kinder gewesen und Laura gleich doppelt gedemütigt! Ein furchtbarer Gedanke.

Also, falls Laura ihm vergeben konnte – und wie Peg gesagt hatte, würde das nicht einfach werden – dann blieb nur eine Lösung: die Scheidung. Und das würde eine unschöne, öffentliche und kontroverse Sache werden. Laura und er wären nicht mehr in der Lage, in einer Kirche zu heiraten. Und geschiedenen Menschen haftete ein schreckliches Stigma an. Eher den Frauen als den Männern, aber dennoch ...

Laura würde sich auf einen Skandal gefasst machen müssen. Das würde ihre Liebe zu Andrew auf die Probe stellen, und ihr Durchhaltevermögen. Und das alles unter der Voraussetzung, dass ihr Vater bereit war, seine Tochter mit einem geschiedenen Mann zu vermählen. Eine überaus komplizierte Geschichte.

Clara drehte sich auf die andere Seite und betrachtete die Zeiger ihrer Armbanduhr, die in einem schmalen Streifen Mondlicht langsam vor sich hin tickten. Zu schade, dass Andrew kein Witwer war. Das hätte alles sehr viel einfacher gemacht. Witwer hatten etwas mehr Spielraum und wurden eher bemitleidet als verachtet. Sie waren Opfer, keine Sünder.

Vielleicht hatte Andrew geglaubt, die Frau sei tot und er könne Laura problemlos heiraten. Falls ja, war er sehr töricht gewesen. Was für ein Schlamassel!

Clara gähnte und kuschelte sich in ihr Kissen. Ruhiger Schlaf umfing sie, obwohl sie sich so viel Süßes genehmigt hatte.

Um Viertel vor eins wurde sie von einem kalten Luftzug vom Fenster geweckt. Sie erhob sich. Irgendwo in der Ferne dröhnte der Motor eines Automobils, als sie den Fensterrahmen zuschob, woraufhin sie sich fragte, ob Andrew bereits nach Hause gekommen war. Hatte er sich wirklich um sein Automobil gekümmert, oder stattdessen seine Ehefrau besucht?

Clara ließ sich wieder auf das Bett fallen und zog die Decke über sich, doch sie war wieder hellwach. Sie hatte lebhaft von der Hochzeit geträumt. Das Bild der Frau in Rot hatte sich so klar wie eine Fotografie in ihr Gedächtnis gebrannt; samt Hut und Schuhen. Je mehr Clara über sie nachdachte, desto eindeutiger spürte sie, dass etwas faul war.

Die Frau hatte ein modernes, scharlachrot gefärbtes Kleid getragen, doch es hatte ein wenig ausgeblichen gewirkt. Möglicherweise war es zu Hause in Handarbeit hergestellt worden, nach einem Schnittmuster. Irgendetwas an ihrem Outfit hatte bei Clara den

Verdacht geweckt, dass es einen ärmlichen Lebensstil maskieren sollte. Die Schuhe! Ja, ihre Schuhe waren alt, aber frisch poliert gewesen. Als sie vorbeigelaufen war, hatte Clara erkennen können, dass die Sohlen abgelaufen waren, und sie hatte keine Strümpfe getragen. Es war ihr in dem Moment nicht aufgefallen, doch Strümpfe konnten kostspielig sein, auch wenn sie als essenzielles Kleidungsstück galten.

Sie hatte keinerlei Schmuck getragen, abgesehen von einer halb verdeckten Perlenkette, doch dabei hätte es sich auch um Modeschmuck aus einem Kaufhaus handeln können. Aus der Ferne war das schwer zu beurteilen. Der Hut war nichts Besonderes gewesen; und ein wenig verbeult. Er war mit Pailletten besetzt gewesen, doch Clara war sich sicher, dass einige gefehlt hatten.

Doch das Make-up der Frau war perfekt gewesen, wenn auch etwas dick aufgetragen. Sie versteckte ihr Alter, doch nichts konnte die Fältchen an ihren Augen verbergen, und die feinen Falten an ihren Lippen, die vom Rauchen stammten. Sie war älter als Andrew, und das hatte man gesehen.

Doch die Pelzstola! Oh, die hatte gleich Claras Aufmerksamkeit erregt, denn sie hatte aus dickem Nerzfell bestanden, hellbraun mit einem weichen, cremefarbenen Futter. So etwas trug man, um sich mitten im Winter warmzuhalten, doch sie war an einem milden Frühlingstag damit aufgetaucht! Sie war völlig fehl am Platze gewesen, doch irgendwie auch nicht. Nicht wenn die Frau hatte beweisen wollen, dass sie einst von einem Mann geliebt worden war, der es sich leisten konnte, ihr solche Geschenke zu machen. Nicht wenn sie diesen Nerzpelz von Andrew bekommen hatte. Oh ja, dann hätte sie die Stola auf jeden Fall getragen; ihren einzigen Gewinn aus dieser Ehe. Natürlich wäre sie damit in die Kirche marschiert, um sie Laura unter die Nase zu reiben: Schau nur, was er mir geschenkt hat!

Clara ordnete ihre Gedanken. Was konnte ihr das über diese Frau sagen? Nun, sie war vertraut mit Armut, und zwar echter Armut, bei der sie sich nicht einmal etwas Essenzielles wie Strümpfe leisten konnte. Das Kleid war handgemacht, vielleicht sogar geliehen, und sie hatte vermutlich ihr einziges Paar Schuhe getragen, das sie für diesen Anlass aufpoliert hatte. Der Hut hatte schon einiges mitgemacht und vielleicht sogar eine Pfandleihe von innen gesehen. Doch sie hatte einst einen Reichtum erlebt, der ihr den Kopf verdreht hatte. Die Nerzstola war ein Vermögen wert. Sie hätte sie verkaufen und sich Essen und etliche Paar Strümpfe kaufen können. Doch sie hatte sie behalten, weil sie mehr als nur einen Geldwert darstellte. Sie repräsentierte eine verlorene Liebe, einen Moment der Hoffnung, in dem sie geglaubt hatte, sie könnte die Armut hinter sich lassen und ein anderes Leben führen.

Wer war sie? Clara gefiel der Gedanke nicht, doch sie wirkte wie eine Liebesdienerin. In Brighton gab es nicht wenige von ihnen und sie wurden aus Armut geboren. Es hatte in der Stadt einst ein Wohnheim für sie gegeben, doch die jungen Frauen waren oft in den Badeort gekommen, weil sie mit den Touristen und den in der Nähe stationierten Soldaten eine Menge Geld verdienen konnten. Clara hatte die Prostituierten in der Stadt gesehen. Während der Saison war das nicht sonderlich schwierig. Ihre Mutter hatte gesagt, sie solle die Frauen nicht ansehen, doch das war nicht so einfach, wo sie doch so schillernd gekleidet waren und an den Armen von Dandys mit zu viel Geld und zu wenig Diskretion hingen. Trotz all der aufgesetzten Heiterkeit hatten sie düstere Falten im Gesicht gehabt, die sie mit einer dicken Schicht Puder zu verstecken gesucht hatten. Das Gesicht der Frau in Rot hatte sie stark daran erinnert. Es waren dieselben Falten, dieselbe Härte. In ihrer Welt hieß es Frau gegen Frau. Wer jünger war, stellte eine Bedrohung dar und wurde ignoriert und ohne Mitgefühl behandelt. Warum sollte sie Laura anders sehen?

Clara schüttelte diesen Gedanken ab. Alles war so konfus und düster geworden. Jetzt verglich sie die Ehe schon mit Prostitution. Doch es ergab Sinn. Während des Krieges war London ein üblicher Zwischenstopp für Männer auf Heimaturlaub gewesen. Manche hatten es vorgezogen, gleich dort zu bleiben und ihren Gelüsten zu frönen, statt nach Hause zu gehen. Das bedeutete Alkohol, manchmal Drogen und sehr häufig Frauen – von der käuflichen Sorte. Die Wahrheit war: Prostitution war in dieser seltsamen Zeit zu einem großen Geschäft herangewachsen, und die Polizei war bei all den Bordellen und Prostituierten kaum hinterhergekommen. *Andrew spaziert also in ein Freudenhaus und lernt eine Frau kennen, die ihm gefällt. Er glaubt sogar, sich verliebt zu haben. Am nächsten Tag wird er in den Krieg ziehen und vielleicht an der Front sterben. In einem Anflug von Leidenschaft und Angst glaubt er, diese Frau heiraten zu müssen, die Frau, die er liebt. Dann kann er mit dem Namen einer Geliebten auf den Lippen an die Front ziehen.*

Clara hielt inne. Hatte Tommy vielleicht etwas Ähnliches getan? Falls ja, würde er es ihr jemals verraten? Sie war weder naiv noch dumm. Es gab erstaunlich wenige Männer, die darauf verzichteten, intim mit Frauen zu verkehren, ob es nun Prostituierte waren oder nicht. Sie würde es Tommy nicht vorwerfen, falls er es getan hatte, wo doch die Zukunft, der sie entgegenblickten, so düster aussah.

Clara schloss die Augen und versuchte, wieder einzuschlafen. Ihre Uhr tickte beruhigend und die Stille wirkte friedlich, auch wenn sie zwiespältige Gefühle barg. Der Schlaf kam wieder über sie.

Als sie abermals erwachte, war sie sich nicht sicher, warum. Ihrer Armbanduhr zufolge war es fünf nach vier und von draußen war ein schwacher Lichtschein zu sehen, der ankündigte, dass die Dämmerung nicht mehr fern war. Clara rollte sich auf den Rücken und hörte Schluchzen. Eine Frau weinte, leise aber bitterlich. Vermutlich hätte sie es nicht gehört und wäre nicht erwacht, wenn es nicht so nah gewesen wäre. Clara zeichnete in Gedanken einen Grundriss des Hauses, um herauszufinden, wessen Zimmer ihrem am nächsten war. Susans Schlafzimmer musste direkt über ihr liegen. Es mochte durchaus Susan sein, die da weinte. Clara lauschte eine Weile, war aber nicht versucht, nach oben zu gehen und nach ihr zu sehen. Wer mitten in der Nacht weint, tut das meistens, um nicht vom Mitleid anderer gestört zu werden.

Falls es Susan war, hatte Clara Verständnis für ihren Kummer. Sie könnte um die ruinierte Hochzeit ihrer Freundin trauern, doch der Kummer junger Frauen war meistens ichbezogen, es sei denn, sie waren Mütter. Weinen kommt von Herzen und das bricht meistens dann, wenn man am schwächsten ist und am härtesten mit sich selbst ins Gericht geht. Clara wusste, wie das war. Sie weinte nur, wenn sie allein war, und wenn sie das tat, lag es daran, dass etwas ihren Panzer aus selbstbewusster Gelassenheit durchbrochen hatte. Es würde sie nicht überraschen, wenn Susan ob ihres eignen Schicksals weinte. Hinter ihrem lebhaften Auftreten verbarg sich eine tiefsitzende Unzufriedenheit. Susan fühlte sich verloren. Sie wusste nicht, was sie aus ihrem Leben machen sollte, aber *irgendetwas* wollte sie. Sie hatte keinen Ehemann, was vielleicht nicht so schlimm wäre, wenn sie irgendeinem Beruf nachgehen würde oder wenigstens ein Hobby hätte. Doch sie hatte nichts dergleichen und ehrlich gesagt war das Leben als Hausfrau immer noch die einzige Karriere, auf die die meisten Frauen hoffen konnten. Sie war also eifersüchtig und das bereitete ihr Schuldgefühle. Wegen der Schuldgefühle war sie wütend auf sich und deshalb weinte sie.

Oh, ja. Clara kannte das nur zu gut. Wie oft hatte sie sich schon gefragt, wie ihre Zukunft aussehen sollte? Ja, sie hatte ihre Arbeit, und das war gute Arbeit, doch sie war einsam. Vor einigen Wochen hatte ein ehemaliger Captain des Royal Flying Corps für kurze Zeit diese Einsamkeit gelindert. O'Harris hatte alles verkörpert, was Clara üblicherweise fortjagte. Er war ungestüm gewesen, übertrieben selbstsicher, überheblich und ehrgeizig. Doch sie hatte sich zu ihm hingezogen gefühlt und bald war er Clara sehr wichtig geworden. Sein Verschwinden hatte wehgetan. Sie stritt es ab, ihn geliebt zu haben, da Clara Fitzgerald sich nicht so einfach verliebte, doch er hatte ihr einen Blick in eine andere Welt ermöglicht; in eine Welt, in der Liebe und vielleicht sogar eine Ehe möglich waren. Und dann war er verschwunden und hatte alles zunichtegemacht.

Clara warf sich ruckartig auf die Seite. Er hatte ihre letzte Hoffnung zerstört. Sie hatte eine kleine, fest verschlossene Tür in ihrem Inneren geöffnet, für ihn, doch ein Mord hatte sie wieder geschlossen. Vielleicht nicht ganz geschlossen. Ein schwaches Lächeln umspielte Claras Lippen, weil ihr ein Gedanke gekommen war. Dieser verrückte Mann Oliver Bankes war immer noch da. Sie war sich nicht sicher, ob er sie irritierte oder ihr gefiel. Er trieb sie definitiv in den Wahnsinn. Er war so schrecklich planlos und zerfahren. Lieb, aber hoffnungslos. Er war ein Mann, der eine Vollzeit-Ehefrau brauchte, die dafür sorgte, dass er sich morgens anständig anzog und frühstückte; keine Frau, die auch ihr eigenes Leben führen wollte. Dennoch gab er gute Gesellschaft ab und hatte sie jeden Tag auf einen Tee eingeladen, seit O'Harris verschollen war, nur damit sie nicht Trübsal blasen konnte. Ein verrückter Mann! Aber er war liebenswürdig und zuverlässig. Clara lehnte sich zurück. Ihre letzten Gedanken galten Oliver Bankes und seinen unzähligen Fotografien von Brighton.

Kapitel 9

„Wir fahren zur Rennstrecke, komm schon."

„Tommy Fitzgerald, drangsalier mich nicht! Ich habe kaum geschlafen." Clara spritzte sich kaltes Wasser ins Gesicht.

„Wusstest du, dass Andrew vergangene Nacht nicht nach Hause gekommen ist? Peg möchte schauen, ob er dort ist. Natürlich wird er dort sein. Davon bin ich überzeugt."

„Vielleicht hätten wir noch einmal den Fluss überprüfen sollen", sagte Clara, als sie ihre Handtasche nahm.

„Sei nicht so grausam." Tommy warf ihr einen finsteren Blick zu. „Komm schon! Komm schon! Es gibt Automobile zu sehen!"

Clara verdrehte die Augen.

Die Rennstrecke Brooklands fügte sich eigenartig friedlich in die umliegenden Hügel von Surrey. Sie war 1907 von Mr. Locke King erbaut worden, einem wohlhabenden Automobilenthusiasten. Die Ringstrecke hob und senkte sich über das unebene Gelände und menschengemachte Hügel. Auf Clara wirkte der Anblick dieser weitläufigen Makadam- und Betonflächen äußerst befremdlich. Es gab Schrägen und enge Kurven, die den Fahrern und ihren Automobilen alles abverlangten. Auch wenn die Pflanzenwelt ringsum in die Höhe gewachsen war, sodass die Rennstrecke nicht mehr allzu „neu" wirkte, hob sie sich immer noch stark vom Hintergrund aus Wäldern und Feldern ab.

„Die Strecke ist 300 Meter breit und hat einen Umfang von 4,45 Kilometern", las Tommy aus einer kleinen Broschüre vor, die ein Mann am Eingang ihnen gegeben hatte. Es schien noch zu früh am Morgen zu sein, um sich Sorgen um Tickets zu machen, und der Mann hatte Tommy, Clara und Peg einfach durchgewinkt. „Die Gesamtlänge beträgt 4,83 Kilometer. Da drüben, wo das Gelände ansteigt, liegt Byfleet. Es wurden zwei riesige Terrassen aufgeschüttet, die sogar die Häuser in der Nähe überragen."

„Das freut die Anwohner gewiss unheimlich", sagte Clara.

„Wenn man auf Land lebt, das Mr. Locke King gehört, hat man nicht gerade die Wahl", sagte Peg und stimmte damit in Claras Anmerkung ein.

„Hier steht, dass die Strecke an einer Stelle den Wey überquert und an einer anderen im Windschatten einer Bahnlinie verläuft. Oh, und Clara, die Vickers Vimy, das Flugzeug von Alcock und Brown, in dem sie den Rekordflug nach Amerika geschafft haben, wurde hier gebaut."

„In den Hallen in der Nähe der Rennstrecke werden viele Flugzeuge gebaut." Peg deutete in die Ferne. „Die lange Gerade gibt eine ideale Landebahn ab. Andrew wird sich nur zu gern darüber auslassen, wie das Royal Flying Corps die Rennstrecke im Krieg verunstaltet hat, wenn ihr ihn fragt."

Sie näherten sich einer Reihe weißer Garagen. Davor sah man Rennwagen und etliche Männer, die an ihnen schraubten.

„Letzte Anpassungen." Peg nickte. „Falls Andrew irgendwo zu finden ist, dann hier. Üblicherweise hat er die Box 10."

„Peg, was hältst du davon, dass Andrew die ganze Nacht fort war? Ich meine, ist das üblich?", fragte Clara, während sie sich einen Weg durch herumliegende Reifen und Werkzeuge bahnte.

„Manchmal ist er so", antwortete Peg vorsichtig. „Manchmal neigt er zum Grübeln. Das Problem ist, ich kann nicht mit Sicherheit sagen, ob er aufgebracht ist, weil die Frau eine üble Hochstaplerin ist, oder weil sie die Wahrheit sagt."

Clara hatte genau das Gleiche gedacht. Die Garagen lagen im strahlenden Sonnenschein, und plötzlich schrie Peg auf und deutete auf Andrews Napier. Er war dunkelgrün lackiert und stand ganz am Rand des Boxenbereiches, zwischen zwei Säulen. Zwei Beine ragten unter dem Wagen hervor und bewegten sich ein wenig, als sich ihr Besitzer streckte, um in den Bauch der Bestie zu greifen.

„Andrew!"

Die Beine zuckten und regten sich kurz nicht mehr. Dann schob Andrew sich vorsichtig unter dem Wagen hervor. Sein Gesicht war ölverschmiert und er sah so erschöpft aus, wie Clara sich fühlte. Als er sich erhob, wischte er sich die Hände mit einem Tuch ab, schaute nur kurz zu seiner Schwester und mied dann ihren Blick.

„Ich habe mir große Sorgen gemacht!" Peg sprang vor und schlang die Arme um seinen Hals. „Du dummer Junge!"

„Mach hier keinen Aufstand, Peg." Andrew schob sie von sich. „Was macht ihr hier?"

„Nun, erstens haben wir Tickets für das Rennen." Clara deutete auf die beiden Zettel in Tommys Hand. „Und zweitens, und das ist viel wichtiger, sind wir hier, um uns davon zu überzeugen, dass du hier und wohlauf bist."

Andrew zuckte mürrisch mit den Schultern.

„Warum hast du dich davongemacht?", wollte Peg wissen. „Wir standen ganz neben uns! Wo warst du heute Nacht?"

„Ich habe in der Box geschlafen." Andrew deutete grob auf das Gebäude hinter ihnen. „Ich wollte gestern Abend niemandem mehr gegenübertreten. Ich wusste, dass ihr nur Fragen stellen würdet."

„Was erwartest du auch nach dem gestrigen Drama?", fragte Clara ein wenig erzürnt. Es ärgerte sie, dass sie sich überhaupt Sorgen um diesen griesgrämigen Mann gemacht hatte.

Andrew antwortete nicht, sondern zupfte nur an einem losen Faden an seinem Lenkrad herum.

„Herr Campbell!" Ein Mann mit Rennkappe winkte ihnen zu, als er vorbeilief. „Ich teste meinen Opel aus. Mal sehen, ob er sich noch an die Strecke erinnert!"

Andrew hob als Antwort eine Hand, doch er war immer noch abgelenkt. Clara schaute Peg fragend an.

„Mr. Francke, Österreicher", sagte Peg. „Er wird also heute fahren?"

„Ja, das hat mir gerade noch gefehlt. Ich dachte, sein Opel würde noch mindestens ein Jahr in Stroh und Kisten verstaut bleiben." Andrew ließ den losen Faden in Ruhe und lehnte sich an sein Automobil. „Hört mal, wenn ihr hier seid, um über gestern zu plaudern ... ich will nichts davon hören."

„Komm schon, Andrew! Du wirst darüber sprechen müssen!" Peg schaute ihn entsetzt an.

„Das ist eine Sache zwischen Laura und mir. Ich werde einen Weg finden, um die Sache geradezubiegen. Aber ich kann es nicht gebrauchen, dass ihr eure Nasen da reinsteckt. Insbesondere du." Andrew zeigte mit Nachdruck auf Clara. „Ich brauche keine Wichtigtuerin, die sich in die Sache einmischt."

„Pass auf, was du sagst", blaffte Tommy, ehe Clara ein Wort herausbekam. „Das ist meine Schwester und sie ist keine Wichtigtuerin. Sie ist eine sehr kluge Detektivin und eines Tages könntest du für ihre Hilfe dankbar sein."

„Ach ja?", schnaubte Andrew. „Wenn ich das nächste Mal meine Handschuhe verlege, werde ich es dich wissen lassen."

„Du bist wirklich unausstehlich, Andrew", sagte Peg wütend. „Ich hoffe verdammt noch mal, dass du dieses Rennen verlierst. Du hast den Sieg nicht verdient."

Andrew schenkte ihr ein unwirsches Lächeln, als sie mit Clara und Tommy davonging.

„Er ist sonst nicht so schlimm", sagte Peg entschuldigend. „Das ist doch eine verabscheuungswürdige Sache."

Clara berührte Peg freundlich am Arm.

„Ärgere dich nicht."

„Es ist bloß ein solches Chaos. Wer ist diese Frau? Hat sie einen rechtmäßigen Anspruch gegen meinen Bruder?" Peg suchte in ihrer Hosentasche nach einer

Zigarette. „Ich muss dringend rauchen. Ich halte das einfach nicht aus."

„Da ist Herr Franckes Opel." Tommy lehnte sich auf seinem Rollstuhl vor, als auf der Rennstrecke ein silberner Wagen vorbeiraste. „Ein flinkes Gerät."

„Oh, ja. Andrew hasst Francke und sein Automobil", murmelte Peg, während sie sich ihre Zigarette ansteckte. „Er hat kaum eine Chance gegen ihn."

Das Dröhnen des Motors verhallte in der Ferne. Die Landschaft von Surrey schien sich nicht an dem Treiben zu stören. Selbst ein Krähenschwarm in einem nahen Baum ignorierte den Krach.

„Ich weiß nicht, wie Andrew auch nur ans Fahren denken kann." Peg zog gierig an ihrer Zigarette. „Er scheint sich kein bisschen für Laura zu interessieren."

Plötzlich kreischten Bremsen und eine Hupe. Alle erstarrten. Die Männer an den Automobilen hoben den Blick, manche Fahrer, die gerade letzte Überprüfungen machten oder ihre Brillen aufsetzten, hielten inne. Stille breitete sich aus. War der Opel vor dem Rennen auf freier Strecke verunglückt? Niemand schien sich bewegen zu wollen, um das herauszufinden. Dann näherte sich plötzlich wieder das Dröhnen eines Motors und der Opel kehrte zu ihnen zurück; aus der falschen Richtung.

„Was macht dieser Tunichtgut da?" Tommy versuchte, einen Blick in Franckes Gesicht zu werfen. Was konnte ihn zum Wenden bewegt haben?

Binnen weniger Augenblicke hielt der Opel vor einem Gebäude, bei dem es sich, soweit Clara wusste, um das Büro des Streckenverwalters handelte, und Francke stieg aus.

„Vielleicht ein Problem mit der Strecke?" Peg schüttelte den Kopf. „Und das nach all dem Aufwand, der in die Ausbesserungen gesteckt wurde."

Clara lief langsam vorwärts. Sie hatte kurz einen schockierten Ausdruck auf Franckes Gesicht ausgemacht, als er ausgestiegen war. Er hatte nicht wie ein Mann ausgesehen, der ein Schlagloch gefunden hatte. Was hatte das also zu bedeuten?

Mehrere offizielle Funktionäre kamen aus dem Gebäude gerannt und eilten die Rennstrecke entlang, in die Richtung, aus der Francke gerade zurückgekommen war. Francke wollte ihnen folgen, wurde aber durch Gesten der Männer zurückgehalten. Stattdessen stapfte er auf die Boxen zu.

„Herr Francke, was ist los?", fragte ein Mechaniker, der sich erhoben hatte.

Francke warf ihm einen grässlichen Blick zu, zog eine Grimasse und bleckte die Zähne.

„Eine Leiche", sagte er. „Eine Frau auf der Strecke."

„Du lieber Himmel!", keuchte Peg und ließ ihre Zigarette fallen. „Was, wenn das Laura ist? Was, wenn sie …"

„Keine vorschnellen Schlüsse. Es könnte jeder sein", sagte Clara rasch. „Vielleicht gab es einen Unfall?"

„Diese verdammte Närrin. Mitten auf der Strecke. Ich hätte sie beinahe überfahren", knurrte Francke. „Wenn sie nicht schon tot gewesen wäre, hätte das gewiss dafür gesorgt."

„Mr. Francke, wie sah sie aus?" Peg kaute auf ihrer Lippe herum. „War es eine junge, blonde Frau?"

„Nein, sie war älter, hatte dunkles Haar und trug ein rotes Kleid."

Clara lief ein Schauer über den Rücken.

„Ein rotes Kleid?"

„Jemand hat schon die Polizei gerufen", fuhr Francke fort.

Noch während er sprach, war in der Ferne ein Klingeln zu hören, das ankündigte, dass die Polizisten bereits unterwegs waren.

„Wir müssen uns das ansehen", flüsterte Clara Peg zu. „Wenn es sich um die Frau in Rot handelt ..."

Pegs Augen weiteten sich.

„Es ist schrecklich, Clara, aber ich dachte plötzlich, dass das eine Menge Probleme lösen würde, oder?"

„Vielleicht. Aber zuerst müssen wir uns das ansehen."

„Was ist mit Andrew?"

Clara schaute hinter sich und sah, dass Andrew mit anderen Männern, die sehen wollten, was vor sich ging, auf dem Weg zur Fundstelle war.

„Tommy, sorg dafür, dass er noch eine Weile hierbleibt, ja? Ich weiß nicht, ob er nicht die Flucht ergreift, wenn er herausfindet, wer da auf der Rennstrecke liegt."

Tommy schaute sich um und war offensichtlich nicht zufrieden mit seiner Aufgabe.

„Ich werde tun, was ich kann."

„Gut. Komm, Peg. Schauen wir, was da los ist."

Sie liefen die Rennstrecke entlang und Clara hakte sich bei Peg unter; hauptsächlich, weil die andere Frau zögerlich wirkte. Drei Mitarbeiter der Rennstrecke standen in einer Kurve, hinter der die Strecke zwischen zwei der aufgeschütteten Hügeln hindurchführte, die Tommy zuvor erwähnt hatte. Clara ging nicht davon aus, dass man sie willkommen heißen würde, und so war sie alles andere als überrascht, als einer der Mitarbeiter auf sie zukam.

„Ich muss die Damen bitten, wieder umzukehren“, sagte er schroff.

„Es tut mir leid, Sie zu behelligen, aber wir haben den schrecklichen Verdacht, die Frau zu kennen.“ Clara konnte hinter ihm nicht genug sehen, um ihre Befürchtung zu bestätigen. „Wir dachten, wir sollten sie vielleicht offiziell identifizieren.“

„Damit kenne ich mich nicht aus. Das ist eine Polizeiangelegenheit“, sagte der Steward nachdrücklich. „Und ich werde ganz sicher keine Damen zu einer Leiche führen.“

„Dann werden wir einfach hier warten, bis die Polizei eintrifft“, sagte Clara. „Ich denke, man wird mit uns sprechen wollen.“

„Tun Sie das“, schnaubte der Mitarbeiter. Dann trat er ein paar Schritte zurück und stellte sich so auf, dass er den beiden Frauen den Blick auf die Leiche versperrte.

„Clara, es kann doch nicht diese Frau sein, oder?“

„Du klingst, als würdest du es hoffen.“

„Ich weiß, ich weiß. Das ist furchtbar. Aber wenn sie es wäre, dann wäre diese ganze Sache vorbei und Andrew könnte endlich heiraten. Natürlich nur, wenn Laura ihn noch will. Ich bin mir nicht sicher, ob ich an ihrer Stelle noch heiraten wollen würde.“

„Wenn sie tot ist …“ Clara wählte ihre Worte mit Bedacht. „Falls sie es ist, dann fürchte ich, die Sache wird noch vor Ende des Tages deutlich komplizierter.“

„Sicher? Sie muss einen dieser Hänge hinuntergestürzt oder schon krank hergekommen sein. Vielleicht hat sie Andrew gesucht und sich in der Dunkelheit verlaufen. Ich würde behaupten, es wäre sehr unangenehm, diesen steilen Hang hinunterzufallen und dann auf dem Beton zu landen. Dabei könnte man sich das Genick brechen!"

Clara wollte kein Urteil fällen, ohne mehr Details zu kennen. Es hatte keinen Zweck, irgendwelchen Hirngespinsten nachzurennen, bevor sie wussten, ob es sich wirklich um die Frau in Rot handelte und was sie getötet hatte. Das laute Klingeln der Polizeifahrzeuge kam näher; Tore wurden geöffnet, ein schwarzer Wagen fuhr auf die Strecke und hielt weniger als einen Meter vor Clara an. Die Beifahrertür wurde geöffnet und ein Mann in Anzug und Hut stieg aus. Er wirkte ein wenig zerknittert und auch sein Anzug hatte schon bessere Zeiten gesehen. Clara hatte keinen Zweifel daran, dass es sich um einen Police Inspector handelte. Sie ließ Peg los und eilte auf ihn zu.

„Inspector, entschuldigen Sie die Einmischung, aber meine Cousine und ich glauben, die tote Frau da vorne vielleicht identifizieren zu können."

Der Inspector musterte Clara amüsiert.

„Ach, wirklich?"

„Sie können mich ruhig verspotten, Inspector, aber ich habe guten Grund zu der Annahme, dass wir dieser Frau erst gestern begegnet sind. Falls dem so ist, könnten wir bei der Aufklärung helfen."

Der Inspector war drauf und dran, in Gelächter auszubrechen, während er sich die junge Dame vor ihm anschaute, die sich allen Ernstes benahm, als wäre sie eine Polizeibeamtin.

„Wenn wir die Meinung der Öffentlichkeit brauchen, werden wir es Sie wissen lassen." Er schmunzelte.

„Inspector", Claras Ton wurde düsterer. Sie würde sich nicht ignorieren oder unverschämt behandeln lassen. „Ich bin mir zwar sicher, dass Sie ein Mann von Welt sind, der seine Arbeit durch und durch beherrscht, aber ich fürchte, in diesem Fall urteilen Sie falsch. Ich bin keine abstruse Gestalt, die hier ist, um ihre makabre Neugier zu stillen. Mein Name ist Clara Fitzgerald. Ich bin eine Cousine der Campbells. Vielleicht erkennen Sie Penelope Campbell hinter mir."

Der Inspector musterte Peg und sein Gesichtsausdruck veränderte sich. Sein großspuriges Gehabe verpuffte ein wenig.

„Sie wissen sicherlich, welchen Einfluss die Familie in der Gegend hat. Also ... Ich habe Grund zu der Annahme, dass diese Frau mit den Campbells in Verbindung steht, und wenn ich richtigliege, könnte es sich um eine sehr ernste Angelegenheit handeln. Ich muss wohl nicht erwähnen, dass die Familie alles in ihrer Macht stehende tun wird, damit diese Sache nicht an die Öffentlichkeit gerät."

„Und was ist Ihre Rolle in alledem, Miss Fitzgerald?"

„Meine Rolle ist ähnlich kompliziert. Falls sich dieser Fall so entwickelt, wie ich es glaube, oder eher gesagt, befürchte, dann wird die Familie wahrscheinlich irgendwann auf meine Unterstützung zurückgreifen. In meiner Heimatstadt Brighton bin ich als Privatdetektivin tätig. Und bevor Sie mich dafür erneut belächeln, Inspector, sollten Sie wissen, dass ich in diesem Jahr bereits zwei Mordfälle aufgeklärt habe. Wenn Sie mir nicht glauben, können Sie Inspector Park-Coombs in Brighton kontaktieren. Er wird das bestätigen." Clara holte eine Visitenkarte aus ihrer Handtasche und schrieb Inspector Park-Coombs' Telefonnummer auf die Rückseite. „Er wird gewiss sehr ehrlich sein und auch all meine Fehler auflisten, aber so sei es. Wie ich bereits sagte, werden sich die Campbells ganz sicher irgendwann an meinen Beruf erinnern und mich um Hilfe bitten. Deshalb wüsste ich es zu schätzen, wenn wir einen guten Start hinlegen."

Der Inspector musterte die Karte ausgiebig.

„Ein weiblicher Privatdetektiv?"

„Ist das so überraschend, Inspector? Es gibt schon seit 1914 weibliche Polizeibeamte."

„Stimmt." Der Inspector nickte. „Aber Sie überstürzen die Dinge ein wenig. Sie wissen noch nicht einmal, ob diese Frau mit den Campbells in Verbindung steht."

„Nennen Sie es eine schreckliche Vorahnung", antwortete Clara. „Und ich habe einen sehr zynischen Blick auf die Welt. Das heißt, ich nehme stets an, dass das Schlimmstmögliche eintreten wird."

Der Inspector lächelte leicht und ließ die Karte in seine Manteltasche gleiten.

„Vielleicht kommen Sie lieber hier entlang, Miss Fitzgerald."

Die Leiche lag mitten auf dem Asphalt. Die Frau starrte in den Himmel hinauf, als würde sie beharrlich nach etwas oder jemandem Ausschau halten. Sie war sehr blass und sehr tot.

„Ist Ihre Vorahnung bestätigt?", fragte der Inspector.

Clara betrachtete die abgelaufenen Schuhe und das rote Kleid, das zerknittert über ihren nackten Beinen lag, den zerbeulten, schwarzen Hut und das faltige Gesicht.

„Ja", sagte sie traurig. „Mein Gott. Ich hatte wirklich gehofft, dass ich mich irre."

Der Inspector beugte sich über die Leiche und begutachtete sie eine Weile.

„Ist der Gerichtsmediziner schon hier?"

„Komme!", rief jemand, und ein dicker Mann mit beginnender Glatze kam die Rennstrecke entlang.

Er stellte seine schwarze Arzttasche neben der Leiche ab und wischte sich mit einem Taschentuch das gerötete Gesicht ab.

„Ich fürchte, da kommt ein heißer Sommer auf uns zu, Inspector", murmelte er.

„Könnten Sie sich für einen Moment auf die Leiche konzentrieren?"

Der Arzt kniete sich hin und tastete nach einem Puls, was recht überflüssig wirkte. Die Leiche war längst kalt. Er musterte oberflächlich ihre Kleidung und hob dann vorsichtig den Kopf der Frau an. Darunter war eine sehr kleine Blutlache und ihr Haar war ebenfalls blutverschmiert.

„Sie ist mit dem Kopf aufgekommen", sagte der Arzt nachdenklich. „Aber sie war schon tot. Kaum Blut, wie Sie sehen."

Seine Hand bewegte sich zu ihrem Gesicht, dann an ihrem Hals herab. Er zog den Ausschnitt ihres Kleides nach unten und schnaufte zufrieden.

„Eindeutig erwürgt."

Der Inspector lehnte sich vor; Clara merkte, dass sie das Gleiche tat.

„Sie wurde also erwürgt und dann hier abgeladen?"

„Sieht so aus."

Der Inspector wandte sich an Clara.

„Wer ist sie?“

„Ich kenne sie nur vom Sehen. Den Namen habe ich nie erfahren.“

Der Gesichtsausdruck des Inspectors wirkte höchst unzufrieden.

„Sie haben mich dazu überredet, Sie durchzulassen, wegen einer Frau, die Sie bloß mal gesehen haben?“

„So simpel ist das nicht“, sagte Clara rasch, da sie wusste, dass die Geduld des Inspectors nicht mehr lange anhalten würde. „Gestern war der Termin für die Hochzeit zwischen Andrew Campbell und Laura Pettibone. Dabei ist diese Frau in die Kirche marschiert und hat sich als Andrew Campbells Ehefrau vorgestellt. Die Zeremonie war ruiniert und die Braut gedemütigt. Und jetzt ist die Verursacherin des Dramas tot. Verstehen Sie, warum ich so besorgt war?“

„Wo ist Andrew Campbell jetzt?“

Clara seufzte.

„Box 10. Er arbeitet an seinem Napier. Inspector, es ist die naheliegende Annahme, dass Andrew der Täter ist.“

„Ach ja?“

„Ich weiß, wohin das führen wird. Die Familie ist schon jetzt in Aufruhr. Andrew ist nach der Hochzeit verschwunden. Wir haben ihn erst wenige Minuten vor dem Fund der Leiche aufgespürt, und er weigert sich, mit uns zu reden.“

„Nun, vielleicht wird er mit mir reden. Sergeant, gehen Sie Mr. Campbell holen.“

Der Sergeant eilte davon.

„Ich mache mir große Sorgen, Inspector“, sagte Clara. „Es scheint eine Menge im Argen zu liegen im Hause Campbell, und das betrifft nicht nur diese arme Frau.“

„Dann ist es ja gut, dass ich hier bin." Der Inspector grinste.

Clara weigerte sich, den Köder zu schlucken.

„Miss Fitzgerald ... da klingelt etwas. Waren Sie nicht an dem Fall mit diesem Piloten beteiligt, der versuchte, einen Weltrekord aufzustellen?"

„Captain O'Harris." Clara verspürte die übliche Traurigkeit, als sie seinen Namen aussprach. „Ich habe aufgedeckt, was seinem verstorbenen Onkel zugestoßen ist."

„Ganz recht, das stand alles in der Zeitung. Der tote Onkel, dessen Leiche verschwunden ist." Der Inspector hielt einen Moment lang inne. „Ich habe den Fall einigen der neuen Jungs vorgesetzt, als eine Art Übung. Sagen Sie mir, kam Ihnen die Lösung auch als Ahnung?"

Clara schaute ihn lange an.

„Leider war genau das der Fall, Inspector. Wobei ich eine Menge Hinweise hatte, die mir geholfen haben; inklusive einiger Drohbriefe, die mir verrieten, dass ich auf der richtigen Spur war."

„Tatsächlich? Manche Menschen nehmen Sie also ziemlich ernst."

Clara war drauf und dran, den Polizeibeamten zurechtzuweisen, als sie schiefe Grinsen auf seinen Lippen entdeckte.

„Inspector, necken Sie mich?"

„Miss Fitzgerald, so etwas würde mir im Traum nicht einfallen." Das Lächeln des Inspectors strafte ihn Lügen.

Clara vermutete, dass sie gut miteinander auskommen würden.

„Nun, ich möchte mich nicht in den Fall einmischen, wenn ich es verhindern kann. Ich würde lieber nach Brighton zurückkehren.“

„Das wäre zu schade“, sagte der Inspector. „Denn ich habe das Gefühl, die Campbells werden alle Hilfe benötigen, die sie kriegen können.“

„Ich weiß“, sagte Clara. „Glauben Sie mir.“

„Ich heiße übrigens Jennings.“ Der Inspector streckte ihr eine Hand hin. Clara schüttelte sie.

In diesem Moment kam der Sergeant in Sichtweite, der den widerspenstigen Andrew Campbell heranführte. Der schien sich nicht darüber zu freuen, so die Rennstrecke entlanggetrieben zu werden.

„Er hat üble Manieren und ein ruppiges Gemüt, doch das macht ihn nicht zu einem Mörder“, sagte Clara rasch.

„Miss Fitzgerald. Bitte erweisen Sie mir die Ehre, mir keinen Mangel an Vernunft oder Intelligenz zu unterstellen, nur weil ich für die Polizei arbeite, so wie ich Ihnen nicht unterstelle, als Frau weniger für die Arbeit als Detektivin geeignet zu sein.“

„Bitte entschuldigen Sie“, entgegnete Clara. „Sie sehen einfach so sehr wie ein typischer Polizist aus.“

Jetzt war es an ihr, den Inspector ironisch anzulächeln. Er wollte gerade etwas sagen, da bemerkte er ihren Blick.

„Ja, wir werden gut miteinander auskommen“, sagte sie laut und versuchte, nicht zu lachen.

Andrew Campbell trat vor sie. Sein erster schroffer Blick galt Clara.

„Was tut sie denn hier?“

„Das braucht Sie nicht zu interessieren." Der Ton des Inspectors wurde härter. „Bitte kommen Sie hier entlang und sagen Sie mir, ob Sie diese Frau erkennen."

„Ich möchte nicht, dass meine Angelegenheiten bekannt werden." Andrew sträubte sich.

„Dann hättest du vielleicht in Betracht ziehen sollen, dich von deiner ersten Frau scheiden zu lassen, bevor du versuchst, eine zweite zu heiraten", sagte Clara lieblich.

Das hatte gesessen. Andrew biss sich auf die Zunge und folgte dem Inspector. Es dauerte nicht lange, bis er die Leiche sehen konnte. Clara wartete auf die natürlichen Gefühlsregungen, die Andrew jetzt zeigen musste. Er zögerte. Nur eine Sekunde, als würde er seinen Augen nicht trauen. Dann schwankte er ganz leicht und sein Gesicht lief rot an.

„Sie kennen sie?", fragte der Inspector.

„Ja."

„Darf ich fragen, woher?"

Andrew verzog das Gesicht. Bei dem Anblick, der sich ihm da bot, rangen in ihm Erleichterung und Wut.

„Sie ist meine Ehefrau."

Clara seufzte unbewusst. Sie hatte es gewusst, war sich aber nicht sicher gewesen. Ein Teil von ihr hatte gehofft, die Frau wäre eine Hochstaplerin. Offensichtlich nicht.

„Können Sie mir ihren Namen nennen?", fuhr der Inspector fort.

„Shirley Cox." Andrew sprach schnell. „Wenn Sie mehr Informationen brauchen, kann ich Ihnen nicht helfen. Wir leben seit einiger Zeit getrennt."

„Hier, Sir." Der Sergeant hatte erneut die Leiche untersucht und halb unter ihr verborgen Shirleys Handtasche gefunden. „Sie ist leer, bis auf das hier."

Er holte die Heiratsurkunde heraus. Sie war ein wenig zerknitterter als zuvor, aber immer noch eine deutliche Anklage.

„Sie haben 1915 geheiratet?" Der Inspector las die Urkunde. „Was ist mit den Trauzeugen?"

„Einer war Unteroffizier in meiner Einheit, er starb sechs Monate später. Die andere war eine Freundin von Shirley." Andrew wurde andächtig. „Was ist ihr zugestoßen? Hat Francke sie überfahren?"

„Nein." Der Inspector faltete die Heiratsurkunde zusammen und steckte sie in die Tasche, in der sich bereits Claras Visitenkarte befand. „Sie wurde erwürgt."

Endlich wurde Andrew von dem Schock erfasst, den Clara erwartet hatte. Es war, als würde ein elektrischer Schlag durch seinen Körper fahren. Soweit man aus seinem Gesicht überhaupt irgendwelche Gefühle ablesen konnte, schien es anzudeuten, dass er aufrichtig überrascht war.

„Erwürgt? Von wem?"

„Das ist es, was ich ermitteln werde", sagte der Inspector kühl. „Ich muss Sie bitten, in den kommenden Tagen in der Nähe Ihres Hauses zu bleiben, damit ich Sie problemlos kontaktieren kann."

Andrew Temperament meldete sich.

„Ich war das nicht!"

„Andrew." Clara trat neben ihn und berührte ihn sanft am Arm. „Die Polizei wird dir Fragen stellen müssen, das gehört zu ihrer Arbeit. Vielleicht sollten wir nach Hause gehen."

„Lass mich los." Andrew schüttelte sie ab und stürmte in Richtung der Boxen davon.

„Ein netter Mann", schnaubte der Inspector.

„Ich würde ja versuchen, ihn zu verteidigen, weil er unter Schock steht, aber dafür mag ich ihn nicht genug." Clara dachte, dass sie lieber früher als später nach Brighton zurückkehren sollte, und doch wusste sie, dass sie hier festsaß. „Einen schönen Tag noch, Inspector. Rufen Sie Park-Coombs an. Ich vermute, dass wir uns wiedersehen werden."

„Auf Wiedersehen, Miss Fitzgerald."

Clara holte Peg ab, als sie den Tatort verließ. Peg war aufgebracht und zitterte. Sie sprach kein Wort, während sie Tommy holen gingen. Clara fragte sich, wann die Campbells begreifen würden, wie schlimm diese Situation werden konnte.

Kapitel 10

Clara hätte an diesem Abend lieber keine Cocktails mit der Familie Campbell getrunken, doch man hatte ihr begreiflich gemacht, dass das keine Option war. Die Familie hatte sich in überaus unglücklicher Stimmung im Salon versammelt. Niemand sagte ein Wort, obwohl sie hier zusammengerufen worden waren, um „Dinge zu besprechen". Glorianna leitete die Konferenz, doch sie war so schweigsam wie alle anderen. Peg hatte irgendeine alte Zeitschrift gefunden, in der sie blätterte, und Eustace arbeitete daran, eine Flasche Whisky zu leeren. Tommy warf seiner Schwester einen düsteren Blick zu und wünschte sich, er könnte sie beide irgendwie aus dieser Situation befreien.

„Wird Andrew zu uns stoßen?", fragte Eustace, obwohl er genau wusste, dass er nicht kommen würde.

„Er will mit niemandem sprechen." Glorianna rieb sich die Augen, um gegen aufsteigende Kopfschmerzen anzukämpfen.

„Er ist ein törichter Mann. Was soll diese ganze Geschichte mit seiner Ehefrau überhaupt?"

„Eustace, das geht dich nichts an", tadelte Hogarth seinen Bruder missmutig.

„Warum sind wir dann alle hier?" Eustace schenkte sich noch einen Schluck ein. „Es sei denn, es handelt sich um eine kleine Scharade, damit du deinen Mut zusammennehmen und Clara bitten kannst, diesen Unsinn zu untersuchen."

Clara schloss die Augen und ihr wurde flau im Magen. Sie hegte denselben Verdacht. Glorianna hüstelte.

„Jetzt da Eustace es angesprochen hat, hast du dir über diese Sache schon Gedanken gemacht, Clara?"

Clara öffnete die Augen. Sie trank zwar nicht viel, aber im Moment könnte sie ein großes Glas Sherry vertragen.

„Nur so viel wie ihr auch. Es steht mir nicht zu, mich einzumischen."

„Oh, Clara, aber das musst du tun. Wir bestehen darauf! Dieser ganze Skandal ist unerträglich. Wenn das herauskommt, wird Andrew ruiniert sein. Was wird dann aus Peg und Susan? Welcher Ruf wird ihnen dann anhaften? Welche Aussichten haben sie dann noch auf eine Hochzeit?"

„Ich kann nichts daran ändern, dass er diese Frau geheiratet hat", antwortete Clara.

„Nein, das sage ich auch nicht. Aber du musst herausfinden, wer sie ermordet hat. Ich weiß, dass es keiner von uns war, aber bis der wahre Täter gefunden ist, wird man uns schief anschauen. Ich vertraue der Polizei nicht; habe ich noch nie."

„Der Inspector wirkt sehr kompetent." Clara versuchte, das Gespräch in eine andere Richtung zu lenken.

„Die Polizei ist mir egal. Nein, ich halte es für das Beste, wenn du diese Angelegenheit in unserem Auftrag untersuchst. Meinst du nicht auch, Hogarth?"

Plötzlich wurde Hogarth wach. Der stechende Blick seiner braunen Augen richtete sich auf Clara und sie spürte sein Flehen, als er sagte: „Ja, Clara, du musst es tun."

Clara versuchte, sich eine Ausrede einfallen zu lassen, doch es gab keine.

„Ich werde ermitteln, aber wenn ich etwas herausfinde, das Andrew oder sonst jemanden belastet, dann werde ich die Informationen der Polizei übergeben."

„Das verstehen wir." Glorianna legte die Hände aneinander und lächelte. „Du wirst gewiss hervorragende Arbeit machen. Hat die Köchin nicht gesagt, sie habe Kekse gebacken? Ich glaube, die haben wir uns vor dem Abendessen verdient."

Glorianna stand auf und betätigte den Klingelzug.

„Ich wette, du wünschst dir, du wärst in Brighton geblieben." Eustace zwinkerte Clara zu.

„Was macht die Magenverstimmung?", entgegnete sie und blickte misstrauisch auf die fast leere Whiskyflasche.

„Kommt und geht. Sie ist der Fluch meines Lebens, aber lieber das als eine Hure als Ehefrau, die sich umbringen lässt."

„Eustace, wie vulgär!", ächzte Peg.

„Ich habe sie nicht geheiratet. Ich war immer vernünftig genug, um ein solches Problem zu vermeiden. Die Frau war offensichtlich ein Flittchen. Aber warum hat er ihr nicht einfach ein paar Schilling hingeworfen und es dabei belassen?"

„Eustace!", dröhnte Hogarth.

„Komm schon, Bruder. Wir haben es alle gedacht. Soll Clara nicht deshalb ermitteln? Damit sie vor der Polizei die schmutzige Wahrheit ans Licht holt? Was erwartet ihr denn zu erfahren? Dass diese Shirley Cox insgeheim eine verarmte Prinzessin war?"

„Ich weiß nicht, warum Andrew sie geheiratet hat, aber ich rechne es meinem Sohn positiv an, dass er moralisch gehandelt hat", sagte Hogarth wütend. „Wirst du nicht bald in London zurückerwartet, Eustace?"

„Nicht vor Freitagabend. Da habe ich eine Verabredung mit einem Kartentisch." Eustace grinste verrucht, als sein Bruder angewidert schnaubte. „Ich werde den örtlichen Damen Andrews Grüße ausrichten."

„Eustace!" Hogarth war aufgesprungen. „Wenn du nicht mein Bruder wärst …"

„Was dann?"

Hogarth knurrte leise etwas vor sich hin, dann wirbelte er herum und verließ den Raum.

„Zufrieden, Eustace?", fragte Peg kühl.

„Ich spreche nur aus, was andere auch denken." Eustace zuckte mit den Schultern.

Zum Glück traf in diesem Augenblick ein Dienstmädchen mit frischgebackenem Shortbread ein. Clara nahm sich einen der Kekse und war erleichtert, dass alle für einen Moment abgelenkt waren. Eustace nahm sich natürlich drei.

Susan saß rechts neben ihrem Onkel. Sie sah blass und missmutig aus. Sie hatte sich nur deshalb zu der Gruppe im Erdgeschoss gesellt, weil Glorianna darauf bestanden hatte. Ihre Stiefmutter schien vorzuhaben, Einigkeit herzustellen, damit die Familie gegen den Sturm gewappnet war, der über sie hereinbrechen würde. Als Susan sich einen Keks nahm, tat sie das aus reiner Höflichkeit. Clara machte sich größere Sorgen um sie als um alle anderen.

„Geht es dir etwas besser, Susan?", fragte Clara.

„Etwas." Susan rang sich ein Lächeln ab.

„Du musst dich doch langweilen, ganz allein oben in deinem Zimmer."

„Es wird etwas eintönig, aber das macht mir nichts aus."

„Ich werde vorbeikommen und dir etwas vorlesen, oder mich einfach nur mit dir unterhalten", bot Clara an.

„Das ist lieb. Du musst dir aber keine Sorgen machen."

Doch Clara machte sich Sorgen. Sie war nicht so fest davon überzeugt wie der Rest der Familie, dass Susans Selbstmordversuch völlig vergessen war. Solche Gefühle lösten sich nicht so einfach in Luft auf. Sie wollte allein mit Susan reden. Von allen Campbells war es Susan, um die Clara wirklich Angst hatte. Andrew konnte sich behaupten, so wie auch Peg, und Hogarth und Glorianna waren alt genug, um jedem Sturm zu trotzen. Doch Susan wirkte plötzlich so fragil.

Eustace verschluckte sich an seinem Keks. Er hustete und schlug sich mit der Faust auf die Brust.

„Du isst zu schnell, deshalb hast du auch ständig Magenverstimmungen", sagte Peg zu ihm.

„Unsinn! Ich bekomme nur solche Probleme, wenn ich hier esse. Ich mache die furchtbare Stimmung in diesem Haus dafür verantwortlich. Diese Spannungen beim Abendessen können doch niemandem guttun."

Clara hatte genug, und jetzt, da es so aussah, als würde Peg wieder ihr Geplänkel mit Eustace aufnehmen, war sie geneigt, die Flucht anzutreten. Sie zwinkerte Tommy zu und entschuldigte sich dann.

„Ich muss noch eine Nachricht an mein Dienstmädchen schreiben. Wenn ich länger hierbleiben soll,
möchte ich sie bei mir haben."

Niemand schenkte ihr große Beachtung, abgesehen
von Susan, der plötzlich aufging, dass sie mit Eustace
und Peg im Raum zurückbleiben würde. Clara zwinkerte ihr ebenfalls zu.

„Susan, würdest du mir bitte neue Umschläge besorgen? Sie gehen mir aus."

Susan sprang beinahe auf und verließ mit Clara den
Raum. Auch Tommy verabschiedete sich kurz darauf.

„Dem Himmel sei Dank!", hauchte Susan, als sie draußen waren.

„Ist Eustace immer so?"

„Immer. Danke, dass du mich da rausgeholt hast. Ich
glaube, ich werde mich wieder hinlegen." Susan hüstelte, ließ Clara los und ging dann nach oben.

Clara hatte immer noch das überwältigende Gefühl,
dass bei ihr irgendetwas nicht stimmte.

Kapitel 11

Clara hatte sehr mit sich ringen müssen, bevor sie entschieden hatte, Laura Pettibone zu besuchen. Würde die junge Frau sie für einen Eindringling halten? Wollte sie lieber allein gelassen werden? Doch niemand aus der Familie Campbell hatte sie aufgesucht, und sie würde sich gewiss über etwas Gesellschaft freuen, oder? Wie Clara es auch drehte und wendete, sie konnte nicht entscheiden, was die beste Vorgehensweise war. Doch irgendjemand musste Laura besuchen und ihr von den neuen Entwicklungen erzählen. Clara war sich sicher, dass Laura lieber von einer Freundin hören würde, dass ihr Verlobter jetzt Verdächtiger in einem Mordfall war, als von der Polizei.

Als Clara gegen Mittag eintraf, gab es keine Spur vom schwer zu fassenden Mr. Pettibone. Sie hatte nicht früher kommen wollen, da sie wusste, dass wohlhabende Menschen oft erst aufstanden, wenn die Sonne schon hoch am Himmel stand. Wie sich herausstellte, war das immer noch ein wenig zu früh für Laura Pettibone. Sie lag in einem seidenen Morgenmantel auf dem Sofa und hatte sich ihre Schlafmaske bloß halbherzig in die Stirn geschoben. Sie strahlte, als sie Clara erblickte. Sie sprang sogar auf und umarmte ihre Besucherin innig.

„Wundervoll Clara, du bist endlich gekommen! Ich wusste, dass du mich nicht enttäuschen würdest! Hat das Dienstmädchen dir schon das Zimmer gezeigt, das ich für dich vorbereitet habe?"

Clara wurde flau. Sie hatte die Einladung, im Haus der Pettibones unterzukommen, nicht absichtlich vergessen, doch seit der Katastrophe am Samstag hatte sie angenommen, dass sie nicht mehr willkommen wäre. In solchen Situationen folgte Clara dem Grundsatz, sanft aber ehrlich zu sein.

„Meine liebe Laura, ich muss mit dir darüber sprechen, denn es ist etwas Ernstes passiert."

Laura zog sich zurück.

„Ernster als meine katastrophale Hochzeitszeremonie?" Die junge Frau wirkte launisch.

„Ich fürchte, ja. Die Frau, die behauptet hat, Andrews Ehefrau zu sein, nun … sie ist tot. Und die Campbells wollen, dass ich herausfinde, was geschehen ist. Andrew wird in der Sache verdächtigt und sie wollen, dass ich seine Unschuld beweise. Du siehst also, dass ich im Moment unbedingt im Haus der Campbells bleiben muss, um näher am Geschehen zu sein."

Laura war ein wenig überwältigt von diesem Ansturm von Neuigkeiten. Sie schüttelte den Kopf, als könnte sie die Verwirrung abschütteln.

„Die Frau ist tot?"

„Ja."

„Und Andrew wird verdächtigt? Warum?"

„Einerseits, weil sie die Hochzeit verhindert hat, und außerdem wurde ihre Leiche an der Rennstrecke gefunden, wo Andrew gestern den ganzen Tag verbracht hat. Und außerdem, weil sie leider tatsächlich seine Ehefrau war."

Laura ließ sich aufs Sofa fallen. Ihr Gesicht war aschfahl geworden. Mit einer Hand zupfte sie unbewusst am Saum ihres Ärmels herum.

„Sie war wirklich seine Frau?“

„Ja.“

Clara hatte mit Tränen gerechnet, doch Laura nahm die Neuigkeiten mit großer Ruhe auf. Wenn überhaupt wirkte sie resigniert.

„Das hatte ich befürchtet. Ich meine, eine Frau würde nicht einfach grundlos so in eine Kirche marschieren.“

„Nein, vermutlich nicht. Es tut mir wirklich leid.“ Clara setzte sich auf einen Hocker. „Wie hat dein Vater die Sache aufgenommen?“

„Er wird ganz ruhig, wenn er wütend ist. Und er muss sehr wütend sein, da er seit Samstag kein einziges Wort gesagt hat. Ich wünschte, er würde irgendetwas sagen, einfach irgendetwas, damit ich weiß, was ich tun kann.“

„Willst du Andrew immer noch heiraten?“

Laura entglitten die Gesichtszüge.

„Ich weiß es nicht. Er hat mich belogen und hätte mit der Hochzeit ein Verbrechen begangen.“

„Bigamie. Ja.“

„Und er war noch nicht einmal bei mir. Weder mit einer Erklärung, noch mit einer Bitte um Vergebung.“ Laura verzog wütend das Gesicht. „Er hätte herkommen müssen. Stattdessen ist er weggerannt. Wie soll ich ihn da noch heiraten?“

„Ich vermute, das hängt davon ab, ob du ihn liebst.“ Clara seufzte. „Aber im Augenblick müssen wir über andere Dinge nachdenken. Wie gesagt, ist die Frau tot, und die Polizei sucht nach einem Mörder.“

Laura zuckte zusammen.

„Sie wurde ermordet? Steht das fest?"

„Jemand hat sie erdrosselt." Clara wünschte, es gäbe einen leichteren Weg, um Laura alles zu erklären. „Andrew ist natürlich der Hauptverdächtige. Aber man wird ohne Zweifel auch den Rest der Familie unter die Lupe nehmen. Vielleicht wird man sogar gegen dich oder deinen Vater ermitteln, Laura."

„Oh, mein Vater könnte niemanden umbringen!", keuchte Laura. „Und ich auch nicht!"

„Auch nicht, nachdem deine Ehe und dein Ruf so schwer beschädigt wurden?"

Laura wurde erneut blass. Offensichtlich hatte sie noch nicht über die ganze Tragweite des Fiaskos am Samstag nachgedacht.

„Das würde mein Vater trotzdem nicht tun!"

„Nun, immerhin weißt du, was du zu erwarten hast, wenn die Polizei hier auftaucht. Wohin bist du am Samstag eigentlich gegangen?"

„Ich bin direkt hierher zurückgekehrt." Laura schluchzte, als wäre sie den Tränen nahe. „Wohin hätte ich auch sonst gehen sollen? Und seitdem bin ich hier. So ein schreckliches Chaos, nicht wahr?"

„Ich fürchte, das ist es."

„Oh, warum habe ich nur eingewilligt, ihn zu heiraten? Meine Freundinnen sagten mir, dass er nicht der Richtige für mich wäre; zu ernst und zu steif. Selbst Susan hat mir davon abgeraten. Doch als er mir auf dem Ball die Frage stellte, konnte ich nur daran denken, wie schön es wäre, mit einem Offizier verheiratet zu sein, und wie viel männlicher Andrew war, im Vergleich zu den Jungs, die sonst um mich herumscharwenzelten. Und schau dir nur an, wohin mich diese Gedanken gebracht haben."

„Du hast dir nichts vorzuwerfen." Clara tätschelte Lauras Hand. „Es war nicht falsch, deinem Herz zu folgen. Und ich würde es dir auch nicht vorwerfen, wenn du Andrew nach alledem trotzdem noch heiraten wollen würdest."

„Du bist sehr nett, Clara, aber darüber muss ich wirklich nachdenken. Würde es dir etwas ausmachen, mich allein zu lassen?"

„Natürlich nicht." Clara stand auf und nahm ihre Handtasche. „Wenn du mich sehen willst, ich bin bei den Campbells und kann im Handumdrehen hier sein."

„Danke, Clara, du bist mir wirklich eine gute Freundin! Weißt du, dass Susan mich noch gar nicht besucht hat?"

„Sie ist immer noch recht krank", sagte Clara entschuldigend.

„Wirklich? Ich hätte schwören können, dass ich sie im Feld neben der Kirche gesehen habe, als ich mit meinem Vater herauskam. Egal. Wie soll ich beurteilen, wie gesund jemand ist?"

Doch der verbitterte Unterton in Lauras Stimme deutete an, dass der anscheinende Verrat ihrer Freundin sie sehr verletzt hatte.

****

Während Clara Laura besuchte, hatte Tommy es auf sich genommen, mit dem lästigen Onkel Eustace fertig zu werden. Er war zu dem Schluss gekommen, dass Eustace höchstwahrscheinlich nicht der Mörder von

Shirley Cox war. Doch er könnte etwas über den Verbleib der übrigen Familienmitglieder wissen. Und er war nicht durch Loyalität in dem eingeschränkt, was er sagen konnte. Tatsächlich würde Eustace liebend gern jeden seiner Verwandten belasten, wenn es ihm passte.

Tommy fand ihn abermals im Salon, wo er vergeblich versuchte *Die Pickwickier* zu lesen, während er einen Brandy mit Soda in der Hand hielt.

„Ist das Mittagessen angerichtet?", fragte Eustace, ohne den Blick zu heben.

„Noch nicht."

„Verdammt, ich verhungere schon." Eustace warf das Buch weg. „Ich kann Dickens nicht ausstehen. Ich weiß nicht, warum ich es überhaupt versuche."

Eustace rülpste laut. Tommy verzog das Gesicht.

„Mein Magen ist schon wieder völlig verknotet. Ich schwöre, dass es an dem Essen hier liegt." Eustace schluckte schwer. „Ich liege nachts im Bett, mit brennender Speiseröhre und blubberndem Bauch. Ich habe immer eine Kanne mit Tonic Water auf dem Nachttisch stehen, aber dieser Tage hilft das auch nicht mehr gegen meine Beschwerden, egal, wie viel ich trinke. Ich mache das fade Essen meiner Kindheit dafür verantwortlich."

Tommy hätte es eher auf Eustaces Umfang und seine Vorliebe für Alkohol geschoben.

„Ich wollte nur schauen, wer hier ist." Tommy schob sich zum Barschrank und schenkte sich einen Gin Tonic ein. „Es ist plötzlich sehr still im Haus."

„Oh, der jämmerliche Haufen versteckt sich vor der Wahrheit."

„Was meinst du?"

Eustace schwenkte sein Glas.

„Ich sehe das so: Mein Neffe verliebt sich im Krieg in Shirley Cox und heiratet sie, ohne jemandem davon zu erzählen. Doch nach einigen Wochen in den Schützengräben wird er wieder nüchtern und denkt über das nach, was er getan hat. Einige Wochen später ignoriert er sie, tut so, als würde sie nicht existieren, und denkt, dass sie verschwinden wird, wenn er sie ignoriert. Sie kennt immerhin nicht einmal seine Adresse. Sie schreibt ihm an die Front. Er meidet London, hält sich bedeckt, Wochen werden zu Jahren und die Erinnerung an Shirley Cox verblasst. Vielleicht ist sie tot? Vielleicht hat sie einen anderen gefunden? Was auch immer. Es ist ihm egal, solange sie ihn nicht behelligt. Dann lernt er dieses hübsche Ding namens Laura kennen; nicht allzu helle, aber sie hat Geld und wird als Einzelkind einen stattlichen Nachlass erben. Was könnte besser sein? Andrew macht ihr einen Antrag und alles läuft wie geplant.

Die Hochzeit rückt näher und Andrew denkt vielleicht ein oder zwei Mal in seinen düstersten Alpträumen an Shirley Cox. Er fragt sich, wo sie ist, und hofft, dass sie gestorben ist oder ein neues Leben angefangen hat. Doch er wischt das alles beiseite. Was tut es schon zur Sache? Er hat sich niemals ausgemalt, dass sie in der Kirche auftauchen könnte! Was für ein Chaos! Was für ein Pech, dass sie gleich am Tag der Veröffentlichung die Hochzeitsankündigung in der Zeitung gesehen hat. Sie taucht also auf und fordert ihren Ehemann zurück. Andrew ist natürlich blamiert und aufgebracht. Er hat sich zum Narren machen lassen und alle kennen jetzt sein Geheimnis. Er sucht Shirley auf. Sie will ihn zurück, doch das will er nicht. Er empfindet keine Liebe, sondern nur Verbitterung oder gar Hass. Sie hat ihn in die Enge getrieben, was soll er schon machen? Ich bezweifle, dass er sie töten wollte, doch sie streiten sich und die Sache gerät aus dem Ruder. Plötzlich liegen seine Hände an ihrem Hals und sie ist tot. Voilà."

„Eine interessante Hypothese", sagte Tommy, ohne zu erwähnen, dass es auch die naheliegendste Vermutung war, die jeder schon in Betracht gezogen hatte; nicht nur Eustace, der sich damit so clever vorkam. „Aber warum sollte er die Leiche an der Rennstrecke abladen?"

„Ich sehe das so: Sie hat ihn an der Rennstrecke aufgespürt. Dort kam es zum Streit. Er lässt die Leiche auf der Strecke liegen, in der Hoffnung, dass andere Fahrer hinter der Kurve darüberfahren. Wäre das nicht diesem Francke beinahe passiert?"

„Ja, aber die Polizei ist nicht dumm. Sie hätten bemerkt, dass sie erwürgt wurde."

„Doch er ist nicht bei klarem Verstand!", sagte Eustace spöttisch, als würde er Tommy für unmöglich dumm halten. „Er handelt spontan!"

„Andrew kommt mir nicht wie ein Mann vor, der unüberlegt handeln würde."

„Na schön, Mr. Neunmalklug, wer war es dann?"

Tommy nippte grübelnd an seinem Getränk und bemerkte, dass die Pause Eustace irritierte.

„Ich habe noch keinen Verdächtigen im Sinn. Dafür ist es zu früh."

„Pah! Es war offensichtlich eine Person aus diesem Haufen!"

„Manche würden es eigenartig finden, dass du so bereitwillig deine eigenen Familienmitglieder des Mordes beschuldigst."

„Du kennst sie nicht allzu gut, das ist dein Problem. Das habe ich dir schon gesagt!"

„Na und? Was kann so schlimm an ihnen sein, dass du sie für Mörder hältst?"

Eustace schnaubte.

„Du verstehst es einfach nicht. Ich meine die Mädchen, Peg und Susan. Sie sind recht harmlos, aber auch ein wenig durchgeknallt. Schau dir nur Pegs Kleidung an! Und Susan rennt mitten in der Nacht davon, um sich zu ertränken. Du kannst mir doch nicht sagen, dass das die Taten einer Person sind, die in einer glücklichen Familie lebt."

„Ich gebe zu, dass mir das auch zu denken gibt", räumte Tommy ein. „Aber Menschen können sich auch ohne besonderen Grund ungewöhnlich verhalten."

„Hast du nicht gesehen, wie Glory die Mädchen behandelt? Sie ist die typische böse Stiefmutter. Eins sage ich dir: Ich mache Hogarth und diese Hexe für all das verantwortlich. Sie hat einen schlechten Einfluss auf alle in ihrer Nähe. Du hast Andrew doch erlebt. Er ist zum wandelnden Baumstumpf geworden und sagt nie auch nur ein Wort. Das liegt daran, dass er sich nicht traut. Sie springt auf die kleinsten Sachen an. Ich habe gehört, welche boshaften Dinge sie zu Susan gesagt hat. Sie behandelt das Mädchen wie eine Rivalin und versucht ständig, sie in ihrer Kleidung zu übertreffen. Ach, du hast das Weihnachtsfest nicht mitbekommen, bei dem sie Susan dieses schreckliche Kleid aufgezwungen hat, in dem sie wie eine Vogelscheuche aussah, nur um dann in dem gleichen Kleid aufzutauchen, das an ihr traumhaft aussieht, weil sie die Figur dafür hat. Wenn sie meine Frau wäre, hätte ich zu diesem Auftritt einiges zu sagen gehabt."

„Es gibt häufig Probleme zwischen Töchtern und Stiefmüttern." Tommy runzelte die Stirn. „Doch ich wusste nicht, dass es so schlimm ist. Hat Hogarth sie nicht recht bald nach dem Tod seiner ersten Frau geheiratet? Ich war bei der Hochzeit nicht dabei, doch ich glaube, meine Eltern waren da."

„Die erste Mrs. Campbell war noch nicht mal kalt", schnaubte Eustace triumphierend. „Es war skandalös. Die Leute haben geredet. Maud Campbell war erst eine Woche lang tot, als das Aufgebot bestellt wurde. Ich schätze, man könnte anführen, dass sie schon eine Weile kränkelte, doch wie man es auch betrachtet, Hogarth musste Glory kennengelernt und sich in sie verliebt haben, bevor seine Ehefrau diese Welt verlassen hatte."

„War sie eine Freundin der Familie?"

„Hogarths Sekretärin. Und jetzt gebe ich dir noch einen Hinweis: Ist dir aufgefallen, dass sie ihm nicht erlaubt, eine neue Sekretärin ins Haus zu holen? Das kann wohl kaum finanzielle Gründe haben."

„Vielleicht befürchtet sie, dass ihn eine andere Frau im Haus ablenken würde, so wie sie es einst tat?", beendete Tommy Eustaces Gedankengang.

„Exakt! Das Risiko will Glory nicht eingehen. Oh nein, sie hat ihre Klauen in Hogarth geschlagen und es würde mich nicht wundern, wenn sie dafür gesorgt hätte, dass bei seinem Tod der gesamte Nachlass an sie geht. Was wird dann aus Peg und Susan? Ich wage zu behaupten, dass es für sie die Hölle wird. Ehrlich gesagt habe ich mein Testament überarbeitet, um dafür zu sorgen, dass sie beide einen Anteil bekommen. Aber erzähl das niemandem, denn sie glauben, ich würde alles einer Liga der dummen Freunde hinterlassen."

Tommy empfand das als interessanten Einblick in Onkel Eustaces Charakter. Vielleicht war er doch nicht so übellaunig und gemein, wie er sich präsentierte.

„Du hast mir erzählt, dass Glorianna womöglich eine Ehebrecherin ist und nicht gerade gut mit ihren Stieftöchtern umgeht, aber nicht, warum sie eine Mörderin sein könnte."

„Das könnte sie aber sein." Eustace setzte ein gemeines Grinsen auf. „Sie könnte töten. Ich habe mich oft gefragt, ob sie es in sich hatte, das Ableben von Maud Campbell zu beschleunigen. Maud hatte Tuberkulose, doch ihr Tod kam früher als die meisten erwartet hatten. Da muss man sich doch Fragen stellen, nicht wahr? Erst recht nach der schnellen Hochzeit. Ich meine, es gab keine echte Untersuchung, da bekannt war, dass Maud im Sterben lag. Wer weiß."

Tommy tat sich schwer damit, sich einzugestehen, dass das alles sehr eigenartig klang. Es war mindestens anstößig gewesen.

„Das muss für Andrew und seine Schwestern sehr schwer gewesen sein."

„Andrew kämpfte damals schon für sein Land und die Mädchen waren auf Internaten. Was hatten sie da schon zu melden? Ich frage mich übrigens, wie sich der Zeitpunkt von Andrews Hochzeit zu Hogarths zweiter Eheschließung verhält. Vielleicht war das eine Art Vergeltung."

Das war durchaus denkbar.

„Aber hätte Glorianna ein Motiv für den Mord an Shirley Cox?"

„Glory hasst Skandale. Das könnte durchaus ein Anlass zum Mord sein."

Tommy verstummte. Es erstaunte ihn nicht zum ersten Mal, dass ein plötzlicher Todesfall die schlimmsten Seiten der Menschen zum Vorschein bringen konnte. Er hatte Glorys Auftreten für bare Münze genommen, doch jetzt entpuppte sie sich als Frau, die lügen und Intrigen schmieden konnte. Das war verstörend.

„Dann wäre da noch Hogarth." Es lag ein Funkeln in Eustaces Augen, als er sich wieder daran machte, die Fassade der Familie einzureißen. „Mein Bruder war immer ein harter Kerl. Er konnte allem trotzen. Das Internat hat mich fertiggemacht, doch er blühte damals auf. Weißt du, warum? Weil er sich nie von irgendjemandem etwas bieten ließ. Wenn ein Junge versuchte, ihn zu schlagen, dann schlug er zurück und hörte erst auf, wenn der andere Junge besinnungslos am Boden lag. Selbst die Lehrer hatten Respekt vor ihm. Er war auch im Unterricht sehr gut, hat nie einen Fehler gemacht, sich nie verrechnet, nie die lateinische Grammatik durcheinandergebracht. Im Gegensatz zum alten Eustace. Ich habe für falsche Antworten reichlich Prügel kassiert. Es war eine brutale Welt und nur die brutalen Jungen hatten dort Erfolg."

Tommy nickte verständnisvoll.

„Hogarth hatte nie Scheu davor, sich die Hände schmutzig zu machen. Wenn er jung genug gewesen wäre, um in den Krieg zu ziehen, könnte ich ihn mir als einen dieser knallharten Sergeants vorstellen, der seine Männer in den Tod schickt, ohne mit der Wimper zu zucken, und in der nächsten Nacht friedlich schläft. Ein Mann, der einen Hunnen mit dem Bajonett durchbohren konnte, ohne weiter darüber nachzudenken."

„Oh, da muss ich dich korrigieren, Eustace. In den Schützengräben sind viele von uns so geworden. Wir haben uns an Grausamkeit gewöhnt. Es war die einzige Möglichkeit, um weiterzumachen."

„Ja, aber Hogarth hätte schon so angefangen. Ich sage nur, wenn Hogarth eine Frau ermordete, die seinen Sohn ruiniert hat, wäre das für ihn nichts anderes, als einem Fasan, den sein Hund ihm gerade gebracht hat, den Hals umzudrehen."

„Dieser Logik nach hättest du schon vor Jahren sterben müssen", merkte Tommy zu Eustaces Belustigung an.

„Aber ich gehöre zur Familie!" Eustace lachte dröhnend. „Die verdammte Familie! Die bedeutet den Campbells viel."

„Und was ist mit dir, Eustace? Kannst du töten?"

Eustaces gute Laune verpuffte.

„Was soll das für eine Frage sein?"

„Eine ehrliche. Ich weiß, dass ich töten kann. Ich habe es getan. Es wurde nur nicht als Mord bezeichnet, weil ein Krieg tobte."

Eustace presste die Lippen so fest zusammen, dass sie eine dünne Linie formten.

„Ich könnte niemals töten", sagte er mit Nachdruck. „Niemals."

Tommy starrte ihn lange an.

„Nein, womöglich nicht."

Tommy schob sich aus dem Raum und wusste nicht so recht, was er von Eustaces Enthüllungen halten sollte.

Kapitel 12

Clara hatte kaum die Türschwelle des Campbell-Hauses überschritten, als ein Lakai herbeieilte und ihr einen Brief hinhielt, der gerade abgegeben worden war. Clara war so neugierig, dass sie ihn öffnete, ohne Hut oder Handschuhe abzulegen. Oben auf dem Briefpapier stand in dickem, schwarzem Druck: *Surrey Police Constabulary*. Allein das reichte aus, um Claras Neugier zu entfachen.

Werte Miss Clara Fitzgerald,

nach unserer Unterhaltung habe ich Inspector Park-Coombs in Brighton kontaktiert. Er hat mir versichert, dass Sie eine aufrichtige und verlässliche Person sind, die der Polizei von Brighton gute Dienste erwiesen hat, und hat mir geraten, Sie ins Vertrauen zu ziehen. Ich hoffe, dass wir in dieser Sache zusammenarbeiten können, da Sie offensichtlich in einer weitaus besseren Position sind als ich, was das Wissen über den Haushalt der Campbells angeht. Daher möchte ich Sie bitten, so bald wie möglich die örtliche Polizeiwache aufzusuchen.

Freundliche Grüße, Inspector Jennings

Clara steckte den Brief in ihre Handtasche und war wieder aus der Tür, ehe der Lakai verstanden hatte, wie ihm geschah. Inspector Jennings wollte mit ihr sprechen! Das war mehr als Clara sich erhofft hatte. Sie wusste, dass sie irgendwann bei der Polizei um Unterstützung in ihren Ermittlungen bitten musste, darum führte kein Weg herum. Doch sie angeboten zu bekommen, war eine ganz andere Sache. Gott sei Dank für den freundlichen Inspector Park-Coombs! Sie hatten einen schlechten Start gehabt, doch bis Clara ihre erste Ermittlung beendet hatte, hatte der Inspector gelernt, ihren Verstand und ihre Intuition zu respektieren. Zu schade, dass Frauen nicht zum Inspector befördert werden könnten; das hatte er einmal gesagt. Nicht dass Clara für die Polizei hätte arbeiten wollen. Sie arbeitete lieber als freie Ermittlerin, doch die Hilfe der Polizei würde sie niemals ablehnen.

Sie eilte ins Dorf und musste einen Briefträger nach der Wegbeschreibung fragen. Die Polizeiwache befand sich in einem ehemaligen Wohnhaus und war nicht gerade groß. In dieser Ecke von Surrey gab es nicht viel Kriminalität und meistens waren auf der Wache nur ein Constable und ein Sergeant anzutreffen. Es war großes Glück gewesen, dass Jennings im Rahmen einer Inspektion in der Gegend war, als die Leiche an der Rennstrecke gefunden worden war, sonst hätte er von der Hauptwache anreisen müssen.

Clara eilte hinein und berichtete dem Sergeant in Bereitschaft, dass sie dringend hierher zitiert worden war. Er schickte einen untätigen Constable nach oben, um Jennings von ihrem Eintreffen zu unterrichten.

„Sie waren gestern auf der Rennstrecke." Er nickte ihr zu und Clara bemerkte, dass sie den Sergeant vor sich hatte, der mit der unangenehmen Aufgabe betraut worden war, Andrew Campbell zum Inspector zu bringen. „Schlimme Sache. Kannten Sie sie?"

„Gewissermaßen." Clara wollte nicht zu viel preisgeben.

„Es gibt hier nicht oft Morde, und wenn, dann sind es üblicherweise Fremde, die es erwischt. Aber wenn es eine Frau trifft, ist das wirklich nicht schön."

Clara war sich nicht sicher, wie sie darauf antworten sollte. Sie fand einen vorzeitigen Tod niemals schön, egal welchen Geschlechts oder Alters das Opfer war. Eine weitere Unterhaltung blieb ihr erspart, weil der Constable zurückkehrte und sie bat, ihn zum Inspector zu begleiten.

***

Jennings saß unbehaglich an einem fremden Schreibtisch. Er war sich nicht sicher, wem dieser Schreibtisch sonst gehörte, da der Constable kein Büro hatte und der Sergeant einen kleinen Raum im hinteren Teil des Hauses hatte, in dem er seinen Papierkram erledigen konnte. Daher musste er annehmen, dass dieses Büro nur bei Bedarf genutzt wurde und deshalb auch so schlecht ausgestattet war. Der Schreibtisch war alt, vermutlich viktorianisch, und zu hoch für den Stuhl, den man ihm gegeben hatte. Und der allein war schon unbequem genug, auch ohne dass man sich jedes Mal den Ellenbogen an der Tischkante stieß, wenn man nach einer Büroklammer griff. Zu seiner Rechten standen mehrere Aktenschränke, die das gesamte Archiv der Wache darstellten, und zu seiner Linken bot ein Fenster einen Blick auf den Apfelbaum und den Komposthaufen des Nachbargrundstückes. Jennings hatte schnell gelernt, dass man neben frischer Luft auch den

Geruch von verrottendem Gemüse hereinließ, wenn man das Fenster öffnete. An diesem unangemessenen und etwas peinlichen Arbeitsplatz begegnete er Clara zum zweiten Mal.

Der Inspector hatte Clara schon für eine einzigartige Person gehalten, als er sie zum ersten Mal erblickt hatte. Sie war nicht wie die jungen Frauen, mit denen er sonst zu tun hatte. Sie war angesichts einer Leiche gelassen geblieben und sehr pragmatisch mit der Situation umgegangen. Außerdem war sie hübsch, schlank, trug einen modischen Bob und einen Hauch Lippenstift. Er war sich nicht ganz sicher gewesen, was er von ihr halten sollte, und die Unterhaltung mit Inspector Park-Coombs hatte ihn nur noch mehr verblüfft. Doch eine Sache, die der Inspector aus Brighton gesagt hatte, war ihm im Gedächtnis geblieben:

„Beziehen Sie sie mit ein, Jennings, sonst wird sie ihren eigenen Weg finden, und das macht nur Probleme."

Jennings hatte geglaubt, Park-Coombs würde sich einen Scherz mit ihm erlauben, doch nach dem Telefonat war er sich nicht mehr so sicher gewesen. Er hatte den besorgniserregenden Verdacht, dass Clara Fitzgerald mehr war als nur eine aufdringliche Wichtigtuerin. Sie könnte tatsächlich eine gute Ermittlerin sein.

Clara erreichte seinen Schreibtisch und blickte sich kurz im Raum um. Der Constable kam hinter ihr herein und holte ihr rasch einen Stuhl. Clara setzte sich und musterte den Inspector zum ersten Mal genauer. Inspector Jennings war Ende dreißig, hatte leuchtend, dunkle Augen und seine Haare waren markant gelockt. Sein Anzug war offensichtlich abgetragen, aber sauber und ordentlich, und mit einer recht hellen Krawatte kombiniert, die schlaff vor seinem Hemd hing. Ihm schien zu warm zu sein und Clara fragte sich, warum er an einem so schönen Tag nicht das Fenster öffnete.

„Vielen Dank für Ihr Kommen, Miss Fitzgerald."

„Danke für die Einladung, das weiß ich sehr zu schätzen."

„Nun, Inspector Park-Coombs hat angedeutet, dass es besser sei, mit Ihnen statt gegen Sie zu arbeiten." Jennings schenkte Clara ein schiefes Lächeln, als sie eine Augenbraue hob. „Er hat mich auch darauf aufmerksam gemacht, wie nützlich es sein könnte, sozusagen eine Insiderin zu haben."

„Sie meinen, ich soll die Campbells ausspionieren?"

„Ich würde es eher als Suche nach Hinweisen bezeichnen. Sie sind immerhin eine Detektivin. Ist das nicht ohnehin der Grund, warum Sie bei den Campbells bleiben?"

Gegenüber Laura Pettibone hatte Clara das bereits eingestanden, doch sie hatte nicht vor, dies auch dem Inspector mitzuteilen.

„Sie bestehen darauf, dass ich bleibe."

„Natürlich, aber das ist eben nützlich. Wie dem auch sei ..." Der Inspector zog eine Aktenmappe zu sich. „Ich dachte, Sie würden sich vielleicht für den Befund des Gerichtsmediziners bezüglich Shirley Cox interessieren."

Er holte ein Blatt aus der Mappe und reichte es Clara.

„Er beinhaltet eine Auflistung der Gegenstände, die wir bei ihr gefunden haben. Nicht allzu viel, wie Sie sehen können."

Clara überflog die Seite.

„Also Tod durch Strangulation", Clara las in dem Abschnitt weiter. „Mit einem feinen Stoff, möglicherweise Seide, nicht mit einem Seil oder einer Kordel."

„Nein, es gab keine Muster im Abdruck, daraus schloss der Gerichtsmediziner, dass es ein glatter Stoff mit sehr feiner Webart gewesen sein muss. Ich habe schon Menschen gesehen, die mit Seidentaschentüchern erdrosselt wurden. Die lassen keinen nennenswerten Abdruck zurück."

„Er schätzt, dass sie seit zwölf bis achtzehn Stunden tot war."

„Ja, der warme Tag könnte die Vorgänge ein wenig beschleunigt haben."

„Damit liegt der Zeitpunkt des Mordes besorgniserregend nah an der Hochzeit", sagte Clara nach einer schnellen Überschlagsrechnung. „Keiner von ihnen hat für diese Zeit ein Alibi. Abgesehen von Glorianna, die beim Hochzeitsempfang war."

„Es wurde ein Hochzeitsempfang abgehalten?"

„Es wäre töricht gewesen, das Essen zu verschwenden."

„Mag sein. Aber das öffnet das Feld der Verdächtigen. Der Zeitpunkt bedeutet, dass mehrere von ihnen die Möglichkeit gehabt hätten, aber die Methode könnte sowohl von einem Mann als auch einer Frau angewendet worden sein."

„Es wurden keine anderen Anzeichen von Gewalt gefunden."

„Nein, und ihre Kleidung war nicht beschädigt. Er hat die naheliegenden Untersuchungen auf ..." Der Inspector errötete beinahe.

„Sie wurde also nicht missbraucht, nehme ich an?",
beendete Clara den Gedanken.

„Nein. Aber wie Sie sehen, hat der Gerichtsmediziner
Hinweise darauf gefunden, dass sie wenigstens einmal
in ihrem Leben schwanger war. Gleichzeitig sieht es
aber nicht so aus, als hätte sie je ein Kind zur Welt gebracht."

Clara arbeitete sich durch den gründlichen Bericht.

„Er schreibt, dass Narbengewebe und Schäden in der
Gebärmutter auf eine Art invasive Behandlung hindeu-
ten. Er vermutet eine primitive Abtreibung. Er war sehr
gründlich."

„Ich habe ihn darum gebeten. Das kam mir angesichts
der außergewöhnlichen Umstände angemessen vor,
und ich hatte eine Ahnung." Der Inspector ertappte sich
dabei, einen Begriff zu benutzen, den er Clara vorgeworfen hatte. „Ich habe mich ein wenig über die Vergangenheit von Shirley Cox informiert; nicht dass das
schwierig gewesen wäre. Sie war der Metropolitan Police wohlbekannt. Shirley Cox war eine Prostituierte;
eine von der edleren Sorte, da sie sich nicht in Gassen
herumtrieb, aber immer noch eine Prostituierte. Sie hat
gerne Tanzlokale besucht, und in der Nähe von Kinos
und Theatern nach Kundschaft Ausschau gehalten.
Jetzt frage ich mich, ob das eine Frau ist, die ein junger
Mann wie Andrew Campbell ohne erkenntlichen
Grund heiraten würde."

„Er wäre nicht der erste Mann, der sich in eine Prostituierte verliebt hat. Die Liebe macht uns zu Narren."

„Andrew Campbell wirkt auf mich nicht gerade im-
pulsiv", entgegnete der Inspector. „Ich würde davon
ausgehen, dass es um mehr als eine kleine

Schwärmerei ging. Ich frage mich, ob die junge Frau schwanger war, ihm sagte, dass es sein Kind sei, und er von einer Art Pflichtgefühl getrieben war. Das käme mir schon eher wie die Tat eines Campbells vor. Doch Shirley Cox wollte keine Mutter sein, und sobald sie ihn an sich gebunden hatte, trieb sie rasch ab. Doch sie verschätzt sich und als Andrew herausfindet, dass es kein Kind gibt, fühlt er sich betrogen und verlässt sie. Und mit ihm gehen Shirleys Pläne für eine angenehme Zukunft. Sie landet also wieder auf der Straße und lebt von einem Tag zum nächsten, bis sie zufällig die Hochzeitsanzeige sieht."

„Ich sehe, worauf Sie hinauswollen." Clara nickte. „Andrew Campbell mag griesgrämig sein, doch ähnlich wie sein Vater hat er ein Pflichtgefühl und würde seine Ehefrau nicht grundlos verlassen."

„Er hat sie mehr als nur verlassen. Er behandelte sie, als wäre sie tot. Das ist das Verhalten eines sehr wütenden, verbitterten Mannes, dessen Liebe zu Hass geworden ist."

Clara legte den Bericht ab. „Allerdings könnte Shirley Cox auch Jahre vor ihrer Begegnung mit Andrew schwanger gewesen sein, ohne dass die Abtreibung etwas mit ihm zu tun hätte. Prostituierte werden schwanger."

„Ja, und üblicherweise bietet ein zwielichtiger Metzger eine Lösung an." Jennings seufzte. „Ich weiß, es ist weithergeholt. Ich schätze, ich bin vor allem neugierig."

„Es ist allerdings eine gute Theorie", bot Clara ihm als Rettungsanker an. „Ich gebe zu, dass mir diese ganze Sache nicht wie etwas vorkommt, das Andrew tun würde. Nicht dass ich ihn besonders gut kennen würde, aber er ist kein Mann, der sich in einem Augenblick Hals über Kopf in eine Frau verliebt. Seine Verlobung mit Laura Pettibone zum Beispiel wirkt beinahe berechnend. Und mir macht der Gedanke zu schaffen, dass er seine Frau so im Stich gelassen haben soll. Ich glaube nicht, dass Andrew Verpflichtungen aus dem Weg geht, die er einmal eingegangen ist, es sei denn, es gibt einen guten Grund dafür. Was wissen Sie noch über Shirley Cox?"

„Sie war zwischen achtunddreißig und zweiundvierzig Jahre alt. Die Polizei ist sich bezüglich ihres genauen Geburtsdatums nicht sicher. Sie war unabhängig; hatte keinen Zuhälter. Der Polizei war bekannt, dass sie gelegentlich relativ luxuriös als Mätresse bekannter Persönlichkeiten lebte. Shirley kannte ihren Wert und ließ sich nur auf Männer mit respektablem Vermögen ein. Es gibt einen Zeitraum zwischen 1915 und 1917, in dem sie gewissermaßen unsichtbar war. Es gibt keine Aufzeichnungen über sie. Keine Probleme, keine Zwischenfälle. Sie war immer für ihr Temperament bekannt, und wenn ihr nicht gerade zur Last gelegt wurde, dass sie sich anbot, dann saß sie für die Störung der öffentlichen Ordnung ein, weil sie sich mit Konkurrentinnen in die Haare gekriegt hatte. Doch etwa zwei Jahre lang war sie quasi von der Erdoberfläche verschwunden. Die Polizei fragte sich, ob sie tot war."

„Stattdessen hatte sie geheiratet."

„Ja, und Weihnachten 1917 fand man sie dann in der Gosse. Sie wurde mitgenommen, damit sie sich in einer Zelle ausschlafen konnte. Von diesem Zeitpunkt an war Shirley allem Anschein nach wieder im Geschäft. Doch sie war älter und hatte zwei Jahre lang nicht mehr

mitgespielt. Jüngere Frauen hatten ihren Platz einge-
nommen und es fiel ihr schwer, über die Runden zu
kommen. Ihre Kunden waren weniger gut betucht und
sie gab sich immer häufiger mit jungen Soldaten ab.
Die letzte Aufzeichnung zu ihr ist drei Wochen alt: Sie
wurde zusammen mit anderen jungen Frauen verhaftet, weil sie in einem Nachtclub ihre Dienste angeboten
hatten. Laut dem Polizeibericht war sie in bemitlei-
denswerter Verfassung und sah aus, als bräuchte sie
dringend eine anständige Mahlzeit. Shirley Cox war offensichtlich tief gesunken."

Clara hörte ihm zu, während sie in Gedanken das Bild
von der Frau in der Kirche heraufbeschwor. Ihr heim-
tückisches Grinsen, ihr Lachen, ihre fehlenden
Strümpfe und die Nerzstola. Eine Stola, die sie hätte
verpfänden können, um wochenlang von dem Erlös zu
leben. Doch sie hatte sie behalten, als geschätztes An-
denken an eine gescheiterte Ehe ...

Clara nahm sich noch einmal den Bericht und überflog die Liste der Gegenstände, die mit Shirleys Leiche
gefunden worden waren.

„Wo ist die Stola?"

„Die Stola?", fragte der Inspector stumpf.

„Als Shirley Cox in die Kirche kam, trug sie eine teure
Nerzstola, doch sie war nicht bei der Leiche und Sie ha-
ben sie offensichtlich auch nicht anderswo an der
Rennstrecke gefunden."

Jennings dachte nach.

„Sie könnte sie in ihrer Unterkunft zurückgelassen
haben, bevor sie dem Mörder oder der Mörderin begegnete."

„Möglich, aber bedenken Sie, dass sie die Stola eigens für die Kirche angelegt hat. Ich glaube, sie wollte Andrew an die Dinge erinnern, die er ihr geschenkt hatte, oder daran, was sie ihm einst bedeutet hatte. Wenn sie sich nach der Zeremonie also noch einmal mit Andrew treffen wollte, hätte sie die Stola getragen. Das war ihr wichtig.“

„Ich verstehe, was Sie meinen. Die Stola könnte uns zum Mörder führen. Leider habe ich noch nicht herausgefunden, wo Shirley untergekommen war, sodass ich nicht beurteilen kann, ob die Stola bei ihren anderen Sachen liegt oder wirklich verschwunden ist.“

„Überlassen Sie das mir, Inspector.“ Clara erhob sich. „Ich weiß es zu schätzen, dass Sie diese Erkenntnisse mit mir teilen. Ich werde meine eigenen diskreten Ermittlungen anstellen und Sie informieren, wenn ich irgendetwas herausfinde.“

„Vielen Dank, Miss Fitzgerald, aber wenn Sie vor uns herausfinden sollten, wo sie wohnte, dann verständigen Sie bitte umgehend die Polizei, ohne etwas anzufassen.“ Jennings schaute sie streng an, was Clara unnötig vorkam. Sie war doch nicht dumm.

„Natürlich, Inspector. Wir arbeiten immerhin zusammen.“ Clara schnappte sich ihre Handtasche und machte sich auf den Weg. Mittlerweile loderte intensive Neugier in ihr.

Kapitel 13

Clara arbeitete unter der Annahme, dass man irgendwann zu Ergebnissen kam, wenn man nur genug Fragen stellte. Es sei denn, man befragte einen Verdächtigen, dann war Besonnenheit angebracht. Doch wenn man etwas herauszufinden versuchte, wie etwa eine Adresse, konnte eine höfliche Frage hier und dort Wunder wirken. Es gab zwar ein Hotel im Dorf, doch Clara war überzeugt, dass Shirley sich eher in einem der kleinen Gasthäuser eingemietet hätte. Und da die Sommersaison noch nicht in vollem Gange war, würden die wenigen Gäste, die es schon gab, eher auffallen. So hatte Clara mit wenigen gezielten Fragen im Postamt und in den Läden herausgefunden, dass eine Frau mit Shirleys Aussehen in einer winzigen Pension in der Oak Street gewohnt hatte, die von der schottischen Hausbesitzerin und ihrem Ehemann geführt wurde. Die Postbeamtin war sogar zugegen gewesen, als Shirley eine Karte nach London aufgegeben hatte, und hatte dabei einen Blick auf ihren Namen erhascht.

Die Pension war schon hergerichtet. In den Blumenkästen wuchsen frühe Stiefmütterchen und der Rasen im Vorgarten war gemäht, doch das Haus war offensichtlich sehr klein. Clara klopfte kräftig und fragte sich, ob es vielleicht schon zu spät am Tage war. Ihre Armbanduhr verriet ihr, dass es schon beinahe vier

Uhr war. Vielleicht servierte die Vermieterin gerade Tee? Doch als eine dicke Schottin mit grauen, zu einem Knoten zusammengenommenen Haaren die Tür mit einem Lächeln öffnete, wusste Clara, dass sie wie geplant fortfahren konnte.

„Es tut mir leid, Sie zur Teezeit zu stören, aber ich bin hier, um Shirley Cox zu besuchen."

„Unsinn! Sie stören doch nicht. Zu dieser Zeit treffen üblicherweise meine Gäste ein; nicht dass ich welche erwarten würde. Kommen Sie nur herein. Shirley ist leider ausgegangen, aber ich erwarte sie bald zurück."

Die schottische Vermieterin führte Clara in eine überraschend große Küche. Auf dem Herd stand ein Teekessel, und ein selbstgebackener Kuchen zierte den Tisch.

„Setzen Sie sich. Heute habe ich nur Mr. Robins im Haus, Sie können sich also gern am Kuchen bedienen. Wie Sie sehen, esse ich gerne etwas Süßes zum Tee." Die Vermieterin rieb sich den runden Bauch. „Ich bin übrigens Mrs. Macphinn."

„Clara Fitzgerald", stellte Clara sich vor. „Ich habe den ganzen Tag versucht, Shirley ausfindig zu machen. Ich bin so froh, sie hier aufgespürt zu haben."

„Ist sie Ihre Freundin?" Mrs. Macphinn stellte den Teekessel auf den Tisch und stülpte einen gestreiften Strickteewärmer darüber.

„Tatsächlich hat sie in meine Familie eingeheiratet."

„Oh, ich wusste gar nicht, dass sie verheiratet ist."

„Ich fürchte, es war nicht die glücklichste Verbindung. Eine Kriegsehe, wissen Sie?"

Mrs. Macphinn nickte ernst.

„Davon hört man immer wieder. Eine übereilte Hochzeit im Überschwang des Augenblicks, die nicht einmal so lange hält wie die Hochzeitstorte. Warum suchen Sie sie dann hier?"

„Ich dachte, dass ich ihr vielleicht behilflich sein könnte, auch wenn ich nicht genau weiß, wie. Aber es ist schrecklich, in einer schlimmen Situation allein zu sein, nicht wahr?"

„Die arme Frau. Ja, jetzt wo Sie es sagen ... sie wirkte recht angespannt. Ich sagte mir, dass diese Frau ein sorgenvolles Leben geführt haben muss. Was hat sie hergeführt?"

„Sie versucht, ihren Ehemann wiederzufinden."

„Oh nein, wie schrecklich ..." Mrs. Macphinn schnitt den Kuchen an. Marmelade quoll dickflüssig aus der mittleren Schicht und Clara fragte sich, wo die Schottin all den Zucker dafür herbekam. „Kuchen?"

„Sehr gern." Clara nahm ein sehr großes Stück entgegen und beobachtete, wie Mrs. Macphinn ihre Portion mit großen Bissen verschlang. „Wann ist sie hier eingetroffen?"

„Am Donnerstag. Sie sagte, sie würde nicht lange bleiben. Ich gab ihr ein schönes Zimmer im hinteren Teil des Obergeschosses; direkt neben dem Badezimmer."

„Glauben Sie, dass sie bald hier sein wird? Ich kann nicht lange bleiben."

„Gewiss, gewiss. Sie ist immer zum Abendessen zurück. Ich mache für meine Gäste Frühstück und Abendessen, da es im Dorf nicht viele Möglichkeiten gibt, etwas zu Essen zu bekommen. Und ich kann zum Mittagessen Sandwiches bereitstellen, wenn das im Vorhinein abgesprochen wird. Shirley ist sehr freundlich, sie kommt immer herunter, um mir beim Kochen zu helfen. Das muss sie nicht tun, doch sie besteht darauf.

Und sie isst mit großem Genuss. Ich schwöre Ihnen, diese Frau sieht halb verhungert aus. Sie sagt, meine Gerichte würden sie an die ihrer Mutter erinnern."

„Sie führen hier ein gutes Haus, Mrs. Macphinn. Ich wünschte, ich hätte es gefunden, bevor ich andernorts untergekommen bin."

„Sie können immer noch wechseln."

„Ich habe drei Tage im Voraus bezahlt", sagte Clara mit Bedauern.

„Ach so. Ich verlange immer nur das Geld für die erste Nacht und erwarte, dass meine Gäste am Ende ihres Aufenthaltes die Rechnung begleichen. Und das tun sie immer!"

Das erklärte, wie Shirley Cox sich den Aufenthalt hier hatte leisten können, dachte Clara.

„Sie sind offensichtlich eine sehr aufmerksame Frau, Mrs. Macphinn", sagte Clara mit einem Lächeln. „Ich bin froh, dass Shirley hier untergekommen ist. Sie hatte es nicht einfach."

„Ja, das konnte ich sehen." Mrs. Macphinn nickte weise und schnitt sich noch ein Stück Kuchen ab. „Ich würde sie nicht als glücklichen Menschen beschreiben. Sie sah mir sehr traurig aus. Am ersten Abend hat sie kaum etwas gesagt, doch dann habe ich es geschafft, dass sie ein wenig auftaut. Ich habe mich beim Abendessen mit ihr und Mr. Robins mehrfach gut unterhalten."

„Worüber haben Sie sich unterhalten? Meine Vermieterin ist sehr streng, was die Themen beim Abendessen angeht."

„Aye, ich glaube zu wissen, bei wem Sie wohnen." Mrs. Macphinn tippte sich verschwörerisch an die

Nase. Clara bemitleidete die Person, die sie gerade schlechtgeredet hatte, ohne sie zu kennen. „Mir ist es egal, worüber sich meine Gäste unterhalten, solange es nichts Schäbiges ist. Ich meine, da muss man schon aufpassen. Wir haben hier auch Familien zu Gast und respektable, ältere Menschen. Die wollen kein Geschwätz über garstige Dinge hören, während sie ihre Leber mit Kartoffeln essen. Ich musste Shirley einmal ermahnen, auf ihre Sprache zu achten. Das war, als ich die Kirche erwähnte und sie recht derb über Geistliche herzog. Sie hat sie als Heuchler bezeichnet. Ich sagte ihr: ‚Also Shirley, es ist in Ordnung, eine Meinung zu haben, aber ich lasse nicht zu, dass unter diesem Dach das Haus Gottes beleidigt wird.‘ Sie hat es schnell eingesehen.“

Irgendwo schlug eine Uhr zur halben Stunde.

„Sie ist heute spät dran.“ Mrs. Macphinn schaute aus dem Küchenfenster und dann etwas beschämt auf den Kuchen, von dem sie einen großen Teil verzehrt hatte.

„Hat sie heute Morgen gesagt, wohin sie wollte?“ Clara fischte nach zusätzlichen Informationen.

„Tatsächlich habe ich sie heute Morgen gar nicht gesehen. Sie war früh fort. Ich habe in ihrem Zimmer nachgeschaut. Das Bett war gemacht und ihr Koffer noch dort. Ich muss gestehen, dass ich kurz dachte, sie könnte sich aus dem Staub gemacht haben.“

„Oh, Shirley doch nicht!“, log Clara rasch.

„Ich weiß nicht, wohin sie gegangen ist.“ Mrs. Macphinn spielte mit ihren Fingern und dachte an die Kartoffeln und Karotten, die sie so langsam schälen musste.

Clara warf einen Blick auf ihre Uhr, als hätte sie das Schlagen gerade nicht gehört.

„Ich fürchte, ich muss mich auf den Weg machen. Es tut mir leid, Sie gestört zu haben. Schade, dass ich Shirley verpasst habe."

„Sie haben nicht gestört. Wollen Sie ihr eine Nachricht hinterlassen?"

Clara zögerte. Es war schwer, sich eine Nachricht für eine Tote auszudenken.

„Könnten Sie ihr sagen, dass ich hier war und wieder vorbeikommen werde?"

„Natürlich." Mrs. Macphinn machte sich daran, den Tisch abzuräumen. „Ich schätze, sie wurde nur irgendwo aufgehalten."

Clara verabschiedete sich und verließ das Haus. Sie ging ein paar Schritte und rief dann einen Jungen zu sich, der auf der Straße mit einem Kieselstein spielte.

„Würdest du diese Nachricht zur Polizeiwache bringen?"

Der Junge nickte und sie drückte ihm einen Schilling und eine rasch geschriebene Notiz in die Hand, woraufhin er fröhlich davonhüpfte. Wie versprochen berichtete sie damit Inspector Jennings, dass sie Shirleys Unterkunft gefunden hatte. Er würde ihr Gepäck einsammeln und Mrs. Macphinn berichten können, was ihrer Mieterin widerfahren war. Das verhinderte jedoch nicht, dass Clara ein schlechtes Gewissen bekam, dass sie die arme Frau in die Irre geführt hatte. Manchmal wunderte sie sich darüber, wie gut sie zu lügen gelernt hatte, seit sie als Detektivin arbeitete.

Kapitel 14

Clara setzte sich neben Tommy. Sie hatten sich nach einem unschönen Abendessen mit dem Dessert in Tommys Schlafzimmer zurückgezogen. Clara fragte sich, ob sie nach all dieser gehobenen Küche bald die Taille ihres Kleides auslassen müsste. Das hielt sie aber nicht davon ab, sich über eine große Portion Stachelbeergelee mit Erdbeeren und Sahne herzumachen.

„Eustace schiebt es also auf Andrew", sagte Tommy als Zusammenfassung seiner Unterhaltung mit dem Onkel der Campbells. „Wobei er auch keinen der anderen als möglichen Kandidaten ausschließt."

„Sehr nützlich", ächzte Clara. „Das Problem ist, dass sie alle ein starkes Motiv haben, doch kaum jemand hat ein Alibi."

„Kommt dir jemals der Gedanke, dass uns der echte Mörder durchs Netz gehen könnte, wenn wir uns so sehr auf Andrew konzentrieren?"

„Das hängt wohl davon ab, ob Andrew der Täter ist." Clara leckte etwas Sahne von ihrem Löffel. „Was ist deine Meinung zu ihm als Verdächtigen?"

„Er könnte es getan haben, aber ich kann mir nur schwer vorstellen, dass er so unüberlegt handeln würde."

„Ich habe ihn gesehen, als er zur Leiche gebracht wurde, und sein Schock wirkte echt. Mit ihm zu reden

fühlt sich leider an, als würde man einem Stein Blut ab-
nehmen wollen. Vielleicht könntest du es mal versuchen, falls er sich einem Mann eher öffnet."

„Andrew ist wirklich ein Buch mit sieben Siegeln,
aber ich werde es versuchen." Tommy stellte seine
Schüssel auf dem Nachttisch ab und lehnte sich nach
hinten aufs Bett.

„Es wird dich bestimmt freuen, dass Annie morgen
eintreffen sollte", fügte Clara hinzu.

Tommys Augen funkelten.

„Wirst du sie denn nach unten zu den Bediensteten
schicken, damit sie aus ihrer Mitte berichten kann?"

In der Vergangenheit hatte sich Annie, das unge-
wöhnliche Dienstmädchen der Fitzgeralds, als nützli-
che Helferin erwiesen, wann immer es darum ging, Bediensteten Wahrheiten zu entlocken. Und viele Menschen vergaßen allzu schnell, wie viel Bedienstete sahen und hörten.

„Annie kann uns helfen, herauszufinden, wer sich
wann wo aufgehalten hat. Für solche Informationen
sind die Bediensteten unsere beste Quelle. Bedienstete
sehen einfach alles."

„Nun, ich habe Annie vermisst. Sie leistet bessere Gesellschaft als dieser fade Haufen hier." Tommy
schnaubte hämisch. „Ich kann es nicht so recht fassen.
Ich dachte, Eustace wäre der Wahnsinnige, aber so
langsam glaube ich, dass er der Vernünftige in der Familie ist."

„Ja, diese Wirkung haben sie. Ich fragte mich, wann
die Polizei hier auftaucht, um Aussagen aufzunehmen."

„Man lässt sie köcheln." Tommy streckte die Arme
über den Kopf. „Der Inspector sammelt Hinter-

grundwissen, damit er entschieden zuschlagen kann,
wenn er hier ist."

„Trotzdem hätte ich gedacht, dass sie mittlerweile
hier …"

Während Clara sprach, hallte die Klingel durchs
Haus.

„Du hast sie herbeigeredet, Schwesterchen."

„Niemals!" Clara eilte zur Tür und spähte hinaus. Sie
konnte die Eingangshalle von hier aus nicht einsehen,
doch sie hörte Stimmen und erkannte Inspector Jennings, der dem Butler auftrug, die Familie zusammen-
zurufen. „Sie sind es wirklich!"

Tommy lachte. Clara verließ das Schlafzimmer und
lief rasch in die Eingangshalle, wo sie den Inspector
und einen Constable entdeckte.

„Guten Abend, Miss Fitzgerald." Jennings hätte sich
an den Hut getippt, wenn er ihn nicht schon abgesetzt
hätte.

„Ich fragte mich schon, wann Sie kommen würden."
Clara trat vor. „Werden Sie Aussagen aufnehmen?"

„Ja, genau. Ich nehme an, Sie wollen dabei sein?"

Clara musterte sein Gesicht und fragte sich, ob er sie
verspottete. Sie entspannte sich. Er wirkte aufrichtig.

„Ja, das wüsste ich zu schätzen. Ich könnte mich in
eine Ecke setzen und Notizen machen."

Glorianna tauchte auf, dicht gefolgt von dem Butler,
der sie informiert hatte. Sie trug immer noch das Kleid,
in dem sie zum Abendessen erschienen war. Pures Entsetzen stand ihr ins Gesicht geschrieben, als sie die Polizisten in ihrem Haus erblickte.

„Was in aller Welt hat das zu bedeuten?", fragte sie.

„Ich bin hier, um Aussagen von der Familie aufzunehmen“, antwortete Jennings höflich.

„Hätte das nicht bis morgen warten können?“

„Nein“, sagte Jennings entschieden.

Clara wusste, was er vorhatte: Er wollte die Familie aus dem Tritt bringen, indem er sie erwischte, während sie am wenigsten mit seinem Angriff rechneten. Sie hatten sich einen Tag lang entspannen können und vielleicht sogar angenommen, dass die Polizei sie überhaupt nicht mehr befragen würde. Und jetzt war der gerissene Inspector hier.

„Ich ... ich schätze, Sie sollten den Salon benutzen.“ Glorianna öffnete die Tür zu besagtem Raum und stand nervös da. „Wollen Sie mit uns allen sprechen?“

„Ja, aber nacheinander. Wir können mit Ihnen anfangen, wenn Sie wollen.“

Gloriannas Augen weiteten sich, dann riss sie sich zusammen.

„Nun ja, bringen wir es hinter uns.“

Sie trat benommen in den Salon. Ihr Abend war gerade grundlegend auf den Kopf gestellt worden. Sie konnte nicht ganz begreifen, warum der Polizist mit ihr sprechen wollte. Immerhin war sie nicht einmal Andrews leibliche Mutter. Sie war einfach nur da gewesen, und ja, sie war verärgert über die ruinierte Hochzeit, die immerhin eine Menge Geld und Mühen gekostet hatte. Doch das war nicht das Ende der Welt. Hogarths Ruf würde dieses Ereignis überdauern. Vielleicht würden sie Andrew fortschicken müssen. Darüber hatte sie schon den ganzen Tag immer wieder nachgedacht, aber abgesehen davon würden sie es überstehen.

Sie ließ sich ungelenk auf dem Sofa nieder und bedeutete dem Inspector, sich nach Belieben irgendwo zu setzen. Clara wählte einen Platz am anderen Ende des Raumes. Hinter Glorianna; außerhalb ihres Sichtfeldes. Sie holte Notizbuch und Stift aus einer Tasche in ihrem Rock und bereitete sich leise darauf vor, Notizen zu machen.

„Was könnten Sie denn nur von mir wissen wollen?", fragte Glorianna. Sie versuchte, die Situation mit einem Lachen abzutun, und scheiterte.

„Könnten Sie mir sagen, wo Sie sich im Verlauf des Samstages aufgehalten haben, vom Zeitpunkt der Hochzeitsfeier an?", eröffnete der Inspector.

Glorianna schaute ihn an, als wäre er unfassbar töricht.

„Beim Hochzeitsempfang natürlich!"

„Sie haben den Empfang abgehalten?"

Glorianna wurde ein wenig wütend.

„Das Essen war zubereitet und bezahlt. Ich hasse Verschwendung, Inspector. Vielleicht wäre es vornehmer gewesen, alles wegzuschmeißen, doch ich bin in armen Verhältnissen aufgewachsen und kenne den Wert von Nahrungsmitteln. Außerdem waren viele Gäste von weither angereist, und ich wollte sie nicht mit leerem Magen nach Hause schicken. Es war nur anständig, so zu handeln."

„Wer aus dem engsten Familienkreis war noch bei diesem Empfang?"

„Nur ich." Glorianna versteifte sich. „Natürlich war Eustace dort. Er ist immer dort zu finden, wo es Essen und Getränke gibt. Alle anderen sind nach Hause gegangen, nehme ich an."

„Sie waren die ganze Zeit dort?“

„Ja, wo hätte ich sonst sein sollen?“

„Bis wann?“

Glorianna legte die Stirn in Falten.

„Wir haben uns um eins an die Tafel gesetzt. Da es keine Reden gab, wurden sämtliche Gänge ohne Unterbrechung serviert. Ich schätze, es war etwa vier Uhr, als wir fertig waren. Doch dann mussten einige der Gäste noch auf ihre Züge warten. Ich blieb also dort, bis alle abgereist waren. Ich denke, ich war um kurz nach fünf wieder zu Hause. Ich kam mit einigem Gefolge hier an, weil ich den Rest der Speisen einpacken ließ und mitgenommen habe.“

„Sind Sie bei der Ankunft hier irgendjemandem begegnet?“

Zum ersten Mal hielt Glorianna länger inne, ehe sie antworten konnte.

„Es tut mir leid, aber ich bin mir nicht sicher, wen ich zuerst gesehen habe. Den Butler natürlich, er hat mir den Mantel abgenommen. Ich mied Eustace, Hogarth war in seinem Arbeitszimmer und ich glaube, ich sah Peg wenige Minuten nach meiner Rückkehr. Sie saß hier im Salon und las. Wir haben uns nicht unterhalten, also ging ich nach oben, um mich umzuziehen.“

„Und den Rest des Abends waren Sie hier?“

„Ja!“

„Kann das irgendjemand bestätigen?“

„Ich habe diese schreckliche Frau nicht getötet.“ Glorianna rieb sich mit Daumen und Zeigefinger die Stirn. „Beim Abendessen waren alle hier. Danach saß ich mit Peg und Eustace hier. Hogarth ging wieder in sein Arbeitszimmer. Ich blieb etwa bis elf, dann ging ich zu

Bett. Dann habe ich bis zum Morgen niemanden mehr gesehen."

„Und was halten Sie von Shirley Cox?"

„Von wem?"

„Der verstorbenen Ehefrau Ihres Stiefsohns."

Glorianna öffnete den Mund, doch es verschlug ihr die Sprache.

„Steht das fest?", bekam sie schließlich heraus.

„Ja."

„Nun, ich … ich mochte sie nicht. Sie war so gewöhnlich und ordinär. Einfach in Rot gekleidet in eine Kirche zu spazieren und einen solchen Aufstand zu machen. Ich hielt sie für einen schrecklichen Menschen. Aber das heißt nicht, dass ich sie getötet habe."

„Vielen Dank, Mrs. Campbell. Wären Sie so gut, ein anderes Familienmitglied zum Gespräch zu mir zu schicken?"

Glorianna wirkte beleidigt, weil sie so plötzlich fortgeschickt wurde, doch sie erhob sich, ohne ein Wort zu sagen, und verließ den Raum. Peg kam binnen weniger Augenblicke herein, was nahelegte, dass sie draußen gewartet hatte.

„Grüße, Inspector!" Sie warf sich auf das Sofa, von dem Glorianna gerade aufgestanden war. Wie üblich trug sie Hemd und Hose und hatte sich das Haar nach hinten gekämmt.

Inspector Jennings ließ sich von nichts so leicht überraschen, doch er brauchte einen Moment, um sich auf Pegs Auftreten einzustellen. Er hatte an der Rennstrecke nur einen kurzen Blick auf sie erhascht und der ganze Umfang ihres Kleidungsstils war ihm entgangen. Er musste sich auch widerwillig eingestehen, dass er sie im ersten Moment für einen jungen Mann gehalten hatte.

„Sie sind gewiss …“

„Penelope Campbell. Nennen Sie mich Peg.“ Peg streckte ihm eine Hand entgegen, doch der Inspector ergriff sie nicht.

„Würden Sie mir sagen, wo genau Sie sich am Samstag nach der Hochzeit aufgehalten haben?“

„Das ist simpel. Ich war hier. Ich kam auf direktem Wege her, um dieses scheußliche Kleid auszuziehen, das Glory mir aufgezwungen hatte. Danach war ich den ganzen Tag hier.“

„Hat Sie irgendjemand hier gesehen?“

„Nun, Clara.“ Peg deutete über ihre Schulter. „Sie kam kurz nach mir zurück.“

Der Inspector schaute zu Clara und suchte nach Bestätigung.

„Das ist korrekt, Inspector. Ich kam mit Tommy herein und Peg stand in der Eingangshalle.“

„Genau“, fuhr Peg fort. „Als ich zurückkam, sah ich, dass Susan nicht in ihrem Bett lag und nirgends zu finden war, deshalb hatte ich ein flaues Gefühl. Doch dann kam Susan mit einem Strauß Wildblumen zur Terrassentür hereinspaziert und im nächsten Augenblick war Clara hier. Dann zog ich mich um und war den Rest des Nachmittags ein wenig planlos. Ich saß hier herum und habe eine Zeitschrift gelesen.“

„Und am Abend?“, fragte der Inspector.

„Ich habe zu Abend gegessen und bin ins Bett gegangen. Ansonsten gibt es hier im Haus nicht viel zu tun.“

„Und was hielten Sie von Shirley Cox, der Ehefrau Ihres Bruders?“

Pegs heitere Fassade bekam Risse.

„Ich weiß nicht, was Sie meinen."

„Sie muss doch einen Eindruck auf Sie gemacht haben, nach ihrem Auftritt in der Kirche."

Peg rang immer noch mit sich.

„Sie war nur ... eine Frau. Sie wirkte ein wenig nuttig, und ich sah, dass ihre Schuhe sehr abgetragen waren, doch viel mehr ging mir nicht durch den Kopf."

„Hat es Sie nicht verärgert, dass sie die Hochzeit Ihres Bruders ruinierte?"

„Das war doch Andrews Schuld! Eine Ehefrau sitzen zu lassen, ist einfach beschämend. Wäre sie eine Hochstaplerin gewesen, hätte mich das vielleicht wütend gemacht, aber sie war echt. Ich fand es traurig für Laura, aber in den vergangenen Jahren gab es viele Frauen, die nicht die Hochzeit bekommen haben, die sie erwartet hatten. Schauen Sie mich an. Ich war verlobt, und der Blödmann lässt sich einfach in Belgien umbringen. Ich glaube, das hat mich härter werden lassen. Andrew ist wenigstens noch am Leben, falls Laura ihn noch will."

„Danke, Miss Campbell. Könnten Sie ein anderes Familienmitglied hereinschicken?"

Als nächstes kam Hogarth Campbell in den Salon. Er begegnete dem Eindringling missmutig und verärgert. Kurz dachte Clara an etwas Besorgniserregendes, was Eustace über seinen Bruder gesagt hatte. Konnte er gewalttätig sein, wenn es nötig war? So wie er den Salon betrat, wirkte er definitiv wie ein Mensch mit Temperament. Es war nicht der gelassene, wortkarge Hogarth, den sie sonst sah.

„Wird das lange dauern?", fragte er schroff.

„Das bezweifle ich. Würden Sie uns sagen, wo Sie sich am Samstag nach der Hochzeit aufgehalten haben?" Der Inspector ließ sich nicht von seinem mürrischen Gegenüber beeindrucken.

„Ich kam direkt nach Hause. Was hätte ich auch sonst tun sollen? Ich hantierte ein wenig herum und wollte Andrew meine Meinung sagen, doch er war verschwunden. Irgendwann habe ich mich wieder mit meiner Familiengeschichte befasst, da ich sie gerade niederschreibe."

„Hat Sie irgendjemand gesehen?"

„Das Dienstmädchen, das mir um drei Kaffee und Sandwiches gebracht hat. Und ich sah die ganze Familie beim Abendessen. Aber abgesehen davon, nein." Hogarth schaute den Inspector herausfordernd an.

„Wie dachten Sie über die erste Frau Ihres Sohnes?"

„Ganz ehrlich? Sie war ein Ärgernis. Ich konnte nicht verstehen, warum er mir nie von ihr erzählt hatte. Wir hätten das irgendwie klären können. Mit einer unauffälligen Scheidung. Stattdessen hat er alles für sich behalten. Seit dem Krieg ist er so; verliert kein Wort über das, was er denkt oder fühlt. Das kann einen in den Wahnsinn treiben, wenn man so viel in sich hineinfrisst."

„Wollen Sie andeuten, dass Ihr Sohn etwas mit dem Tod seiner ersten Frau zu tun haben könnte?"

„Natürlich nicht!", brüllte Hogarth so laut, dass es im Raum widerzuhallen schien. „Haben Sie mir nicht zugehört? Ich sagte nur, dass ich nicht verstehe, warum er es nie erwähnt hat. Das ist alles. Andrew würde dieser Frau genauso wenig etwas antun wie ich."

Clara fand, dass man diese Aussage sehr unterschiedlich auslegen konnte.

„Ich wollte ihr Geld geben, wenn Sie es unbedingt wissen wollen. Sie bezahlen, die Sache vertuschen, die
Scheidung organisieren und dann eine unauffällige
Hochzeit für Andrew und Laura. Ich dachte, ich könnte
ihnen eine verlängerte Hochzeitsreise bezahlen, in deren Anschluss sie sich in Frankreich oder gar Südame-
rika niederlassen könnten, um von all dem Tratsch hier
fortzukommen. Am Ende wäre alles gut ausgegangen.
Dass die Frau stirbt, ist bloß ein weiteres Ärgernis.“

„Was, wenn sie die Scheidung verweigert hätte?“

„Eine Frau wie sie weigert sich nicht, wenn man ihr
genug Geld anbietet. Ich hätte sie gut versorgt; ein kleines Cottage irgendwo. Sie hätte sich nie wieder Sorgen
machen müssen. Es ist ja nicht so, als hätte sie ihn geliebt, um Himmels willen! Sie war nur auf sein Geld
aus.“

„Sie hatten nie auch nur geahnt, dass Ihr Sohn geheiratet hatte?“

„Habe ich das nicht gerade gesagt?“

„Es ist nicht einfach, so etwas vor der Familie geheim
zu halten.“

„Nun, er hat es geschafft. Und mir reicht es jetzt.“ Hogarth hatte sich vom Sofa erhoben. „Ich nehme an, ich
soll jemand anderen herschicken? Ich werde Eustace
nicht behelligen. Er hat sich mit einer seiner Magenverstimmungen ins Bett gelegt. Außerdem hatte er keinen
Grund, irgendetwas zu tun.“

Der Inspector hielt sich davon ab, ausfallend zu werden, wenngleich die Versuchung groß war.

„Ja, bitte rufen Sie ein anderes Familienmitglied.“

Nach einer Pause von etwa zehn Minuten tauchte Susan auf. Sie schaute nervös zur Tür herein. Sie hatte sich hastig ein helles Tageskleid angezogen, ihr Haar war kaum gekämmt und als sie in den Raum schlurfte, war ihre Haut so blass, dass sie beinahe durchsichtig wirkte.

„Miss Susan Campbell?", fragte der Inspector sanft.

„Ja", antwortete Susan kleinlaut.

„Sie haben der Hochzeit Ihres Bruders nicht beigewohnt?"

„Nein, es ging mir nicht gut."

„Aber Sie waren nicht zu Hause, als Ihre Schwester Penelope zurückkehrte."

Susan schluckte nervös. Ihr Blick zuckte zu dem Constable, der hinter Jennings stand.

„Ich wollte etwas frische Luft schnappen und wenn man zum Rand unseres Gartens und in das Feld daneben läuft, kann man einen Blick auf die Kirche erhaschen. Ich wollte Andrew und Laura herauskommen sehen."

Susan schluckte erneut.

„Und natürlich sahen Sie sie nicht."

„Nein. Ich wartete eine Weile, doch die Glocken läuteten nicht, und dann kamen die Gäste heraus. Ich wusste, dass irgendetwas nicht stimmte, und fühlte mich wieder schlechter, also kehrte ich nach Hause zurück."

„Haben Sie eine Frau in Rot gesehen, die die Kirche betrat?"

Susan dachte darüber nach.

„Ich glaube, ja. Sie ging gerade hinein, als ich die Hecke erreichte."

„Kannten Sie sie?“

„Nein.“

„Aber jetzt wissen Sie Bescheid?“

Susan leckte sich über die Lippen, die plötzlich so trocken waren.

„Ja. Sie war Andrews Ehefrau. Ehe Sie fragen: Ich wusste nicht, dass er geheiratet hatte. Das fand ich erst heraus, als Peg nach Hause kam und mir davon erzählt hat.“

„Haben Sie das Haus seitdem noch einmal verlassen?“

„Nein.“

„Nicht einmal, um Blumen zu pflücken?“

„Nein.“ Susan schüttelte entschieden den Kopf. „Ganz ehrlich, Inspector, ich habe nichts mit dieser Sache zu tun. Ich habe selbst genug Sorgen …“ Susan schluckte, als diese Worte aus ihr heraussprudelten. Sie presste die Lippen zusammen.

„Danke, Miss Campbell. Vielleicht könnten Sie Ihren Bruder Andrew für uns holen.“ Der Inspector beschloss, ihr einen Ausweg anzubieten, doch Susans Augen schienen aus ihrem Kopf hervorzutreten.

„Ich …“ Sie warf einen hilflosen Blick über die Schulter zu Clara. „Ich weiß nicht, wo er ist.“

Der Inspector sah aus, als hätte ihn der Schlag getroffen.

„Ich habe Andrew Campbell angewiesen, zu Hause zu bleiben. Wohin ist er gegangen?“

Susan schüttelte den Kopf.

„Seit wann ist er fort?“

Susan schüttelte erneut hilflos den Kopf.

„Inspector“, schaltete Clara sich ein. „Ich habe eine Ahnung, wo er sein könnte. Warum erlauben wir

Susan nicht, sich auszuruhen, und gehen Andrew selbst suchen?"

Susans Erleichterung war deutlich zu spüren. Der Inspector war jedoch immer noch verärgert.

„Ihm wurde aufgetragen, hierzubleiben. Hört er denn auf niemanden?"

„Nicht oft." Susan lächelte leicht. Clara war hinter sie getreten und half ihr unauffällig, die Flucht anzutreten.

„Gehen Sie Ihren Hut holen, Inspector, und besorgen Sie uns ein Automobil. Ich weiß, wo wir suchen müssen."

Der Inspector stand auf, murmelte etwas vor sich hin und verschwand, um ihren Aufbruch vorzubereiten. Susan entspannte sich, sobald er fort war.

„Wieder einmal bin ich dank dir entkommen, Clara."

„Nicht der Rede wert." Clara drückte sie an der Schulter.

„Ich werde wieder ins Bett gehen. Es geht mir immer noch furchtbar." Susan lief davon. Clara zögerte, noch etwas zu sagen, bis sie beinahe an der Treppe war.

„Weißt du, falls du je mit mir reden willst ... Ich kann gut zuhören und es gibt dieser Tage nichts mehr, was mich schockieren könnte. Also, falls du reden willst ..."

Susan lächelte traurig.

„Wir haben alle unsere Bürde zu tragen, nicht wahr, Clara? Ich komme schon zurecht. Kümmere dich um Andrew."

Sie stieg langsam die Treppe hinauf. Clara machte sich noch größere Sorgen um sie als zuvor.

Kapitel 15

„Wenn ich dieses Schwein finde, drehe ich ihm den Hals um für all diesen Ärger", tobte Inspector Jennings auf der Rückbank des Polizeiwagens. Es war ein guter Plan gewesen, die Familie Campbell so zu überraschen. So etwas hatte auch in der Vergangenheit schon Wirkung gezeigt. Er erwischte seine Verdächtigen, während sie unvorbereitet und wehrlos waren, doch dass ihm Andrew Campbell entwischen mochte, hatte er nicht einkalkuliert. Jennings hatte schlicht nicht erwartet, dass er seine Anweisung ignorieren würde.

Clara beschloss, dass es sicherer war, zu schweigen, statt Jennings in ein Gespräch zu verwickeln, während sie zur Rennstrecke fuhren.

„Ich hatte den ganzen Tag Männer draußen an der verflixten Rennstrecke, die nach der verschwundenen Stola suchen!", knurrte Jennings. „Die hätten ihn doch gewiss gesehen, wenn er dort aufgetaucht wäre."

„Er wird in den Boxen arbeiten, Inspector. Gut geschützt vor den Blicken der Polizisten." Clara sah das Tor zur Rennstrecke vor ihnen. Alles lag im Dunkeln, abgesehen von einigen vereinzelten Lichtern in der Nähe der Boxen. „Sehen Sie?"

Sie hielten zügig auf die Lichter zu. Jennings schickte den Constable auf die Strecke, da er fest entschlossen war, seinen Verdächtigen nicht noch einmal entkommen zu lassen.

„Ich glaube nicht, dass er fliehen wird, Inspector."

„Ich gehe kein Risiko ein."

Kurz vor Box zehn lief ihnen ein Mann vor die Füße, der eine Werkzeugtasche trug und vor sich hin fluchte. Es war Francke. Er blieb stehen, als er sie sah.

„Was machen Sie denn hier?", fragte er neugierig.

„Ist Andrew Campbell hier?", fragte der Inspector knapp.

Francke nickte in Richtung Box zehn.

„Es geht um die Frau, die ich beinahe überfahren hätte, nicht? Ich habe sie nicht berührt!"

„Das wissen wir, Francke", versicherte Jennings ihm, während er schon an dem Österreicher vorbeieilte.

Clara folgte ihm. Francke schaute ihnen hinterher, bis sie in der Box verschwanden, dann stellte er seine Tasche ab und ging schauen, was dort vor sich ging.

Andrew lag auf einem alten Sofa im hinteren Teil der Garage und schien in seinem ölverschmierten Overall schon fast eingeschlafen zu sein. Er betrachtete Jennings mit trüben Augen.

„Sie haben mich also gefunden." Andrew gähnte und richtete sich auf, dann fiel sein Blick auf Clara. „Was macht sie denn hier?"

Clara war ein wenig verblüfft von dem hasserfüllten Ausdruck auf Andrews Gesicht. Sie wusste nicht, wie sie ihn so gegen sich aufgebracht hatte.

„Miss Fitzgerald unterstützt die Ermittlungen", sagte Jennings rasch.

„Sie meinen wohl eher, sie mischt sich ein! Ich habe noch nie eine so neugierige Person erlebt. Vermutlich freut sie sich sogar, dass es einen Mord gab, damit sie etwas zum Tratschen hat."

„Andrew Campbell. Ich wurde darum gebeten, dir zu helfen, indem ich die Aufklärung dieses Mordes unterstütze. Doch ich lasse mich nicht beleidigen. Ich wäre lieber schon wieder in Brighton, statt hier den schmutzigen Schlamassel aufzuklären, in den du geraten bist", blaffte Clara. Sie hatte endgültig die Nase voll von ihrem Cousin.

„Schmutzig? Wer glaubst du zu sein, dass du so etwas über mich behauptest? Du bist die arme Verwandtschaft, mehr nicht! Du wohnst im Haus, weil du kein Geld für das Hotel hast! Ich wollte dich nicht bei der Hochzeit dabei haben, keinen von euch. Wenn mein Vater die Sache klein gehalten hätte, so wie ich es wollte, wäre nichts von alledem geschehen!"

„Und du hättest dich der Bigamie schuldig gemacht", sagte Clara frostig. „Was ebenfalls ein Verbrechen ist. Du bist ein Schuft, Andrew Campbell, wie man es auch betrachtet."

Francke, der hinter Clara stand, spendete Applaus und grinste breit.

„Das reicht!", unterbrach Jannings sie. „Clara ist hier, weil ich um ihre Anwesenheit gebeten habe, und wenn Sie sie beleidigen, beleidigen Sie damit auch mich, für meine Einladung. Haben Sie das verstanden, Mr. Campbell?"

Andrew funkelte ihn an. Zum ersten Mal bekam Clara einen Funken Aggressivität zu sehen, der sie ihre Meinung von ihm überdenken ließ. Vielleicht konnten ihn gewisse Umstände zu gefährlichen Taten treiben.

„Ich wollte von Ihnen wissen, wo Sie am Samstag nach der Hochzeit waren", hob Jennings mit etwas ruhigerer Stimme an.

„Ich war die ganze Zeit hier. Sie können Francke fragen." Andrew deutete auf den Österreicher.

Francke zuckte mit seinen breiten Schultern.

„Ich habe ihn vielleicht ein oder zwei Mal kurz gesehen", sagte er unverbindlich.

„Lügner!", schrie Andrew. „Du warst hier und hast Tee mit mir getrunken. Deine Mechaniker haben draußen den ganzen Nachmittag lang neben meinem Wagen gearbeitet, und du hast auf deinem albernen Liegestuhl gesessen und in der Zeitung geblättert. Ich war den ganzen Nachmittag nur wenige Meter von dir entfernt!"

„Ich muss aufrichtig antworten." Francke wirkte verblüfft. „Tatsächlich gesehen habe ich dich nur kurz."

„Verdammtes Schwein! Willst du mich hängen sehen, damit du das nächste Rennen gewinnst? Wir wissen alle, was mein Napier mit deinem Opel anstellt, es sei denn, ich sitze nicht am Steuer."

„Wie du meinst." Francke ließ sich von dem Vorwurf nicht beeindrucken. „Ich sage nur, was ich weiß."

„Aber Ihre Mechaniker haben ihn gesehen?", schaltete sich Jennings erneut ein.

„Vielleicht." Francke zuckte wieder gelassen mit den Schultern.

„Er wird ihnen einschärfen, etwas anderes auszusagen. Sie sind alle auf die Arbeit bei ihm angewiesen." Andrew sank ein wenig in sich zusammen. Er ließ sich aufs Sofa fallen und legte den Kopf in die Hände. „Ich bin kein Narr, Inspector. Ich weiß, dass ich Ihr Verdächtiger bin. Aber ich habe Shirley nicht getötet."

„Vielleicht können Sie es mir leichter machen, Ihnen zu glauben." Der Inspector schlug eine neue Seite in seinem Notizbuch auf. „Erzählen Sie mir von Ihrer Ehe mit Shirley."

Andrew seufzte in seine Hände.

„Mit allen grauenvollen Einzelheiten?"

„Ja."

„Und *sie* muss das auch hören?"

Clara schnaubte.

„Ich werde nichts von dem weitererzählen, was du hier aussagst. Was immer du von mir denken magst, ich bin kein Klatschweib", sagte sie.

„Außerdem könnte sie die Einzige sein, die in der Lage ist, Sie vor dem Galgen zu retten", betonte Jennings. „Vergessen Sie das nicht."

Andrew schwieg eine Weile und man hörte nur die tiefen Atemzüge durch seine Finger hindurch.

„Ich habe sie kennengelernt, als ich während eines Heimaturlaubes in London war", hob er leise an. „Sie war eine Tänzerin. Sie tanzte sehr gut. Eine Gruppe von Mitgliedern unserer Einheit war im Empire, einem Tanzlokal, und sie suchte nach einem Tanzpartner. Sie wählte mich und wir verstanden uns sehr gut. Sie sagte mir, dass sie Shirley heißt, und wollte wissen, was ich an der Front getan hatte; ob ich einer der mutigen Männer in den Schützengräben gewesen sei. Solche Dinge. Wir unterhielten uns und tanzten. Irgendwann habe ich sie zum Essen ausgeführt."

„Wussten Sie, dass sie eine Prostituierte war?", fragte Jennings unverblümt.

Sie warteten alle darauf, dass Andrew wieder an die Decke ging, doch das tat er nicht. Seine Streitlust schien dahin zu sein. Stattdessen sagte er sehr leise:

„Ja, ich wusste es.“

„Was ist dann passiert?“

„Ich hatte einen Monat Heimaturlaub, weil ich etwas Gas abbekommen hatte und mich erholen musste. Ich traf mich jeden Tag mit ihr, statt nach Hause zu fahren. Denn dort erwartete mich nichts außer Vater und Glory. Da wollte ich lieber in London bei Shirley sein. Bald gingen wir miteinander aus. Nachts schlief ich bei Shirley. Ich bin mir nicht sicher, was ich mir dabei gedacht habe. An mir nagte die Sorge, dass ich nicht mehr lange zu leben hätte, so wie der Krieg verlief. Warum sollte ich also nicht diesen letzten Monat genießen? Ich habe sie gut behandelt und ihr Geschenke gekauft. Wir gingen ständig aus, zum Essen und Tanzen. Manchmal kam einer ihrer alten ... Freunde vorbei, und ich musste sie fortschicken und ihnen begreiflich machen, dass sie nicht mehr in diesem Geschäft arbeitete.“

„Hatten Sie da schon vor, sie zu heiraten?“

„Ich weiß es nicht ... vielleicht ... irgendwann. Ich lebte nur den Moment. Es hatte keinen Zweck, eine Woche oder einen Monat vorauszuplanen, wenn ich dann längst tot sein könnte. Wenn das über einem hängt, kann man gar nichts planen.“ Andrew hob den Kopf. Er wirkte völlig ausgelaugt. „Dann wurde sie schwanger und sagte, das Kind sei von mir. Die älteren Jungs lachten mich aus und sagten, sie würde mich an der Nase herumführen, doch ich glaubte ihnen nicht. Ich dachte mir: Was soll aus dem Kind werden, wenn ich fallen sollte? Wenn wir verheiratet wären, könnte Shirley wenigstens von der Armee und meiner Familie etwas Geld einfordern. Deshalb heirateten wir im Standesamt, einen Tag bevor ich nach Flandern zurückkehrte. Zu diesem Anlass hatte ich Shirley eine Nerzstola gekauft. Es war ein kalter Tag. Das war das letzte Mal, dass ich sie sah ... bis zum vergangenen Samstag."

Es lag ein Funkeln in den Augen des Inspectors, als er zu Clara schaute. Seine Theorie hatte sich also bewahrheitet.

„Warum?", fragte er, ohne seine Vermutung preiszugeben.

Andrew ließ sich mit aschfahlem Gesicht nach hinten fallen. Die Falten an seinem Mund und seinen Augen wirkten plötzlich sehr tief. Er schien um viele Jahre gealtert zu sein. Er schaffte es nicht, sie anzuschauen, als er weiterstarrte, sondern starrte nach rechts auf seinen Napier.

„Es gab kein Kind. Es hatte nie eines gegeben. Wir schrieben uns für eine Weile Briefe. Ich war immer noch willens, mich meiner Verantwortung zu stellen, doch neun Monate vergingen, ohne dass sie ein Kind erwähnte, und ich fing an, mir Fragen zu stellen. All der Spott der anderen Jungs kam mir wieder ins Gedächtnis und nagte an mir. Tagein, tagaus saß ich in diesen Schützengräben und klammerte mich an die eitle Vorstellung, dass wenigstens ein Teil von mir diesen Krieg überleben würde. Ein Kind, das meinen Namen tragen würde. Dafür lebte ich weiter, doch sie hat mich belogen. Es hatte nie ein Kind gegeben. Sie hatte mich benutzt. Aber noch schlimmer war es, dass sie mir falsche Hoffnung gegeben hatte, die sich plötzlich in Luft auflöste. Es fühlte sich an, als hätte ich gar nichts mehr."

Andrew zuckte zusammen, als die Erinnerungen über ihn hereinbrachen. „Ich schätze, ich muss ehrlich zu Ihnen sein: Ab diesem Punkt hasste ich sie. Ich schrieb ihr noch einmal und fragte sie nach dem Kind. Sie nannte mir die seltsame Ausrede, das Kind verloren zu haben, konnte mir aber nicht erklären, warum sie mir nichts davon erzählt hatte. Ich fühlte mich zum Narren gehalten und brach sämtlichen Kontakt ab. Ich hörte auf, ihr Geld zu schicken. Das war das Schlimmste, was ich ihr antun konnte. Sie war so geldgierig, ich wusste, das würde sie treffen. Ich habe ihr nie wieder geschrieben und sie nie wiedergesehen. Was mich anging, hatte ich keine Ehefrau.“

„Doch rechtlich betrachtet hatten Sie eine“, merkte Jennings höflich an. „Hat Ihnen das keine Sorgen bereitet, als Sie um Laura Pettibones Hand anhielten?“

„Sie wissen ja nicht, wie gründlich ich sie aus meinem Gedächtnis gestrichen hatte. Ich habe mir eingeredet, dass die Ehe nicht echt war, so wie alles andere auch. Sie war so übereilt eingegangen worden, ich dachte nicht einmal, dass sie rechtlich bindend wäre. Ich schätze, ich war einfach zufrieden damit, blind weiter zu stolpern, als wäre die Eheschließung nie passiert.“

„Wie war es, als Shirley dann in der Kirche auftauchte?“

„Ich war völlig überrumpelt. Es war wie in einem Alptraum. Sie war genauso gekleidet wie am Tag unserer Hochzeit, bis hin zur Nerzstola. Ich wusste nicht, was ich denken sollte, war einfach nur benommen und dachte, dass sie es nicht wirklich sein konnte.“

„Du hast ihr etwas zugeflüstert, als sie die Kirche verließ. Was war das?“, wagte Clara sich vor.

Andrew schaute sie mit Missgunst an, antwortete aber.

„Sie wollte sich mit mir treffen, damit wir reden könnten. Ich versprach ihr, sie zu besuchen."

„Und hast du das getan?"

Andrew schüttelte den Kopf.

„Ich habe sie nicht mehr wiedergesehen."

Der Inspector schlug den Ledereinband seines Notizbuches zu.

„Ich denke, das reicht für den Augenblick, Mr. Campbell. Doch ich würde es bevorzugen, wenn Sie sich nicht so weit von Ihrem Haus entfernen würden; so wie ich es Ihnen bereits aufgetragen hatte."

Andrew antwortete nicht. Der Inspector nickte Clara zu und sie wandten sich zum Gehen. Francke war an ihrer Seite und hatte nachdenklich das Gesicht verzogen.

„Ich frage mich, wie sie hierhergekommen ist", merkte Francke an, als sie in die Nacht hinaustraten. „Ich glaube nicht, dass sie gelaufen ist. Nein, ich nehme an, sie wurde hergebracht."

„Ja, zu diesem Schluss sind wir auch schon gekommen. Die Frage nach dem Wer ist jetzt viel wichtiger", sagte Jennings, der sich an der anhaltenden Anwesenheit des Österreichers störte.

„Lassen Sie mich nachdenken, irgendetwas fällt mir da gerade ein ..." Francke tippte sich gegen die Stirn. „Ich war hier, gegen Mitternacht. Ich war in der Werkstatt. Ich konnte nicht schlafen, bin aufgestanden und kam nach draußen, um eine Zigarette zu rauchen. Ich sah Lichter. Scheinwerfer. Ich dachte mir nichts dabei, weil hier ständig Menschen unterwegs sind, doch ich bin mir sicher, dass das Fahrzeug kurz oberhalb des aufgeschütteten Hügels angehalten hat. Es war nicht lange, doch die Scheinwerfer bewegten sich kurz nicht mehr und entfernten sich dann."

Clara schaute zu Jennings. Er lauschte gebannt.

„Sind Sie sich sicher?", fragte er.

„In dieser Sache? Ja." Francke lächelte ihnen beiden zu. „Ich mag Andrew nicht sonderlich, doch eines sage ich Ihnen, er saß nicht in diesem Fahrzeug. Er schlief tief und fest auf dem Sofa. Ich habe ihn gesehen."

Der Inspector dankte Francke und ging mit Clara weiter, während der Österreicher zu seinen zurückgelassenen Werkzeugen zurückkehrte.

„Es sieht so aus, als wäre Andrew entlastet", sagte Clara. „Er kann die Leiche nicht abgelegt haben."

„Nein, das stimmt."

Clara schaute Jennings an.

„Aber irgendetwas macht Ihnen noch Sorgen?"

„Ja, und es könnte bedeuten, dass Andrew nicht so unschuldig ist, wie er behauptet."

Clara fröstelte.

„Werden Sie es mir verraten?", fragte sie.

„Es ist nur eine Kleinigkeit. Sehen Sie, als wir gerade mit Andrew sprachen und er beteuerte, ehrlich mit uns zu sein ... nun ja, ich weiß mit absoluter Gewissheit, dass der ehrliche Andrew gelogen hat."

Kapitel 16

Der Inspector führte Clara in sein Büro. Sie hatte sich nicht direkt zu den Campbells bringen lassen wollen, da sie erst verstehen musste, was Jennings mit seinem kryptischen Kommentar gemeint hatte. Jennings machte das Gaslicht an, murmelte etwas davon, dass die Elektrizität noch nicht bei der Polizei angekommen sei, und deutete dann auf einen ramponierten Koffer in der Nähe des Fensters.

„Nur zu, Sie werden ihn bestimmt untersuchen wollen."

Natürlich wollte Clara sich Shirleys Gepäck anschauen, doch sie würde dabei keine würdelose Hast zur Schau stellen. Sie zog also erst Handschuhe und Hut aus, bevor sie sich vor den Koffer kniete. Er war nicht allzu groß und schon viele Jahre in Benutzung gewesen. Die Ecken waren eingedrückt und die äußere Papierschicht eingerissen, sodass die Pappe darunter zum Vorschein kam. Einer der Risse war mit Paketklebeband geflickt worden und anschließend hatte man versucht, die Reparatur mit Schuhcreme zu verstecken.

Clara hob behutsam den Deckel an. Das Innere roch nicht muffig, wie sie es erwartet hatte, sondern nach einer süßlichen Mischung aus alten Rosen und Gesichtspuder. Im Deckel klemmten einige Theaterprogramme unter einem Riemen.

„Andrew sagte, sie sei eine Tänzerin gewesen", merkte Jennings an, als Clara sich die ausgeblichenen Broschüren anschaute.

Eine war orange und weiß, mit schwarzen Illustrationen, eine andere blassgrün und mit großer Schrift. Eine dritte zierte die Zeichnung von einem Mann und einer Frau bei einem akrobatischen Kunststück. Auf jeder Broschüre stand der Name Shirley Cox und die Beschreibung Nachwuchstänzerin. So hatte also Shirleys Leben begonnen. Auf den Bühnen der Londoner Theater und Varietés, als eines der vielen Kinder, die für ein paar Pennys bei verschiedensten Auftritten mitarbeiteten. Es war ein hartes Leben: lange Tage, anstrengende Arbeit und man musste bei jeder Tag- und Nachtzeit allein zum Theater kommen oder nach Hause zurückkehren. Irgendwann wurden die Kinder zu groß, um auf der Bühne als „süß" zu gelten, und ihre Beliebtheit schwand, gerade als das Erwachsenenleben mit seinen Kosten für den Lebensunterhalt vor der Tür stand.

„Die Kollegen in London kannten sie nicht als Tänzerin", bestätigte Jennings, während Clara nachdenklich in den Broschüren herumblätterte. „Sie wurde mit achtzehn oder neunzehn zum ersten Mal aufgegriffen, weil sie sexuelle Dienste anbot. Vielen Menschen, die als Kinder tanzten oder schauspielerten, fällt es schwer, Arbeit zu finden, wenn sie erwachsen werden. Es gibt so viele von ihnen, die den Vorteil der Jugend verloren haben."

„Erstaunlich, dass man schon vor dem zwanzigsten Lebensjahr ‚zu alt' sein kann." Clara legte die Broschüren weg. Sie deprimierten sie nur.

Sie besah sich den restlichen Inhalt des Koffers, der aus sehr überschaubaren Habseligkeiten bestand: eine Schminktasche neben einer Haarbürste, zwei Höschen, die in einer Bluse eingerollt waren, darunter lag ein Paar Strümpfe, einer mit einem Loch, das größer war als Claras Hand – kein Wunder, dass Shirley mit nackten Beinen aufgetaucht war; ein abgetragener Mantel, zwei bestickte Taschentücher und ganz unten lagen ein kleiner Geldbeutel mit einigen Pennys und ein dickes Buch, das mit einer Schnur zugebunden war.

Clara holte das Buch heraus und blätterte darin herum. Zu ihrer Überraschung enthielt es Zeitungsausschnitte, eine herausgerissene Seite aus dem Personenlexikon Who's Who und eine weitere aus dem Einwohnerverzeichnis von Surrey, zusammen mit Notizen über die Familie Campbell.

„Sie hat schon eine ganze Weile nach Andrew gesucht."

„Würden Sie das nicht auch tun, wenn Ihre einzige Alternative wäre, auf den Strich zu gehen?" Jennings betrachtete das sehr sachlich. „Schauen Sie sich die letzte benutzte Seite an."

Clara blätterte durch dick beklebte Seiten, bis sie fast am Ende des Buches angekommen war. Dort fand sie einen unsauberen Ausschnitt aus *The Times* bezüglich der bevorstehenden Hochzeit von Andrew Campbell und Laura Pettibone. Clara legte das Buch ab. Das war alles so traurig und deprimierend. Sie konnte nachvollziehen, dass Andrew wütend gewesen war. Wäre das nicht jedem so ergangen, nach dieser Täuschung? Doch sie sah auch Shirleys Perspektive: einer Frau, die von einem verzweifelten Überlebenswillen angetrieben wurde. Es war schwierig, jemandem vorzuwerfen, sich an eine letzte Hoffnung auf Erlösung geklammert zu haben.

„Es waren noch zwei weitere Dinge in diesem Koffer, die ich für eine genauere Untersuchung herausgenommen habe." Jennings öffnete eine Schublade seines Schreibtisches. „Dies sind, soweit ich das beurteilen kann, sämtliche Briefe, die Andrew Campbell während des Krieges an seine Ehefrau geschickt hat, und dies ist ihr Tagebuch."

Er legte ein Bündel Briefe und ein dünnes, schwarzes Buch auf den Schreibtisch.

„Die Briefe waren nicht sonderlich hilfreich. Die drehen sich hauptsächlich um Andrews Leben an der Front und sind natürlich zensiert. Das Tagebuch war deutlich interessanter; insbesondere der letzte Eintrag."

Jennings reichte Clara das schwarze Büchlein und sie blätterte ein wenig durch die Einträge, um ein Gefühl für Shirleys Stil zu bekommen. Sie hatte nicht jeden Tag hineingeschrieben, sondern immer dann Einträge gemacht, wenn etwas Interessantes geschehen war. Es waren eher knappe Notizen und der letzte Eintrag stellte keine Ausnahme dar.

„Samstag, 15. Mai 1920", las Clara laut vor. „Habe wie geplant Andrews Hochzeit platzen lassen. Sein Gesichtsausdruck war unbezahlbar. Habe ihn überzeugt, zu mir zu kommen. Kam am Nachmittag um zwei. Haben gestritten. Er warf mir ein Bündel Geldscheine zu und verlangte von mir, zu verschwinden. Ich sagte, das kann ich nicht tun. Er war außer sich und ging. Nicht sicher, was ich jetzt tun soll. Er scheint mich nicht mehr zu lieben.“

Clara prüfte noch einmal das Datum des Eintrags und schaute dann zu Jennings.

„Deshalb wussten Sie, dass Andrew gelogen hatte, als er behauptete, Shirley nach der Hochzeit nicht mehr gesehen zu haben.“

„Nicht nur das. Mrs. Macphinn, die Vermieterin, war sehr aufgebracht, als sie vom Tod ihrer Gästin hörte, und wollte hilfsbereit sein. Ich fragte sie, ob Shirley irgendwelche Besucher hatte, während sie bei ihr wohnte. Da fiel natürlich Ihr Name.“ Jennings grinste. „Doch sie erwähnte auch, dass am Samstagnachmittag ein junger Mann da war. Groß, ernst, lächelte nie. Klingt nach unserem Andrew, oder? Nun, er ging in Shirleys Zimmer hinauf, was Mrs. Macphinn nicht guthieß, doch er bestand darauf. Da sie eine respektable Vermieterin sein will, wartete sie auf der Treppe. Sie hörte den Streit zwischen Shirley und dem Gentleman und nach zehn Minuten stürmte er die Treppe hinunter und verschwand.“

„Das klingt durchaus nach Andrew.“ Clara seufzte. „Dabei dachte ich gerade, er könnte entlastet sein. Doch er hat sie nicht bei dieser Begegnung umgebracht, also muss er sie gebeten haben, sich noch einmal mit ihm zu treffen, oder der Mörder ist ein anderer.“

„Ich weiß. Nichts davon macht die Situation eindeutiger.“

„Haben Sie gefragt, wann Mrs. Macphinn ihre Gästin zuletzt gesehen hat?“

„Das war am Samstag gegen halb fünf nachmittags. Mrs. Macphinn besucht samstags ihre Schwester und lässt das Abendessen für die Gäste im Backofen. Mr. Macphinn serviert es an ihrer Stelle. Shirley war noch im Haus, als Mrs. Macphinn aufbrach, doch sie weiß nicht, ob sie bei ihrer Rückkehr auch noch dort war. Sie nahm einfach an, sie wäre in ihrem Zimmer."

„Und Mr. Macphinn?"

„Der Mann ist so aufmerksam wie ein Strauß mit dem Kopf im Sand. Er war sich nicht sicher, aber nachdem er gründlich nachgedacht und sich über sein Gedächtnis beschwert hatte, kam er zu dem Schluss, dass Shirley am Samstag nicht beim Abendessen war."

„Das grenzt den Zeitpunkt des Mordes ein. Es muss nach halb fünf geschehen sein, als die meisten Campbells schon zu Hause waren. Leider waren sie überall im Haus verteilt, sodass niemand ein solides Alibi hat."

„Soweit wir wissen, kam Shirley zum Haus und wurde dort umgebracht; im Garten vielleicht. Dann wurde ihre Leiche bewegt."

„Was halten Sie von dem Automobil, das Francke gesehen hat?", fragte Clara. „Ich erinnere mich auch daran, in der Nacht ein Automobil gehört zu haben; nicht gerade ein alltägliches Geräusch."

„Wir können nicht mit Gewissheit sagen, dass die Leiche mit diesem Fahrzeug abgeladen wurde, aber es scheint sehr wahrscheinlich zu sein. Das grenzt das Feld der Verdächtigen weiter ein, da es hier in der Gegend nicht viele Menschen gibt, die Automobile besitzen; abgesehen von den Campbells natürlich."

„Es muss doch noch andere geben."

„Der Arzt vielleicht, und die Polizei natürlich." Jennings schüttelte den Kopf. „Nein, dieser Ansatz führt uns auf direktem Wege zu den Campbells zurück."

„Andrew wäre sehr töricht, wenn er die Leiche auf der Rennstrecke abladen würde."

„Es sei denn, er hat versucht, uns von seiner Fährte abzubringen! Ein doppelter Bluff, bei dem er sich darauf verließ, dass sein Freund Francke ihm ein Alibi verschaffen würde."

„Ich halte es für wahrscheinlich, dass Andrew den gesamten restlichen Tag an der Rennstrecke verbracht hat, nachdem er bei Shirley war", sagte Clara entschieden.

„Das schließt aber noch nicht aus, dass er einen Komplizen oder eine Komplizin gehabt haben könnte. Seine Schwester vielleicht? Er bringt Shirley um und begibt sich zur Rennstrecke, um sich ein Alibi zu besorgen, da er wusste, dass dort reichlich Kommen und Gehen sein würde und man kaum würde beurteilen können, ob er tatsächlich den gesamten Nachmittag dort war. In der Zwischenzeit sammelt die Komplizin die Leiche ein und versteckt sie in einem der Automobile der Campbells, um sie dann spät in der Nacht an der Rennstrecke abzuladen und es aussehen zu lassen, als wäre es ein dürftiger Versuch, Andrew zu belasten. Dadurch sollten wir annehmen, dass er tatsächlich unschuldig ist und man ihm das Verbrechen nur anhängen will." Nach dieser langen Rede musste Jennings innehalten, um zu Atem zu kommen.

Clara ließ ihm einen Augenblick Zeit.

„Ich bin nicht überzeugt", sagte sie ruhig.

„Dann nennen Sie mir einen anderen Verdächtigen."

„Einen, der so gut ist wie Andrew? Nein, mir fällt niemand ein. Aber ich bin mir nicht sicher, dass Andrew schuldig ist. Wenn überhaupt würde ich dazu neigen, ihn für unschuldig zu befinden, trotz seiner unausstehlichen Art."

Jennings lächelte sie an.

„Ich habe bald genug Indizienbeweise, um ihn zu überführen."

„Das würde vor Gericht nicht durchkommen", schnaubte Clara.

„Wirklich nicht? Wir haben ein verdammt gutes Motiv. Andrew wurde zuletzt um zwei Uhr nachmittags bei einem Streit mit Shirley gesehen. Darüber hat er gelogen und behauptet, er sei an der Rennstrecke gewesen. Wie können wir uns sicher sein, dass er nicht in ihrer Nähe war, als sie irgendwann nach halb fünf verschwand? Er hätte wieder lügen können. Dann wäre da noch das Automobil. Ich muss noch daran arbeiten, aber falls es dazu benutzt wurde, die Leiche abzuladen, schränkt sich der Kreis der Verdächtigen auf diejenigen mit Zugang zu einem Automobil ein. Dann wäre da noch der Ort, an dem die Leiche abgelegt wurde, der einen cleveren doppelten Bluff darstellen könnte. Ich gebe zu, da gibt es noch Lücken, doch es wurden schon Menschen für weniger gehängt."

„Auf Basis dessen, was Sie gerade aufgezählt haben, würde ich niemanden hängen wollen." Clara warf Shirleys Tagebuch auf den Tisch. „Könnte mich jemand zum Haus zurückbringen? Ich muss über einiges nachdenken."

„Natürlich, aber bitte verschwenden Sie nicht zu viel Zeit mit Sorgen um Andrew. Er hat sich das Bett gemacht, in dem er jetzt liegt."

„Warum habe ich immer Mitleid für meine Verdächtigen?"

Jennings klopfte Clara leicht auf die Schulter.

„Sie müssen sich noch abhärten.“

„Lieber nicht. Ich scheine so ganz gut zurechtzukommen.“

Jennings lächelte sie erneut an.

„Erwarten Sie keine Dankbarkeit, falls Sie Andrews Unschuld beweisen können.“

„Oh, keinesfalls. *So* sentimental bin ich auch nicht!“

Kapitel 17

Clara konnte nicht lange schlafen, obwohl sie es versuchte. Doch das helle Tageslicht und das Vogelgezwitscher schienen sie für ihre Trödelei zu tadeln und es war ihr unmöglich, nicht aufzustehen. Sie war also gerade dabei, sich als Erste ein Frühstück einzuverleiben, als sie hörte, wie leise die Haustür geöffnet und geschlossen wurde. Im nächsten Augenblick tauchte ein vertrautes Gesicht in der Tür auf.

„Ich hätte wissen können, dass Sie schon wach sind, im Gegensatz zu den anständigen Menschen."

„Annie!"

Clara ließ ihre Gabel fallen, eilte zu ihrem Dienstmädchen, das auch ihre Freundin war, und umarmte sie. Zwischen den beiden Frauen war ein lebenslanges Band geknüpft worden, als sie sich während das Krieges in einem Krankenhaus kennenlernten. Clara war dort Krankenschwester gewesen und Annie ihre Patientin. Als sich die zerbrechliche, junge Frau fragte, was aus ihr werden sollte, nachdem sie sich erholt hatte, bot Clara ihr eine Beschäftigung an. Trotzdem fiel es Clara schwer, Annie als Dienstmädchen zu betrachten und sich ihr gegenüber förmlich zu verhalten.

„Hören Sie auf, Clara! Was soll der Butler denken?" Annie lachte, als sie ihre Freundin von sich schob. „In welchem Schlamassel stecken wir dieses Mal?"

Clara verzog das Gesicht.

„Mord, wie üblich. Ich konnte das nicht alles ins Telegramm schreiben, aber Andrew war schon einmal verheiratet und diese erste Ehefrau ist bei seiner Hochzeit aufgetaucht. Jetzt ist sie tot."

„Das scheint mir ein eindeutiger Fall zu sein." Annie mimte, sich die Hände abzuwischen. „Warum wurde er noch nicht verhaftet?"

„Weil der Fall weitaus komplizierter ist, als er aussieht. Ich halte ihn zum Beispiel für unschuldig."

Annie seufzte.

„Warum überrascht mich das nicht?"

„Aber ich bin froh, dass Sie hier sind. Dieses Haus treibt mich in den Wahnsinn und Tommy vermisst Sie sehr."

Annie unterdrückte ein Lächeln.

„Ist das so?"

„Sie wissen doch, dass wir ohne Sie aufgeschmissen sind."

„Und?"

Clara zögerte, während Annie sie fragend anschaute.

„Ich kenne Sie doch, Clara. Sie wollen noch ein paar Augen und Ohren im Haushalt."

„Ist das so offensichtlich?"

„Ja!" Annie gluckste. „Zum Glück hat es mich wahnsinnig gemacht, allein in dem leeren Haus in Brighton herumzulungern, deshalb freue ich mich darüber, aufs Land zu kommen. Außerdem war dieser junge Mann, Oliver Bankes, jeden Tag am Haus, um sich nach Ihnen zu erkundigen. Er wirkte wie ein verlorener Welpe."

„Oh je." Clara kaute an ihrem Daumen und fragte sich, was sie mit Oliver Bankes anfangen sollte.

„Nun, auf jeden Fall sagte ich ihm ...“

Annie wurde von einem Schrei unterbrochen, der aus dem oberen Stockwerk kam. Clara musste Annie nur anschauen, da ließ das Dienstmädchen schon den Koffer fallen und beide Frauen rannten der Quelle des Schreis entgegen. Sie mussten einem Flur folgen und dann links abbiegen. Es war eines der Hausmädchen. Die Frau stand vor einem Schlafzimmer und wurde schon blau, da sie immer noch schrie. Annie nahm sich ihrer an, gab tröstliche Geräusche von sich und versuchte, sie zu beruhigen, während Clara den Raum betrat.

Sie brauchte nicht lange, um den Grund für den Aufruhr auszumachen.

„Oh, Eustace.“

Eustace lag auf dem Rücken in seinem Bett, die Arme zu beiden Seiten ausgestreckt, und starrte mit hervortretenden Augen an die Decke. Auf der rechten Seite seines Gesichtes breitete sich Erbrochenes auf dem Bettlaken aus. Seine Haut hatte einen seltsamen, kalkigen Grauton angenommen, als wäre er blutleer. Er war zweifellos tot, doch um sich sicher zu sein, trat Clara vor und tastete nach einem Puls. Als sie keinen finden konnte, trat sie einen Schritt zurück und starrte ungläubig auf die Leiche.

„Was ist los?“ Glorianna betrat den Raum in ihrem Morgenmantel.

„Du musst einen Arzt rufen, Glorianna, und Hogarth suchen.“ Clara streckte einen Arm aus und versuchte, Glorianna aufzuhalten, doch die Frau schob sich an ihr vorbei.

Sie keuchte, als sie Eustace erblickte.

„Geh Hogarth holen und ruf einen Arzt." Clara drehte
sie herum und schob sie aus dem Raum. Clara war sich
nicht sicher, was sie mit solcher Dringlichkeit handeln
ließ, doch ihr Instinkt sagte ihr, dass sie vorsichtig vorgehen musste. Eustaces unerwarteter Tod war überaus
besorgniserregend.

„Was ist passiert, Clara?", fragte Annie von der Tür
aus, ohne den Raum einsehen zu können.

„Onkel Eustace ist tot. Es ist ein wenig unschön, vielleicht sollten Sie das Dienstmädchen nach unten bringen."

Annie nickte.

„Seien Sie vorsichtig, Clara."

„Bin ich immer", antwortete Clara mit einem beruhi-
genden Lächeln.

Annie führte das Dienstmädchen fort. Die arme junge
Frau brach vor Schock beinahe zusammen. Clara war
nur wenige Minuten mit der Leiche allein, dann
tauchte Hogarth auf. Er kam langsam in den Raum und
betrachtete seinen Bruder vom Fuße des Bettes aus.

„Ich habe Glorianna gesagt, sie solle einen Arzt rufen",
sagte Clara.

„Ja. Ist das denn nötig?"

„Ich denke, schon. Er ist recht gewaltvoll gestorben."
Clara musste wohl kaum darauf hinweisen, dass Eustace auf dem Bett lag, als hätte er sich vor Schmerzen
gewunden, und ein fürchterlicher Ausdruck in seinen
Augen lag. „Du sagtest, er habe sich gestern Abend
schlecht gefühlt?"

„Eine seiner Magenverstimmungen. Er schien sich
nach dem Abendessen recht unwohl zu fühlen. Es
sagte, er würde sich hinlegen, und bat darum, ihm

Tonic Water nach oben zu schicken. Glaubst du, es war etwas, das er gegessen hat?"

Clara musterte den Wasserkrug auf dem Nachttisch. Er war fast leer.

„Trank er nachts immer Tonic Water?"

„Nur wenn seine Magenprobleme schlimmer waren." Hogarth schnappte sich einen Stuhl und ließ sich darauf fallen. „Damit habe ich nicht gerechnet. Ich hätte nicht gedacht, dass er so krank war."

„Ich habe noch nie gehört, dass jemand an einer Magenverstimmung gestorben wäre." Clara starrte auf das Tonic Water. „Eustace ging es während seines Aufenthaltes hier ziemlich schlecht."

„Er hat sich schon immer darüber beschwert, dass er unser Essen nicht verträgt. Ich weiß nicht, warum das der Fall sein sollte. Vermutlich wollte er nur meckern. Es ist alles in Ordnung mit dem Essen, uns anderen geht es gut." Hogarth rieb sich die Augen. „Ich weiß, das klingt schrecklich, doch mein Bruder scheint stets alles schlimmer zu machen; selbst im Tode."

Clara lief zu Hogarth hinüber und nahm sanft seine Hand. Er zitterte. Sie spürte, wie seine Finger an ihrer Handfläche bebten.

„Er war trotz allem mein Bruder", sagte er leise. „Trotz seiner schlechten Manieren und der Probleme, die er machte. Ich dachte, er würde uns noch mindestens zehn Jahre erhalten bleiben."

„Mein Beileid."

„Clara, dies ist eine der schlimmsten Wochen, die ich je erlebt habe. Noch schlimmer als die Zeit, in der Andrew fort war. Das war anders, alles geschah so weit weg. Jetzt ist es ... so nah. Diese verdammte Frau! Und jetzt noch Eustace! Ich verstehe einfach nicht, wie das passieren kann. Was haben wir falsch gemacht?"

„Ich glaube nicht, dass du irgendetwas falsch gemacht hast, Hogarth. Das Leben kann manchmal schwierig werden."

„Glaubst du, die Polizei wird von Eustace wissen wollen?"

Clara antwortete nicht sofort. Hogarth wirkte verzweifelt und sie wollte diesen Zustand nicht noch verschlimmern. Doch sie konnte auch nicht lügen. Irgendetwas an Eustaces Tod fühlte sich falsch an.

„Ich bin mir im Moment nicht sicher."

„Eustace hatte es nicht verdient, auf diese Weise von uns zu gehen. Nicht so. Er war unausstehlich, ich weiß. Doch er hatte ein gutes Herz. Er konnte nichts dafür, dass er nicht der Sohn war, den sich unser Vater gewünscht hatte."

„Haben die beiden sich gestritten?", fragte Clara.

„Manchmal." Hogarth sog scharf Luft ein. „Wem mache ich hier etwas vor? Ständig! Eustace war nicht für die Geschäftswelt gemacht und mein Vater verachtete ihn dafür. Er schickte ihn auf die besten Schulen und gab sich größte Mühe, und auch Eustace gab sich große Mühe. Es war bloß nie so einfach für ihn. Zahlen und Rechnungen ergaben einfach keinen Sinn für Eustace. Er hatte Probleme mit allem, was über simple Addition hinausging. Er konnte stundenlang in ein Kassenbuch starren, unter der Aufsicht unseres Vaters, und immer noch keine Ahnung haben, was das alles bedeuten sollte. Mir hingegen flog das alles einfach zu. Ich weiß, dass Eustace mir das übelnahm. Er hatte den Eindruck, ich hätte ihm seinen Platz weggenommen. Doch so wie er nichts dafür konnte, dass er so war, wie er war, konnte ich nichts dafür, dass ich einen Sinn für Arithmetik habe."

„Ich denke, Eustace wusste, dass es nicht deine Schuld war."

Hogarth rieb sich trübselig das Gesicht.

„Wirklich?"

„Eustace wollte nicht mit der Verantwortung für das Geschäft belastet werden. Es war besser, dass du es übernommen hast. Sein Problem war eher, dass er sich nie so recht davon erholt hat, eine Enttäuschung für seinen Vater gewesen zu sein."

Hogarth nickte.

„Das kann ich mir vorstellen."

„Der Arzt ist hier." Glorianna schaute zur Tür herein, mied aber den Blick zum Bett, wo Eustace lag. „Ich habe den Mädchen noch nichts erzählt. Peg ist von dem Krach aufgewacht, doch ich sagte ihr, ein Dienstmädchen habe sich die Hand in einer Tür eingeklemmt."

Glorianna verschwand wieder, als der Arzt auftauchte. Doktor Hogg war schlank und groß, hatte aber einen Buckel, da er jahrelang aus seiner großen Höhe über Patienten gebeugt hatte. Seine Haare waren weiß und er trug eine Brille mit Goldrahmen, die recht unsicher auf seiner Nase saß. Er schlurfte herein, was ihn keinen Tag jünger als neunzig wirken ließ, und gab Hogarth und Clara die Hand. Dann wandte er sich zum Bett um.

„Oh je. Wussten Sie, dass er bereits tot war?"

Hogarth warf Clara einen verzweifelten Blick zu und sie beschloss, die Sache zu übernehmen.

„Das wussten wir, Doktor, doch wir dachten, Sie sollten sich das besser einmal ansehen. Immerhin muss ein Totenschein ausgestellt werden und all so etwas."

Clara folgte dem Arzt zum Bett. Sie hatte gehofft, in ihm einen kompetenten Mann zu finden, dem Argwohn nicht fremd war. Sie hatte ihre Zweifel, doch der Arzt sollte sie bestätigen, bevor sie etwas unternahm. Stattdessen wirkte er so, als würde er einen Blick auf die Leiche werfen und dann ohne einen weiteren Gedanken den Totenschein ausstellen.

Doktor Hogg prüfte wie üblich auf Puls und Herzfunktion, auch wenn das überflüssig wirkte. Dann machte er sich an die detaillierte Untersuchung von Eustaces Gesicht, von den weit aufgerissenen Augen bis hin zu den unschönen Flecken an seinem Mund.

„Ging es ihm am vergangenen Abend schlecht?"

„Er hatte eine leichte Magenverstimmung", sagte Clara.

„Er war definitiv kräftig. Meiner Erfahrung nach leiden solche Menschen häufig unter Verdauungsstörungen."

Clara hätte zu gern hinzugefügt, dass manchmal auch nachgeholfen wurde, doch Hogarth sah zu und womit hätte sie ihren Verdacht begründen können? Mit einer Ahnung? Dem Bauchgefühl, das irgendetwas nicht stimmte?

„Zuerst dachte ich an einen Herzinfarkt, das kommt bei Männern in diesem Alter mit so viel Körperfett sehr häufig vor." Doktor Hoggs bohrte einen Finger in Eustaces füllige Seite. Er sank tief ein. „Das Erbrochene ist jedoch eigenartig."

„Das dachte ich auch, und er sieht so …“ Clara fiel es schwer, das richtige Wort zu finden. „… gequält aus.“

„Das kann vorkommen, wenn man sich des Herzinfarktes bewusst wird. Und ich rede zwar vom Herzen, doch er könnte auch an seinem Erbrochenen erstickt sein.“ Der Arzt öffnete Eustace Mund und blickte ihm in den Hals. „Nein, ich fürchte, wir werden ihn aufschneiden müssen. Ich informiere den Gerichtsmediziner. Ich kann ihn am späteren Vormittag von zwei Männern abholen lassen.“

Doktor Hogg musterte seinen Patienten noch einmal gründlich.

„Sagen wir vier.“

„Was erwarten Sie, bei der Obduktion festzustellen?“, fragte Clara ein wenig hoffnungsvoller.

„Vermutlich wird es aufs Herz hinauslaufen.“ Doktor Hogg blickte auf seine Uhr. „Ich muss weiter. Ein Stück die Straße runter leidet eine noch sehr lebendige Dame an einem Problem mit der Gallenblase. Ich würde sagen, in einer Stunde sind die Männer hier und nehmen die Leiche mit.“

Doktor Hogg verließ bereits den Raum, noch ehe er seinen Satz beendet hatte.

„Warum hat Glory ausgerechnet ihn gerufen?“, knurrte Hogarth, als der Arzt fort war. „Nutzloser Idiot.“

Clara blickte aufs Bett und dachte nach. Sie war nicht so überzeugt davon, dass Doktor Hogg ein Idiot war. Doch nur für den Fall, dass er etwas übersehen hatte, kam es ihr vernünftig vor, jetzt zu handeln. Als Erstes betätigte sie den Klingelzug für die Bediensteten. Dann nahm sie den Krug mit Tonic Water vom Nachttisch und bedeckte ihn mit einem Tuch. Hogarth beobachtete sie neugierig.

„Was tust du da, Clara?"

„Ich bin gründlich." Clara lächelte ihm zu. „Und vielleicht ein wenig argwöhnisch."

Ein Dienstmädchen tauchte mit gesenktem Blick in der Tür auf, da sie nicht gewillt war, sich den Schauplatz dieses Todes anzuschauen.

„Könnten Sie mir ein sauberes Glas bringen?", bat Clara die junge Frau. „Und einen Löffel."

Das Dienstmädchen verschwand.

„Du machst mir Angst, Clara." Hogarth stützte die Arme auf dem hohen Fußende des Bettes ab. „Glaubst du, dass wir es mit einem weiteren Mord zu tun haben?"

„Ich treffe keine Annahmen, bis ich Beweise habe", antwortete Clara. „Ich bin nur neugierig, das ist alles. Warum vertrug Eustace euer Essen nicht, wenn es euch, wie du sagst, bestens bekam? Ich glaube nicht, dass Eustace in schwacher körperlicher Verfassung war. Er verbrachte den Großteil seiner Zeit in seinem Club, und auch wenn ich nicht viel über das Essen an solchen Orten weiß, wird man es wohl kaum als schlicht bezeichnen. Eustace war offensichtlich ein Mann, der reichhaltiges und fettiges Essen liebte. Warum sollte er solche Verdauungsprobleme haben, wann immer er herkam?"

Hogarth legte die Stirn in Falten und blickte besorgt drein. Das Dienstmädchen kehrte mit dem Glas zurück, konnte sich aber nicht dazu überwinden, den Raum zu betreten. Clara nahm es ihr ab und war ein wenig stolz, weil ihre eigenen Empfindlichkeiten sich nicht auf den

Anblick einer Leiche erstreckten. Dann machte sie sich daran, Erbrochenes in das Glas zu löffeln. Als sie fertig war, gab sie den Löffel an das Dienstmädchen zurück und bedeckte das Glas mit einem ähnlichen Tuch wie zuvor den Krug.

„Nur zu, Hogarth", Clara nickte ihrem Cousin zu, als sie die beiden Proben einsammelte.

Hogarth zuckte nur völlig perplex mit den Schultern.

Clara brachte die beiden Behälter in ihr Zimmer und schloss gründlich ab. Dann ging sie zum Telefon in der Eingangshalle und ließ sich zur Polizeiwache durchstellen. Es klingelte eine ganze Weile, bis jemand völlig außer Atem abnahm.

„Könnte ich mit Inspector Jennings sprechen?", fragte Clara.

Die Person am anderen Ende der Leitung schnappte nach Luft.

„Er ist sehr beschäftigt."

„Es ist wichtig. Sagen Sie ihm, dass Miss Fitzgerald in der Leitung ist."

Die andere Person bat sie, zu warten, dann herrschte Stille. Clara starrte an die Wand vor ihr, wo ein Stillleben Mohnblumen und Sonnenblumen in einer blauweißen Vase zeigte. Sie starrte das Bild an, doch ihre Gedanken wanderten in weite Ferne. Hatte Eustace etwas gewusst? Er war bei seinem Gespräch mit Tommy sehr offen gewesen. Hatte ihn jemand reden gehört? Oder hatte jemand einen anderen Grund dafür gehabt, ihn aus dem Weg zu räumen? Natürlich waren das alles nur Mutmaßungen. Womöglich war er gar nicht ermordet worden, doch Clara war sich sicher, irgendwelche Rückstände am Boden des Kruges gesehen zu haben. Das mochte natürlich nur Schmutz sein, weil der Krug nicht gründlich gereinigt worden war, doch dann war da noch das Erbrochene und Eustaces gepeinigter Gesichtsausdruck ... Es hatte echte Qual in seinen Augen gelegen.

„Clara?“

Sie wurde ruckartig in die Realität zurückgeholt.

„Inspector, ich dachte, ich sollte Sie darüber informieren, dass es einen weiteren Todesfall gab.“ Clara schaute sich in der Eingangshalle um, um sicherzustellen, dass niemand zuhörte. „Onkel Eustace ist verstorben.“

„Mein Beileid“, antwortete Jennings und verstand offensichtlich nicht, was sie meinte.

„Mit allem, was in jüngster Zeit vor sich ging, hielt ich es für klug, einige Proben für Ihr Labor zu nehmen. Würden Sie vielleicht eine zuverlässige Person schicken, die sie abholen kann?“

„Clara, wollen Sie sagen, dass Eustace ermordet wurde?“

„Ich bin mir nicht sicher; noch nicht. Aber es gefällt mir nicht, wie die Sache aussieht.“

Jennings schwieg für einen Augenblick.

„Welche Art von Proben?“

„Ein Wasserkrug und ein Glas Erbrochenes. Beides könnte Gift beinhalten, oder auch nicht.“

Wieder Schweigen.

„Clara, diese Sache wird sehr ernst. Falls er ermordet wurde, dann war es jemand aus dem Haus.“

„Ich weiß.“

„Ich will nur sagen: Seien Sie vorsichtig.“

„Das bin ich immer, Inspector." Clara verabschiedete sich und legte auf.

„Wer war das?" Glorianna fuhr Clara beinahe an.

Clara drehte sich um und Glorianna stand nur wenige Meter entfernt. Anscheinend hatte sie nicht alles mitbekommen.

„Nur der Inspector. Ich habe ihn über Eustaces Tod informiert."

„Warum?"

„Er wollte heute vorbeikommen, um ihn zu befragen. Ich hielt es für umsichtig, ihn von den Geschehnissen zu unterrichten, damit er euch nicht in einem so empfindlichen Moment stört."

„Oh." Glorianna wirkte besänftigt. „Das war eine gute Idee, Clara."

„Du hast im Moment schon genug um die Ohren, auch ohne einen neugierigen Polizisten im Haus."

„Ja, durchaus."

„Der Arzt schickt einige Männer vorbei, um die Leiche abzuholen. Sie werden in einer Stunde hier sein."

Glorianna zuckte leicht zusammen.

„Hat er denn nicht den Totenschein ausgestellt? Ich könnte selbst einen Bestatter rufen."

„Er konnte sich nicht eindeutig für eine Todesursache entscheiden." Clara zuckte mit den Schultern, als wollte sie sagen: ‚Ärzte, was?' „Er will eine Obduktion durchführen."

„Oh je." Glorianna war aufgewühlt. „Dann sollte ich wohl das Zimmer aufräumen. Ich kann es nicht zulassen, dass es noch so aussieht, wenn Fremde ins Haus kommen."

Glorianna huschte davon und Clara schaute ihr hinterher, während sie die Treppe hinauflief. Sie ließ die düsteren Gedanken zu, die in ihrem Kopf Motive mit Gelegenheiten verbanden und eine mögliche Mörderin hervortreten ließen. Doch sie schüttelte sich und entschied, dass sie im Moment nichts mehr für Eustace tun konnte. Es gab ohnehin noch eine andere Person, um die sie sich kümmern musste.

Als Clara leise an Susans Tür klopfte, hörte sie ein deutliches Würgen und Panik stieg in ihr auf. Sie warf entgegen sämtlicher Regeln des Anstandes die Tür auf und rannte zu der jungen Frau, die in ihrem Bett lag und sich in eine Emailleschüssel übergab.

„Geht es dir gut?" Clara packte Susan an den Schultern und hielt sie fest, während sie noch ein letztes Mal würgte und dann seufzte. „Hast du Tonic Water getrunken?"

„Was? Nein." Susan war so weiß wie ihre Bettwäsche, als sie sich wieder nach hinten sinken ließ. „Was soll all die Aufregung?"

Clara bekam es mit der Angst zu tun, während sie diese kraftlose, junge Frau so in ihrem Bett liegen sah, und schaffte es nicht, die Ruhe zu bewahren.

„Eustace ist gestorben, vermutlich an einer Lebensmittelvergiftung. Er hat sich vor seinem Tod übergeben. Wie geht es dir, Susan?" Clara legte eine Hand an Susans Stirn, um ihre Temperatur zu fühlen.

„Es geht mir gut, Clara." Susan stieß ihre Hand weg.

„Offensichtlich nicht! Ich werde Doktor Hogg rufen, damit er dich untersuchen kann, bevor es zu spät ist!" Clara sprang vom Bett auf und lief zur Tür.

„Nein!"

Clara hielt inne und drehte sich zu Susan um. Die junge Frau streckte einen Arm zu ihr aus, hatte die Hand erhoben, um sie zu stoppen, und ihre Schwäche war von reinem Entsetzen abgelöst worden.

„Tu das nicht, Clara!"

„Du bist krank, Susan." Clara trat noch einen Schritt auf die Tür zu.

„Nein, bitte! Ich bin nicht krank. Ich weiß nicht, was Eustace zugestoßen ist, aber ich bin mir sicher, dass es nichts mit mir zu tun hat."

„Wie das?", fragte Clara argwöhnisch.

„Schließ die Tür und lass uns reden", flehte Susan. „Ich muss mit irgendjemandem reden, bevor ich wahnsinnig werde."

Clara starrte Susan einen Moment lang an, dann schloss sie leise die Tür. Sie ging zum Bett, brachte die Schüssel mit dem unangenehmen Inhalt in eine Ecke des Raumes, ehe sie sich neben Susan setzte.

„Also, wie das?", wiederholte sie.

Das Adrenalin, das Susan angetrieben hatte, hatte sie auch erschöpft, und sie ließ sich geschwächt in die Kissen sinken. Mit einem Taschentuch wischte sie sich die Lippen ab.

„Könnte ich erst einen Schluck Wasser haben?" Susan deutete auf einen Krug auf der Kommode.

Clara schenkte ihr ein Glas Wasser ein, prüfte aber sehr genau, ob alles sauber war. Dann kehrte sie zu Susan zurück.

„Du wirst mir schon etwas sehr Überzeugendes präsentieren müssen, um mich davon abzuhalten, den Arzt zu rufen", sagte sie streng.

Susan trank einen großen Schluck Wasser.

„Das ist nicht nötig. Ich war schon bei einem Arzt.“

„Dann bist du also krank. Warum hat mir das niemand gesagt?“

„Weil es niemand weiß.“ Susan seufzte. „Ich bin nicht gerade krank. Ich war nur ein wenig töricht.“

Mehrere Möglichkeiten kamen Clara in den Sinn.

„Du bist schwanger.“

Susan starrte sie mit geweiteten Augen an.

„Ich schätze, ich hätte wissen können, dass du klug genug bist, um darauf zu kommen“, ächzte sie. „Ja, ich bin schwanger.“

„Das erklärt deine Rundungen und die Übelkeit.“ Clara nickte. „Und auch das, was in der Nacht vor der Hochzeit geschehen ist.“

„Du wirst es doch niemandem sagen, oder?“, flehte Susan sie an. „Ich bin in den Fluss gesprungen, weil ich den Gedanken nicht ertragen konnte, dass es jemand herausfindet. In der Nacht vor Andrews und Lauras Hochzeit stürzte das alles auf mich ein. Plötzlich konnte ich es nicht mehr ertragen.“

„Ich werde niemandem etwas sagen, aber du solltest mir lieber alles erklären, Susan. Und es wird unmöglich sein, diese Sache für immer geheim zu halten, das weißt du sicher.“

Susan seufzte erneut.

„Ich weiß. Bald wird es offensichtlich sein. Oh, Clara, es war ja nicht so, als hätte ich vorgehabt, so verrucht zu sein. Ich wurde einfach mitgerissen.“

„Was ist passiert?“

„Es war an dem Abend unseres Schulabschlusses.“ Susan verzog ob der Erinnerung das Gesicht. „Wir hätten in der Schule bleiben sollen, bis wir von unseren

Familien abgeholt werden, doch Bella Hope wollte ausgehen, da wir fast alle achtzehn waren und manche von uns, wie Katherine Hardings, zu ihren Familien im Ausland zurückkehren würden. Wir würden uns also nie mehr wiedersehen und Bella sagte, es wäre schön, die Schulzeit zu beenden, indem wir feiern; um etwas zu haben, woran wir uns erinnern werden."

„Wohin seid ihr gegangen?"

„Nach London, das war die nächstgelegene Möglichkeit. Wir schlichen uns raus und nahmen einen Zug. Es war das Ende des Schuljahres und viele der Lehrerinnen und Lehrer waren bereits abgereist, deshalb war das nicht schwierig. Wir waren zu acht und kicherten auf der gesamten Fahrt nach London, sodass uns der Schaffner böse Blicke zuwarf." Susans Augen funkelten vor Heiterkeit. „Bella kannte einen Nachtclub, also gingen wir dorthin und tranken Cocktails. Es waren diese jungen Frauen dort, in ungehörig kurzen Röcken, und sie tanzten. Und wie sie tanzten! Es waren nicht die Tänze, die Mrs. Prince uns im Unterricht für Benehmen beigebracht hatte, das kann ich dir sagen!

Nun ja, wir folgten im Grunde alle Bella, und als sie von diesem jungen Mann in Uniform zum Tanzen aufgefordert wurde, taten wir es ihr alle gleich, ohne darüber nachzudenken. Ich wurde von diesem jungen Mann in dunkelgrünem Jackett und beiger Hose aufgefordert. Er hieß Derek und kannte die neusten Tänze. Er brachte sie mir bei und bald tanzte ich nach Herzenslust. Ich liebte es, Clara! Dieses Gefühl von Freiheit hatte ich noch nie erlebt! Ich schätze, das war Teil des Problems. Ich trank zu viel und dann hatte Bella diese wilde Idee, gemeinsam in ein Hotel zu gehen und erst am nächsten Morgen zur Schule zurückzukehren. Wenn ich darauf zurückblicke, denke ich, dass Bella der Situation auch nicht gewachsen war, doch das hat sie sich nicht anmerken lassen."

„Ich nehme an, danach wurde die Sache ernster?", fragte Clara behutsam.

„Deutlich ernster. Mehrere der Mädchen wollten nicht über Nacht bleiben, da sie nicht genug Geld hatten. Sie sind ohne uns zum Bahnhof zurückgekehrt. Drei von uns waren noch übrig, und natürlich Bella. Sie hing immer noch am Arm ihres Soldaten und wollte unbedingt ein Hotel finden. Jede von uns dreien hatte einen Mann dabei, bei mir war es Derek, und die Männer waren auch alle erpicht darauf. Wir spornten einander an, es war wie ein Spiel! Wir fanden ein Hotel, ich weiß nicht genau, wie. Es war ein wenig niedrigklassig, aber sauber genug, und kostete uns auch nicht alles, was wir noch im Geldbeutel hatten. Oh, weißt du, Clara, diese Flegel haben uns Frauen bezahlen lassen! Sie wussten genau, worauf sie aus waren!"

Clara nickte recht ernst. Das überraschte sie nicht gerade.

„Jede von uns hat sich ein Zimmer genommen. Das war so töricht." Susan zog eine Grimasse. „Ich habe nach einem Doppelzimmer gefragt und Derek lehnte sich mit einem Zwinkern vor und sagte: ‚Sie meint ein Doppelbett.' Je mehr ich über ihn nachdenke, desto schlimmer kommt mir alles vor. Er sah im Nachtclub so elegant aus, doch später wirkte er so ordinär und schäbig. Ich weiß nicht, wer er war. Vielleicht ein Straßenhändler, der in den Clubs darauf wartete, dass junge Frauen für seinen Abend bezahlen. Ich schätze, du kannst dir vorstellen, was als nächstes passiert ist."

„Das ist nicht schwer. Hat er dir wehgetan?"

Susan zuckte schwach mit einer Schulter.

„Nein, nicht wirklich. In dieser Hinsicht war Derek in Ordnung. Ich habe mir zuerst Sorgen gemacht, doch er war recht charmant. Und ich war nach all den Cocktails ziemlich betrunken, deshalb ist es einfach passiert. Es war nichts Spektakuläres dabei. In einem Moment war alles vorbei. Es hat ein wenig wehgetan, doch Derek hat mich mit Küssen eingedeckt. Clara, hast du je …"

Clara schüttelte den Kopf.

„Nein, du bist vernünftiger. Nun, das war es im Grunde. Bella hat uns um drei Uhr zusammengerufen. Sie hatte geweint und sagte, sie könne nicht mehr stehen und wolle nach Hause zurück. Ich nehme an, ihr Soldat war nicht so nett wie Derek. Die anderen willigten ein. Katherine zitterte am ganzen Körper und sah aus, als würde sie sich jeden Augenblick übergeben. Ich bin mir nicht sicher, ob das am Alkohol oder etwas anderem lag." Susan deutete mit ihrem Blick an, was sie damit meinte. „Wir ließen die schlafenden Männer in den Zimmern zurück und kehrten zur Schule zurück. Es war eine schreckliche Reise. Wir hatten Probleme, einen Zug zu erwischen, und dann wurde Cassandra im Waggon ganz anders. Wir dachten schon, wir müssten den Schaffner rufen. Wir kehrten zur Schule und in unsere Zimmer zurück. Niemand hat uns gesehen … leider. Wir haben nie über diese Nacht gesprochen. Am folgenden Tag waren unsere Taschen gepackt und jede von uns kehrte zu ihrem Zuhause zurück. Wer hätte ahnen können, dass diese eine dumme Nacht hierzu führen würde?"

Clara tätschelte Susans Hand.

„Das kommt vor. Du warst sehr töricht. Aber so etwas passiert."

Susan entspannte sich sichtlich.

„Was jetzt?", fragte sie.

„Da es nicht zur Debatte steht, Derek zu heiraten, wirst du einfach deinen Mut zusammennehmen und reinen Tisch machen müssen. Falls es dir ein Trost ist, werde ich bei dir sein und dich unterstützen. Ich werde nicht zulassen, dass man dich aus dem Haus wirft oder so etwas."

„Aber ich will das Kind nicht!" Plötzlich schluchzte Susan und ihr kamen die Tränen.

Sie warf sich zur Seite und schluchzte bitterlich in die Bettlaken. Clara rieb ihr den Rücken und war ein wenig frustriert. Sie empfand nicht allzu viel Mitleid und war der Meinung, man müsste jetzt pragmatisch sein. Susan hatte sich töricht verhalten und manchmal hatte das Konsequenzen, aber es brachte nichts, sich deswegen die Augen auszuheulen. So war eben das Leben.

„Ich fürchte, das ist nicht wirklich eine Option", sagte Clara ihr.

„Ich weiß." Susan weinte immer noch. „Verabscheue mich nicht dafür, Clara, aber ich habe mir die Alternativen angesehen. Ich konnte es nicht tun."

„Alternativen? Aber doch nicht hier, oder?" Clara dachte an das kleine Dorf und fragte sich, wer in aller Welt Frauen ‚Lösungen' für eine Schwangerschaft anbot. „Das hätte sich doch herumgesprochen!"

„Oh, nein. Das lief alles über Reverend Draper. Er ist sehr diskret." Susan hatte sich wieder aufgesetzt und suchte unter einem Kissen nach einem Taschentuch.

Clara war ein wenig überrumpelt von dieser Information. Sie dachte darüber nach.

„Susan, habe ich das richtig verstanden? Du hast über den Vikar nach Möglichkeiten für eine illegale Abtreibung gesucht?"

Susan wurde blass.

„Das ist illegal?", fragte sie nervös.

„Ja", sagte Clara. „Deshalb kannst du nicht einfach zu einem Arzt gehen."

Susan drehte sich zur Seite, starrte auf das Bett und schluckte steif.

„Ich dachte, es wäre eine Sache, die nur verruchte Frauen tun, und würde daher in schlechtem Ruf stehen. Aber ich wusste nicht, dass es illegal ist. Wird die Polizei davon erfahren?"

„Das bezweifle ich", versicherte Clara ihr. „Aber wie hat der Vikar damit zu tun?"

„Er kennt Menschen, die solche Dinge tun." Susan nestelte an ihrem Taschentuch herum und schob sich die Ecken in ihre Faust. „Eines der Dienstmädchen hat mir davon erzählt. Sie war bei ihm. Ich sagte ihr nicht, dass ich schwanger bin, sondern dass eine Freundin in Schwierigkeiten ist. Das Dienstmädchen hat mir alles erzählt. Es gibt ein kleines Haus an einer der Seitenstraßen. Dort lebt eine Witwe und die meisten Menschen halten sie für sehr reputabel. Der Vikar besucht sie regelmäßig und damit ist alles in Ordnung. Man muss zu Reverend Draper gehen, ihm alles erklären und dann arrangiert er alles; für eine Spende in die Kollekte der Kirche."

Clara merkte, dass ihr Mund offenstand, während sie sich diese Enthüllung anhörte. Sie riss sich zusammen. Es war nicht das erste Mal, dass ihr Weltbild erschüttert worden war, doch sie war schockiert.

„Und du warst dort?"

„Ich musste es tun, zumindest dachte ich das. Reverend Draper war sehr nett und beruhigend. Er sagte, so etwas würde vielen guten Mädchen passieren und ich solle mich nicht schämen. Dann brachte er mich eines Abends spät zu diesem Haus, damit mich niemand sieht. Ich ging allein hinein und ..." Susan schniefte. „Dann stand ich in diesem kleinen Raum mit einem Tisch, einer Tischdecke und diesen ... diesen Werkzeugen, die daneben lagen. Die alte Frau hatte ein Gesicht wie ein Schwein, sog an einer Pfeife und musterte mich als ... als wäre ich bloß ein Hund, der zur Tür hereinspaziert war. Sie wollte, dass ich mich hinlege, doch das wusste ich nur, weil sie mit einem Daumen grimmig auf den Tisch zeigte. Ich trat vor und sah die Flecken auf dem Stoff. Sie waren beinahe rausgewaschen, aber nicht ganz, und dann sah ich, dass sie auf ihre Werkzeuge spuckte und sie mit dem Ende ihres Schultertuchs abrieb ... ich konnte es einfach nicht. Ich rannte gleich wieder hinaus und verlangte von Draper, mich nach Hause zu bringen. Das tat er auch, doch er sagte mir, dass ich das Geld nicht zurückerwarten solle, da es schon in neue Gesangbücher für den Chor geflossen sei. Ich war so durcheinander, dass ich ihm sagte, es sei egal."

Als Susan ihre Erzählung beendete, was sie außer Atem. Clara konnte gar nicht in Worte fassen, wie wütend sie in diesem Augenblick war. Sie dachte daran, wie Reverend Draper in der Kirche stand und seine Predigt hielt, während er genau wusste, dass er junge Frauen in dieses Rattenloch gelockt hatte, um im Namen medizinischer Hilfe diese Farce zu erleben. Susan war sich offensichtlich nicht über die weitreichen Folgen bewusst, die so etwas haben konnte. Sie wusste nicht, wie kurz sie davorgestanden hatte, das entsetzlichste Risiko ihres Lebens einzugehen. Clara las sehr viel und das nicht nur in den Zeitungen, sondern auch in Zeitschriften der Reformbewegungen und medizinischen Abhandlungen. Sie sah sich selbst als politisch interessiert und hatte viel über die Orte gelesen, an denen illegale Abtreibungen durchgeführt wurden, und über die Schrecken, die dort zum Alltag gehörten. Viele Frauen überlebten die Abtreibung nicht. Sie hatte zwar nie persönlich ein Opfer zu Gesicht bekommen, doch bei ihrer Arbeit im Krankenhaus, während des Krieges, hatte sie von den anderen Krankenschwestern Geschichten gehört. Manche von ihnen hatten junge Frauen gesehen, die von Infektionen dahingerafft worden waren oder schlicht vor ihren Augen verblutet waren. Es war schrecklich, und dieser Vikar beteiligte sich an solchen Verbrechen und verdiente auch noch Geld damit!

„Clara, du bist sehr still."

Clara atmete aus.

„Ich bin sehr froh, dass du gegangen bist, Susan, unglaublich froh." Sie drückte Susans Hand. „Ich werde alles tun, was in meiner Macht steht, um dir da durchzuhelfen, doch du musst deinem Vater die Wahrheit sagen. Es gibt einfach keine andere Möglichkeit."

„Er wird wütend sein."

„Und dann wird er darüber hinwegkommen."

„Und wenn nicht?"

Clara hielt inne.

„Dann wirst du zu mir nach Brighton ziehen. Du wirst das Kind zur Welt bringen und dann können wir entscheiden, wie es weitergehen soll."

„Ich werde kein Geld haben!" Susan zupfte erneut an ihrem Taschentuch.

Oh, sie würde Geld haben, dachte Clara. Denn genau das hatte Eustace gesagt. Er hatte dafür gesorgt, dass Susan und die anderen Kinder für die Zukunft abgesichert waren. Doch das konnte sie nicht laut aussprechen.

„Ich bin mir sicher, dass wir uns arrangieren können", sagte sie stattdessen.

Ehe sie Susan noch weiter trösten konnte, klopfte jemand stürmisch an die Tür und Glorianna platzte herein.

„Da bist du ja, Clara! Es steht ein Police Constable an der Tür und sagt, er würde dich sprechen wollen. Warum ist er hier?" Glorianna war mit den Nerven völlig am Ende. Der Vormittag entpuppte sich als über die Maßen schrecklich und jetzt stand auch noch ein Polizist vor der Tür. „Hast du ihn gebeten, herzukommen?"

Clara stand von Susans Bett auf und scheuchte Glorianna aus dem Raum, um die Privatsphäre ihrer Stieftochter zu wahren.

„Du musst dir keine Sorgen machen, Glorianna. Ich sagte dem Inspector, dass ich über den Fall der

glücklosen Shirley Cox nachgedacht und eine Liste aufgestellt habe. Er war zu beschäftigt, um sich alles am
Telefon anzuhören, deshalb hat er einen Constable her-
geschickt, um meine Notizen abzuholen. Ich fürchte, er
macht sich wieder über mich lustig." Clara setzte ein
selbstironisches Lächeln auf. Es erschreckte sie, wie
mühelos sie dieser Tage lügen konnte.

„Ist das alles?" Glorianna zupfte aufgebracht an ihren
Fingern. „Das hat nichts mit Eustace zu tun?"

„Eustace?" Clara setzte einen verdutzten Gesichtsausdruck auf.

„Oh, wie höre ich mich nur an. Ich rede Unsinn. Die
vergangenen Tage haben meine Nerven überspannt.
Natürlich hat das nichts mit Eustace zu tun ... natürlich
nicht. Es sind bloß diese Männer, die kommen, um
seine Leiche abzuholen, in seinem Zimmer herrscht
reinstes Chaos und ich kann den Krug nicht finden."

Clara gab sich unschuldig.

„Ein Krug? Welcher Krug?"

„Die gläserne Kanne, die Eustace auf seinem Nachttisch stehen hatte. Ich wollte mich darum kümmern,
dass das Zimmer ordentlich aussieht, doch der Krug ist
fort. Wie kann er verschwunden sein? Er ist immer in
dem Raum. Ich habe die Bediensteten gefragt, aber niemand wusste etwas."

„Vielleicht hat ihn jemand anderes mitgenommen",
schlug Clara vor."

„Warum? Niemand würde ihn mitnehmen."

„Es war noch ein wenig Wasser darin. Vielleicht
brauchte Hogarth einen Schluck zu trinken, nachdem
er vom Anblick seines Bruders ganz schockiert war,
und hat den Krug mit in sein Zimmer genommen."

Gloriannas Augen sahen aus, als würden sie gleich aus ihren Höhlen springen.

„Oh, nein, das würde er nicht tun. Oder?" Sie drehte sich plötzlich um und rannte in Richtung ihres Zimmers davon.

Clara lief zur Treppe und dachte über das Gesagte nach. Ein weniger argwöhnischer Mensch hätte angenommen, dass der Schock Glorianna so sehr verwirrt hatte, dass sie jetzt kleinen Nichtigkeiten nachjagte. Doch Clara war ein argwöhnischer Mensch. Sie glaubte stattdessen, Panik und Schuldbewusstsein gesehen zu haben, und das bereitete ihr große Sorgen.

Kapitel 18

Der Police Constable stand gelangweilt in der Eingangshalle herum.

„Kommen Sie mit." Clara winkte ihn zu sich und führte ihn in den hinteren Teil des Hauses. Zum ersten Mal war sie erleichtert darüber, dass die Familie Tommy und sie selbst in Schlafzimmer im Erdgeschoss verbannt hatte. So war sie nicht in der Nähe der übrigen Schlafzimmer und, zumindest im Augenblick, in sicherer Entfernung zu den anderen Familienmitgliedern.

Clara schloss die Tür auf und betrat ihr Zimmer. Der Constable blieb an der Schwelle stehen. Clara winkte ihn herein, doch er trat nur von einem Fuß auf den anderen und schaute sich nervös um. Dies war nicht die Zeit, um sich über Manieren Gedanken zu machen. Clara packte ihn am Arm und zog in ihn den Raum.

„Das gehört sich nicht, Miss!", rief der arme Constable, als sie ihn von der Tür wegzog. Sie schloss die Tür und drehte den Schlüssel um.

„Jetzt ist nicht die Zeit für Anstand!", zischte Clara ihm zu, dann lauschte sie, ob jemand in der Nähe war. „Hier wurde ein Mord begangen."

„Ein Mord?" Der Constable war schon wieder überfordert und fragte sich verzweifelt, warum der Sergeant ausgerechnet ihn zum Haus geschickt hatte.

„Ich habe zwei wichtige Gegenstände eingesammelt, die untersucht werden müssen." Clara hatte den Krug und das Glas auf einer Kommode abgestellt, wo man sie vom Fenster aus nicht sehen konnte. „Sie müssen beide umgehend zum Inspector bringen."

Der Constable schaute auf den großen Krug und ihm entglitten die Gesichtszüge.

„Aber ich bin mit dem Fahrrad hier."

Clara unterdrückte ein Ächzen. Es konnte doch nicht so kompliziert sein, Beweismittel zur Polizei zu bringen. Sie warf dem Polizisten einen düsteren Blick zu.

„Haben Sie einen Korb?"

„Nein." Er war unter ihrem Blick recht kleinlaut geworden.

„Nun, wie wollen Sie das hier dann zu Jennings bringen?"

Der Constable zuckte mit den Schultern. Clara wollte gerade ihrer Frustration freien Lauf lassen, als erneut jemand an der Haustür klingelte.

„Warten Sie! Schnell, wen würde der Arzt schicken, um eine Leiche abzuholen?"

„Die Bestatter, die haben den Leichenwagen." Der Constable zuckte erneut mit den Schultern, als wäre das offensichtlich.

„Selbst wenn noch eine Obduktion durchgeführt werden soll?"

Der Constable nickte, als wolle er sagen: ‚Wen sonst?'

„Ist der Leichenwagen motorisiert oder mit Pferdegespann?"

„Pferde. Miss, ich kann Ihnen nicht helfen ..."

„Doch. Denn Sie werden nicht mit dem Fahrrad zurückfahren."

„Nicht?“ Der Constable wurde immer nervöser, in Gegenwart dieser Frau, die sehr schnell redete und voller eigenartiger Ideen steckte.

„Sie werden im Leichenwagen zurückfahren, dann können Sie den Krug und das Glas tragen.“

„Auf keinen Fall!“ Der Constable wirkt entsetzt. „Der ist für die Toten!“

„Constable, hier wurde ein Verbrechen verübt, davon bin ich überzeugt. Sie müssen diese entscheidenden Beweismittel zum Inspector bringen, das ist Ihre Pflicht. Und wenn das bedeutet, dass Sie im Leichenwagen mitfahren müssen, dann fürchte ich, ist das eben so.“

Der Constable zog eine Grimasse und leistete noch ein vergebliches Mal Widerstand.

„Ich komme nicht mit Leichen zurecht.“

„Sie sind Polizist!“ Clara schaute ihn verzweifelt an.

„Nun, ja, aber hier in der Gegend haben wir es nicht oft mit Toten zu tun.“ Der Constable kratzte sich am Kopf. „Muss ich wirklich im Leichenwagen mitfahren?“

Clara schaute den glücklosen, jungen Mann an. Er konnte nicht älter als zwanzig oder einundzwanzig sein. Sein Betragen war noch sehr jungenhaft. Vermutlich war er noch nicht lange bei der Polizei und hatte den Großteil seiner Zeit mit der undankbaren Aufgabe verbracht, Streife zu laufen. Die wenigen Verbrechen, die hier in der Gegend vorkamen, gehörten vermutlich zur Kleinkriminalität: Einbrüche, gefälschte Postüberweisungen, nichts allzu Schmutziges. Der Constable war noch grün hinter den Ohren und Mord war eine ganz neue Sache für ihn.

„Ja, ich fürchte, so ist es.“

Er seufzte leise, gab sich aber geschlagen.

„Na gut, Miss, was soll ich tun?"

„Gehen Sie ums Haus herum und kommen Sie an dieses Fenster. Ich werde Ihnen den Krug hinausreichen, da die Familie ihn auf keinen Fall sehen darf. Das Glas werde ich selbst mitbringen. Warten Sie am Leichenwagen auf mich."

Der Constable nickte und sie ließ ihn aus dem Zimmer. Clara wartete ungeduldig darauf, dass er am Fenster auftauchte, und verbrachte die Zeit damit, einige Baumwollbänder von den Kanten eines Kissenbezuges abzureißen und damit die Stoffabdeckung des Glaskruges zu befestigen. Das konnte im Falle eines Missgeschicks zwar nicht verhindern, dass das Wasser herausfloss, doch vielleicht würde es die seltsamen Körnchen auffangen, die sich noch am Boden des Kruges befanden.

Über sich konnte sie schwere Schritte in Eustaces Schlafzimmer hören. Es hörte sich so an, als würden die Bestatter versuchen, Eustaces schweren Körper auf eine Bahre zu verfrachten. Sie wünschte sich, der Constable würde sich beeilen.

Sie wollte gerade draußen nach ihm suchen, als der Polizist leise an ihr Fenster klopfte. Sie schob die Scheibe hoch und lächelte ihn an.

„Nehmen Sie das vorsichtig, aber beeilen Sie sich." Sie reichte ihm den Krug und schaute ihm hinterher, während er behutsam zur Hausecke lief und dahinter verschwand. Dann schnappte sie sich das Glas, hielt es so unauffällig wie möglich an ihrer Hüfte und eilte zur Haustür.

In der Eingangshalle sah sie, wie vier Männer versuchten, Eustaces Leiche auf der Treppe nach unten zu wuchten. Das Gewicht und die Größe des Mannes machten das zu einer schwierigen Aufgabe, obwohl die Bestatter alle recht muskulöse Männer waren. Diese Leiche zu transportieren, stellte sich als kompliziert heraus. Der Mann an der unteren Ecke der Bahre trat ein Stück zu weit nach rechts und Eustace stieß gegen eines der Bilder an der Wand. Glorianna folgte direkt hinter den Männern und kreischte kurz auf.

„Seien Sie vorsichtig!"

Clara entdeckte sie und eilte sofort zur Tür. Draußen stand der Leichenwagen – im Augenblick ohne Trauerschmuck und auch die Pferde ließen ihr überschwängliches Kostüm vermissen. Der Kutscher saß vorne auf seinem Sitz; ein älterer Mann, dessen Tage als Träger vorüber waren. Er schaute Clara neugierig an.

„Würde es Ihnen etwas ausmachen, einen Polizisten in Ihrem Wagen mitzunehmen?", fragte Clara. „Es ist sehr dringend."

Der Kutscher wollte gerade den Mund öffnen, als der Constable an der Hausecke auftauchte.

„Es geht um diesen Constable hier", sagte Clara, als er neben ihr angekommen war.

Der Kutscher musterte den Polizisten argwöhnisch.

„Warum?"

„Wichtige Beweismittel müssen vorsichtig zur Polizeiwache gebracht werden", sagte der Constable, ehe Clara dazu kam, woraufhin sie lächeln musste. „Das ist eine Polizeiangelegenheit. Ich hoffe, Sie verstehen. Dürfte ich hinten in Ihrem Wagen mitfahren?"

Der Kutscher drehte sich um und musterte lange das Gefährt hinter ihm, als könnte es eine eigene Meinung haben, dann wandte er sich wieder dem Constable zu und zuckte mit den Schultern.

Eustace war an der Haustür eingetroffen, doch anscheinend gab es ein Problem dabei, ihn nach draußen zu bugsieren. Clara entspannte sich ein wenig, da der dramatische Augenblick vorüber zu sein schien. Sie trat an die Ecke des Leichenwagens, schaute dahinter hervor und beobachtete das Treiben an der Tür. In diesem Moment kam es ihr so vor, als wäre der Tod eine sehr würdelose Angelegenheit. Es gab viel Gerede darum, die Toten zu respektieren und zu ehren, und alles dafür zu tun, dass man sich gut um sie kümmerte, doch irgendwie wollte das nie so recht funktionieren. Am Ende des Tages musste eine Leiche aus einem Haus geholt werden; geschleift und geschleppt, da es sich um eine schwere, tote Masse handelte. Das allein war schon umständlich, als würde man einen Kleiderschrank die Treppe hinuntertragen. Es war beinahe unmöglich, diese Aufgabe zu erledigen, ohne dabei einen Scherbenhaufen zu hinterlassen. Die Würde schien nach dem pragmatischen Vorgehen nur die zweite Geige zu spielen, bis der Körper im Sarg angekommen war.

Der Police Constable trat hinter sie.

„Ist er das Opfer Ihres vermuteten Mordes?", fragte er.

„Ja."

„Und der Krug?"

„Mit Gift versetzt, befürchte ich."

Clara beobachtete noch ein wenig die Männer, die mit Eustace rangen, dann kam ihr ein neuer Gedanke. Sie schaute den Constable an.

„Was wissen Sie über Reverend Draper?"

„Nicht viel. Wir gehen nicht mehr zur Kirche, seit mein Vater aus den Schützengräben zurückgekehrt ist", antwortete der Constable schlicht.

„Ist Ihnen je irgendetwas über ihn zu Ohren gekommen?"

Der Constable kniff die Augen zusammen und schaute sie neugierig an.

„Nun, er ist ein Vikar. Ich hörte, er tut ... geistliche Dinge."

Clara ließ das Thema auf sich beruhen. Der Constable war noch zu jung, um zu wissen, welchen Wert Gerüchte für eine Ermittlung haben konnten, oder dass man nie dem oberflächlichen Eindruck von einer Person trauen sollte.

Man hatte Eustace endlich durch die Tür gezwängt und die schnaufenden Männer wuchteten ihn in den Leichenwagen und schoben ihn hinein. Gerade als sie fertig waren, hob Clara eine Hand, um sie innehalten zu lassen, bevor sie die Tür schlossen. Der Constable zögerte, dann stieg er hinten in den Leichenwagen ein. Die Bestatter waren völlig unbeeindruckt; die seltsame Folge davon, tagein, tagaus mit dem Tod zu arbeiten. Die Männer konnte nichts mehr überraschen, und die lebendige Person in ihrem Leichenwagen nahmen sie einfach als eine der seltsamen Spielarten des Lebens hin, während sie sich neben und hinter den Kutscher setzten.

Clara reichte dem Constable ihr Glas. Er hatte den Blick auf die Leiche gerichtet, die mit einem großen Bettlaken abgedeckt, aber immer noch offensichtlich da war. Jegliche Autorität, die der Polizist gerade noch dem Kutscher gegenüber ausgestrahlt hatte, war verschwunden. Der Constable zitterte ein wenig, während er so neben der Leiche saß. Clara empfand Mitleid mit ihm.

„Constable, ich habe Ihnen eine wirklich entscheidende Aufgabe anvertraut", sagte sie, um ihn vorübergehend abzulenken. „Ein Mord ist eines der schlimmsten Verbrechen und darf nicht ungesühnt bleiben. Ihnen obliegt die Verantwortung, diese Beweismittel zu transportieren, die womöglich den Täter oder die Täterin überführen könnten. Inspector Jennings wird gewiss beeindruckt sein, und die Anerkennung dafür könnte Ihnen sogar eine Beförderung einbringen."

Hoffnung flackerte in den Augen des Constables auf.

„Eine Beförderung?"

„Ja, aber wie wir alle wissen, steckt die Polizeiarbeit voller Höhen und Tiefen. Manchmal können die Höhen erst nach den Tiefen kommen." Clara verkniff es sich, in Richtung von Eustaces Leiche zu nicken, doch sie hatte das Gefühl, dass ihre Botschaft angekommen war. „Ein Polizist wird nicht darüber definiert, wie viele Stunden er auf Streife war, sondern von den Risiken und Unannehmlichkeiten, die er erduldet hat, um dafür zu sorgen, dass ein Verbrecher der Gerechtigkeit zugeführt wird."

Der Constable lauschte aufmerksam.

„Eine Beförderung", murmelte er noch einmal vor sich hin.

Clara klopfte ihm auf den Arm.

„Ich werde Ihr Fahrrad persönlich zur Wache zurückbringen." Dann trat sie vom Leichenwagen zurück, bevor er genug Zeit hatte, um über seine Misere nachzudenken, und schloss die hintere Tür.

Der Kutscher schaute sie an wie ein altes, argwöhnisches Rind auf der Weide, das einen Fremden auf dem eigenen Feld musterte, um zu entscheiden, ob es den Aufwand wert war, sich um das andere Geschöpf Sorgen zu machen. Dann ließ er die Leinen schnalzen und die Pferde setzten sich in Bewegung; bald fielen sie in wunderschönem Einklang in einen schnellen Trott. Clara genoss die Erleichterung darüber, dass diese Katastrophe jetzt nicht mehr in ihrer Hand lag (für den Augenblick), als sie sich umdrehte und direkt in Gloriannas Gesicht schaute.

„Ist dieser Polizist mit dem Leichenwagen mitgefahren?", blaffte Glorianna.

Clara fragte sich, wie scharfsinnig diese Frau war und wie viel sie gesehen hatte.

„Ihm wurde ein wenig übel", log Clara rasch. „Ist wohl ein wenig ... schwächlich."

„Was hatte er da bei sich?", hakte Glorianna nach.

„Oh, nur eine Schüssel. Der Kutscher wollte ihn ohne nicht mitfahren lassen. Er wollte nicht das Risiko eingehen, dass der Mann sich in seinen Leichenwagen übergeben könnte. Er wird sich bestimmt erholen."

Glorianna musterte Clara eindringlich, als würde sie sich in ihren Schädel bohren und ihre Gedanken lesen wollen. Dann drehte sie sich abrupt um und marschierte zum Haus zurück. Clara atmete langsam aus. Hatte Glorianna sie durchschaut? Sie konnte sich nicht sicher sein, doch sie würde in den folgenden Tagen sehr genau darauf achten, was sie aß und trank.

Clara lief zur Außenmauer des Hauses, lehnte sich dagegen und fächelte sich mit einer Hand Luft zu. Es war eine neue Erfahrung, dass ein Mord unter dem Dach geschah, unter dem sie selbst schlief. Sie musste über einiges nachdenken; womöglich über zu viel. Ihr Blick fiel auf das Fahrrad, das sie noch zurückbringen musste. Sie würde es den ganzen Weg bis ins Dorf schieben müssen, es sei denn …

Clara starrte noch ein wenig länger auf das Fahrrad. Sie musste mit dem Vikar sprechen, kein langer Fußweg, wenn er in der Kirche war, doch sie musste auch schnellstmöglich ins Dorf. Und vielleicht war diese schnellste Möglichkeit auf einem Fahrrad? Sie stieß sich von der Wand ab und machte sich auf die Suche nach Tommy.

Wenige Minuten später standen sie beide vor dem Haus der Campbells und betrachteten das Fahrrad des Polizisten. Es war schwarz und an einigen Stellen etwas rostig, doch Clara testete die Bremsen und sie schienen gut genug zu funktionieren. Tommy hatte ein leichtes Grinsen im Gesicht.

„Ein Fahrrad, Clara?"

„Ich habe in der Schule meine Fahrradprüfung gemacht, als ich dreizehn war", antwortete Clara.

„Und bist durchgefallen."

Clara funkelte ihren Bruder an.

„Hast du vor, mir zu helfen, oder nicht?"

„Ich bin mir nicht sicher, ob es richtig ist, dich mit einem Fahrrad auf die Welt loszulassen."

„Wenn du mir nicht hilfst, dann …"

„Komm schon, sei nicht so empfindlich." Tommy schob sich ein Stück vor. „Erinnerst du dich noch an die Grundlagen?"

„An das meiste." Clara testete noch einmal die Bremsen. „Es ist das Aufsteigen, das mir Probleme macht."

„Nun, fürs Erste stellst du den linken Fuß aufs linke Pedal. Genau. Jetzt stößt du dich mit dem rechten Fuß ab und sobald du etwas Schwung hast, hebst du das rechte Bein auf die andere Seite.“

Clara stieß sich leicht ab und testete die Balance des Fahrrads, als ihr Fuß kurz den Boden verließ. Sie geriet gefährlich ins Schlingern.

„Etwas schneller!“, rief Tommy.

Das hatte Clara gerade noch gefehlt. Sie suchte bereits nach dem besten Ort für einen Sturz. Die Hecke sah nach einer guten Option aus, weich und federnd könnte sie schlimmere Verletzungen verhindern. Das Fahrrad rollte in gleichbleibendem Tempo weiter, doch Clara fiel es schwer, den rechten Fuß vom Boden zu entfernen.

„Clara, schwing das Bein rüber!“, rief Tommy laut.

Der Schrei beschämte Clara. In der Formulierung lagen vulgäre Anspielungen und sie konnte nur daran denken, wer das womöglich gehört haben könnte. Doch eigenartigerweise lenkte sie das auch von ihrem schlechten Gleichgewicht ab. Ohne weiter darüber nachzudenken, hob sie das rechte Bein und war aufgestiegen. Eine Welle aus Erleichterung und Freude überkam sie. Als sie das letzte Mal Fahrrad gefahren war, hatte sie einen langen Schulmädchen-Rock getragen, und sie erinnerte sich an die Sorge, dass ihre Kleidung ihre Beine zu sehr einschränken würde. Doch seitdem waren viele Jahre vergangen. Ihr Rock war kürzer und sie hatte mehr Bewegungsfreiheit. Clara wurde plötzlich bewusst, dass sie fuhr.

„Bravo!“, jubelte Tommy. „Jetzt dreh um und komm hierher zurück.“

Clara beschrieb auf der breiten Zufahrt langsam eine Kurve, spürte die flüssige Bewegung der Pedale und lachte. Das war deutlich einfacher als in ihrer Erinnerung.

„Alles klar, jetzt musst du nur noch anhalten. Drück vorsichtig die Bremsen."

Clara hörte seine Anweisungen, doch ihr kam eine Erinnerung an ihre letzte Fahrt in den Sinn. Als sie mit den Fingern die Bremsen fand, sah sie den armen Sergeant Blake vor sich, der auf dem Pausenhof den Fahrradunterricht gegeben hatte. Er hatte Signale für rechts und links gegeben, und als Clara sich ihm auf einem geliehenen Fahrrad genähert hatte (nur eines der Mädchen hatte ein eigenes besessen) hatte er sie nach rechts geschickt. Sie hatte es genau vor Augen, wie er ernst unter seinem Helm hervorgeschaut hatte, den Arm in einem Neunziggradwinkel ausgestreckt. Clara war ihm immer näher gekommen und plötzlich von einer Angst erfasst worden, weil sie wusste, dass sie nicht mehr rechtzeitig abbiegen würde. Dann hatte Blake mit dem Arm gewedelt, während sich ein hektischer Ausdruck auf seinem Gesicht abgezeichnet hatte. Sie hatte nie verstanden, warum er nicht einfach zur Seite getreten war, doch vielleicht war es schon zu spät gewesen, denn im nächsten Augenblick war sie mit dem glücklosen Polizisten kollidiert. Das Vorderrad hatte ihn am Knie getroffen, Clara war über den Lenker gesegelt und hatte ihm mit ihrem Aufprall die Luft aus der Lunge gepresst. Um dem Ganzen die Krone aufzusetzen, hatte sich das Rad halb überschlagen und ihn am Kinn getroffen. Sergeant Blake hatte ächzend am Boden gelegen, sich die getroffenen Körperstellen gerieben und versucht, wieder zu Atem zu kommen.

Es war dieses Bild, das Clara vor Augen stand, als sie nach den Bremsen griff. Sie war seitdem nie wieder auf ein Fahrrad gestiegen, da sie ihre erste und einzige Erfahrung derart gedemütigt hatte. Jetzt saß sie erneut auf dem Fahrrad eines Polizisten und das Vorderrad schlingerte.

„Langsam!", rief Tommy, doch es war schon zu spät.

Clara bremste mit aller Kraft, das Fahrrad bäumte sich geradezu unter ihr auf und sie stürzte in eine Hecke. Wie sich herausstellte, war die Landung nicht so sanft wie erhofft.

„Bist du verletzt?" Tommy gluckste, während er heranrollte.

„Nur mein Stolz." Clara befreite sich aus der Hecke. „Und der Ärmel von meinem Cardigan ist gerissen."

„Du hattest es beinahe. Du hast nur zu stark gebremst und vergessen, ein Bein auszustrecken, um die Balance zu halten."

„Ein Bein ausstrecken?" Clara sah schon vor sich, wie sie über die Straße schlingerte und dabei das Bein wie einen Flügel zur Seite ausstreckte.

„Wie einen Ständer für das Rad. Während du zum Halten kommst, streckst du auf der Seite ein Bein aus, zu der sich das Fahrrad neigt, damit du nicht umkippst."

„Oh." Clara ließ das sacken. „Ja, das ergibt Sinn. Nun gut, dann versuche ich es noch einmal."

Tommy rollte davon, während sie wieder aufstieg, dieses Mal etwas zuversichtlicher, und davonradelte. Sie schob die Gedanken an Sergeant Blake beiseite und vollführte die dieselbe Kurve wie zuvor, nachdem sie die Spur entdeckt hatte, die ihr erstes Manöver hinterlassen hatte, und nahm wieder Kurs auf Tommy. Als sie auf seiner Höhe war, bremste sie sanft. Das Fahrrad kippte nach rechts und beinahe ohne nachzudenken streckte sie ein Bein aus, um sich abzufangen. Sie stellte fest, dass sie mit festem Stand angehalten hatte.

„Sehr gut, Schwesterchen!" Tommy grinste sie an.

Clara war so beeindruckt, dass sie beinahe sprachlos war.

„Und was hast du jetzt vor?", fragte Tommy.

Clara warf einen Blick auf das Fahrrad und konnte kaum glauben, dass sie wirklich darauf saß.

„Clara?"

„Oh, ich werde Reverend Draper besuchen", antwortete Clara. „Aber ich möchte dir erst später mehr darüber erzählen. Ich schlage für den Abend einen ‚Kriegsrat' in deinem Zimmer vor. Zusammen mit Annie. Dann erkläre ich alles."

„Was ist mit mir? Ich habe nichts getan, als mich mit Eustace zu unterhalten. Ich langweile mich."

Clara kam wieder zu sich und ihr Verstand arbeitete an ernsten Dingen.

„Du musst dich diskret im Haus umschauen und herausfinden, welche Arsenvorräte es gibt."

Tommy glaubte zunächst, sich verhört zu haben.

„Arsen?"

„Ich bin mir sicher, dass Eustace vergiftet wurde. Ich weiß nicht genau, mit welcher Substanz, aber Arsen ist eine gute Vermutung. Das ist in großen Häusern in der Regel reichlich vorhanden, aber wenn die Bediensteten hier so gründlich arbeiten wie Annie, dann wird es

Aufzeichnungen darüber geben, wieviel von welchen Substanzen verwendet wird. Die Menschen machen sich dieser Tage größere Sorgen um Giftstoffe im Haushalt, und Bedienstete sorgen gern dafür, dass sie abgesichert sind.“

„Du willst also wissen, ob etwas fehlt?“

„Ja, und auch, wieviel. Falls du herausfinden solltest, dass nichts fehlt, muss ich noch einmal neu darüber nachdenken.“

Tommy musste das alles verdauen.

„Wer sollte Eustace töten wollen, Clara?“

Clara blickte am Haus empor und spürte einen Schauer, der ihr über den Rücken rann.

„Oh, Tommy, wenn man von uns beiden einmal absieht, lautete die bessere Frage wohl eher: Wer nicht?“

Kapitel 19

Der Weg zur Kirche führte etwa zwei Kilometer bergauf. Clara fuhr die Straße hinauf, doch das Fahrrad schien die ganze Zeit gegen sie anzukämpfen. Sie fragte sich, warum sie es je für eine gute Idee gehalten hatte, sich das verdammte Ding auszuleihen. Hinter einer Kurve ragte die Kirche vor ihr auf. Mit dem steinernen Turm und dem langen Kirchenschiff war sie weit und breit das größte Gebäude. Clara hielt wackelig neben dem Tor des Kirchengeländes an, stieg ab und geriet ein wenig in Verlegenheit, als sich ihr Rock am Sattel verfing. Zum Glück war niemand in der Nähe, der das hätte sehen können.

Die Kirche selbst war auch menschenleer. Clara schaute sich um und warf sogar einen Blick in die Sakristei, weil sie glaubte, dort vielleicht jemanden zu finden, doch sie war allein. Sie kehrte zum Tor zurück, wo sich ein schwarzes Brett befand. Sie überflog die verschiedenen Aushänge zu den Gottesdiensten, Chorproben, Gemeindeessen und verschiedenen Möglichkeiten, um Geld zu spenden, bis sie die Adresse des Vikars fand.

Sie holte das Fahrrad und beschloss, es zu schieben, da es abermals ein Stück bergauf ging. Sie wusste nicht genau, wo diese Adresse zu finden war, ging aber davon aus, dass sich das Pfarrhaus in der Nähe der Kirche befinden musste. Die Straße wand sich um die Kirche, sodass die beinahe auf ihrer eigenen Insel aus Gras stand, dann folgte eine Linkskurve und sie lief an drei Arbeitercottages vorbei. Kleine Kinder spielten im Staub am Straßenrand und am hinteren der Cottages fegte eine Frau vor der Türschwelle. Clara trat an sie heran.

„Guten Morgen, könnten Sie mir sagen, wie ich zum Haus des Vikars komme?"

Die Frau hob den Blick. Sie musste etwa achtundzwanzig oder dreißig sein, wirkte aber ausgelaugt und müde. Sie wischte sich mit dem Handrücken eine Strähne aus der Stirn.

„Noch ein Stück die Straße entlang, doch er ist nicht da."

„Ah." Clara war niedergeschlagen. So viel zu ihren Plänen für diesen Vormittag. „Wann wird er wieder da sein?"

„Wer weiß. Vermutlich erst wieder am Wochenende, so ist es normalerweise."

Clara starrte die Frau verdutzt an.

„Wo ist er?"

Die Frau zuckte mit den Schultern.

„London."

„Und dort fährt er häufiger hin?"

„Jede Woche, zwischen den Sonntagen."

Clara bemerkte, dass sie vor Staunen in Schweigen verfallen war.

„Hat er dort Familie?"

„Wer weiß." Die Frau zuckte erneut mit den Schultern. „Ich weiß nur, dass er regelmäßig wie ein Uhrwerk montagmorgens nach London aufbricht und freitags zur Teezeit hierher zurückkommt. Mir passt das besser als manche dieser aufdringlichen Geistlichen. Und der Gemeindevorsteher kümmert sich um die Kirche."

Clara wusste nicht, was sie sagen sollte. Von etwas Bizarrem wie einem Vikar, der nur am Wochenende in seiner Gemeinde auftauchte, als wäre sie ein Urlaubsort, hatte sie noch nie gehört! Sie war sich nicht sicher, ob die anglikanische Kirchenobrigkeit das gutheißen würde, doch er tat auch nichts Verwerfliches, abgesehen davon, seine Gemeinde zu vernachlässigen.

„Warum wollten Sie zu ihm?" Die Frau musterte Clara, als wäre sie solche Fragen gewohnt und hätte bereits eine Ahnung, was Clara hier suchte.

„Ich wollte mit ihm sprechen", sagte Clara aufrichtig.

Die Frau stellte ihren Besen gerade hin und stützte sich darauf wie auf einen Gehstock.

„Ich habe die Adresse von Mrs. Patterson, wenn Sie die wollen", sagte sie.

„Mrs. Patterson?"

„Die Dame, die die Sache für den Vikar erledigt. Ich persönlich würde es nicht empfehlen, aber wenn ihr Mädchen euch in Schwierigkeiten bringt." Sie machte ein abschätziges Geräusch.

Clara begriff, wovon die Frau sprach. Sie wusste also von den anderen Diensten, die der Vikar anbot.

„Das klingt, als würde es Sie nicht überraschen."

„Es kommen ständig Frauen her." Sie wirkte gelangweilt. „Ganz unterschiedliche Frauen, aber die meisten haben ein kleines Problem. Meine Nachbarin nimmt sie manchmal auf, wenn es sie schlimmer erwischt. Ich weigere mich allerdings. Man weiß nie, in welche

Geschichten man da reingerät. Was, wenn eines der Mädchen stirbt? Eine solche Behandlung kann tödlich sein."

„Ich weiß", gab Clara zu.

„Dann folgen Sie meinem Rat und mischen Sie sich nicht in den Lauf der Natur ein. Wenn Gott entscheidet, dass Sie ein Kind bekommen sollen, wer sind wir dann, ihn in Frage zu stellen?"

„Ich hätte Sie nicht für eine Christin gehalten."

„Oh, ich glaube durchaus an Gott." Die Frau streckte den Rücken durch. „Ich bin bloß nicht für den Kram mit der Religion zu haben. All diese aufgeblasenen Leute, die mir etwas über meine Sünden erzählen, während die Hälfte ihrer Töchter hier bei einem ‚Gespräch' mit dem Vikar landet."

„Nun, wenn es Sie beruhigt, ich gehöre nicht zu diesen jungen Frauen." Clara lächelte ein wenig, da sie Gefallen an der Frau fand.

„Was tun Sie dann hier?"

„Nun, ich schätze ..." Tatsächlich war sich Clara gar nicht sicher, was sie vorgehabt hatte. „Ich hatte wohl im Sinn, dem Vikar meine Meinung zu sagen, im Namen einer Freundin, die ein solches ‚Gespräch' mit ihm hatte."

„Geht es ihr gut?" Die Frau wirkte ehrlich besorgt.

„Ja, zum Glück. Aber ich würde die Adresse von Mrs. Patterson trotzdem nehmen, wenn Ihnen das nichts ausmacht."

Die Frau verschwand im Haus und tauchte mit einem Zettel wieder auf.

„Ich mag diese Frau nicht, wegen dem, was sie tut, aber ich schätze, das macht sie nicht zu einem schlechten Menschen." Sie reichte Clara den Zettel. „War das mit Ihrer Freundin vor kurzem?"

„Ja, das war erst vor kurzer Zeit."

„Doch nicht diese Frau mit der Nerzstola, oder? Ich hielt sie für etwas zu alt dafür, doch sie wirkte ein wenig blass."

Clara wäre beinahe zusammengezuckt. Sie musste erst nachdenken, ehe sie antworten konnte.

„War das am Samstag?"

Jetzt musste die andere Frau nachdenken.

„Ich schätze, ja. Ich stand hier am Fenster und schälte Kartoffeln." Sie deutete auf eine kleine Glasscheibe, hinter der eine Küche zu erahnen war. „Und ich sah sie vorbeilaufen."

„War das am frühen Abend?"

„Eher zur Essenszeit. Mein Ehemann kommt um sieben nach Hause, also koche ich kurz vorher."

„Kam sie auch zurück?"

„Ich habe sie nicht gesehen. Sobald es dunkel wird, ziehe ich die Vorhänge zu, damit niemand hereinschauen kann. War das denn Ihre Freundin?"

Clara zögerte, da sie nicht zu viel enthüllen wollte.

„Nein, die Ehefrau meines Cousins."

„Was hatte sie dann hier oben zu suchen?"

Clara schüttelte den Kopf.

„Das wüsste ich auch gern. Soweit ich weiß, sollte sie hier nichts verloren haben."

Die Frau musterte sie neugierig, dann schien sie zu dem Schluss zu kommen, dass die Sache nicht ihr Problem war, und machte sich wieder ans Fegen.

Clara folgte der Straße noch ein Stück und entdeckte bald den roten Ziegelbau des Pfarrhauses. Sie stellte ihr

Fahrrad an die Gartenmauer und betätigte den Türklopfer. Sie erwartete keine Reaktion, da sie nicht davon ausging, dass Reverend Draper eine Haushälterin beschäftigte, wenn er so selten hier war. Vermutlich kam nur am Wochenende eine Dame vorbei, die ihm Essen machte und putzte. Clara schlenderte an der Vorderseite des Hauses entlang und schaute in ein Fenster. Sie erblickte ein gut ausgestattetes Wohnzimmer, doch es war sehr ordentlich und schmucklos. Hinter dem nächsten Fenster sah sie ein ebenso leeres Esszimmer. Verwelkte Blumen standen in einer Vase auf dem Tisch.

Clara lief zur rechten Seite des Hauses und schaute dort ins Fenster, wo sich ihr ein durchaus benutzt wirkendes Arbeitszimmer auftat. In den Regalen standen etliche Bücher und auf dem Schreibtisch sah sie mehrere ordentliche Blätterstapel. Abgesehen davon gab es keine Lebenszeichen. Sie trat einen Schritt zurück und schaute nach oben, ohne zu wissen, was sie dort finden wollte. Die Vorhänge der oberen Zimmer waren zugezogen.

Clara gab auf. Das Haus war hinter Schloss und Riegel, abgesichert aber leer. Bis der Vikar am Wochenende zurückkam, würde sie hier keinen Erfolg haben. Sie schnappte sich das Fahrrad und verschwand.

Die Fahrt bergab war sehr viel angenehmer, abgesehen von den Hunden und Katzen, die ihr vereinzelt vors Rad liefen, sodass sie ausweichen oder abrupt bremsen musste. Erstaunlicherweise schaffte Clara es unfallfrei bis nach unten ins Dorf, wo das Gelände ebener wurde und sie wieder in die Pedale treten musste. Sie kam vor der Polizeiwache zum Stehen und fand, dass sie damit ihr schreckliches Erlebnis im Fahrrad-unterricht mehr als wettgemacht hatte.

Clara schob das Rad zur Tür hinein und begrüßte den Sergeant hinter dem Empfangstresen.

„Ich bringe dieses Fahrrad eines Ihrer Constables zu-rück.“

„Das wäre dann Stan.“ Der Sergeant musterte das Rad mürrisch. „Nach der Fahrt im Leichenwagen war ihm ganz anders.“

„Aber er ist wohlbehalten hier angekommen?“

„Ja.“

„Gut. Könnte ich bitte mit dem Inspector sprechen?“

Der Sergeant warf ihr einen eigenartigen Blick zu, wie er wohl nur Menschen mit zweifelhaftem Charak-ter vorbehalten war, und sprang dann auf, um zum In-spector zu gehen. Einen Augenblick später kehrte er zu-rück und richtete Clara aus, dass sie sofort zu ihm ge-hen könne. Clara lehnte das Fahrrad an den Emp-fangstresen, lächelte den Sergeant an und eilte nach oben.

Jennings tippte gerade halbherzig einen vorläufigen Bericht über den Fall, als Clara sein Büro betrat.

„Das Labor wird erst morgen Ergebnisse liefern und der Gerichtsmediziner wird noch länger brauchen“, sagte er kurzangebunden.

„Nun, das ist enttäuschend, aber zum Glück nicht der Grund für mein Kommen.“

Jennings schaute sie an.

„Sollte ich aufgeregt oder bestürzt sein?“

„Ich weiß es nicht.“ Clara setzte sich. „Es ist recht merkwürdig. Anscheinend hat Shirley am Samstag-abend Reverend Draper in seinem Haus aufgesucht.“

„Das hat er Ihnen erzählt?“

„Nein, er ist nicht im Pfarrhaus, doch eine seiner Nachbarinnen sah Shirley auf dem Weg dorthin.“

Jennings lehnte sich auf seinem Stuhl zurück.

„Ich schätze, es spricht nichts dagegen, dass sie wie alle anderen beim Vikar religiösen Beistand und Trost sucht.“

„Möglich, aber ich glaube, Sie sollten sich den illustren Draper ein wenig genauer ansehen.“

Jennings Augen funkelten.

„Fahren Sie fort.“

Clara zog den Zettel mit Mrs. Pattersons Adresse aus der Handtasche und legte ihn auf den Tisch.

„Es würde mich überraschen, wenn in dieser Polizeiwache nichts gegen diese Frau vorliegt. Sie führt eine Abtreibungsklinik, wenn man es so nennen kann, und der gute Reverend hilft ihr dabei.“

Jennings pfiff durch die Zähne, während er auf den Zettel schaute.

„Sind Sie sich da sicher?“

„Ich habe eine tadellose Zeugin. Und außerdem hat seine Nachbarin alles bestätigt. Sie war es sogar, die mir die Adresse gab.“

„Was hat der Reverend mit dieser Sache zu tun?“

„Wenn ich es freundlich auslege, würde ich sagen, dass er das aus einem verzerrten Sinn für christliche Nächstenliebe heraus tut. Doch im schlimmsten Fall ist er mehr als bloß ein schmieriger Profiteur. Er verlangt natürlich Geld, wenn er die jungen Frauen an Mrs. Patterson verweist.“

„Direkt hier, vor unserer Nase.“ Der Inspector schüttelte den Kopf. „Warten Sie einen Moment.“

Er ging zur Tür und rief nach dem Sergeant. Als der Polizist auftauchte, schien er sich unbehaglich zu fühlen. Clara fragte sich, ob er glaubte, Ärger zu bekommen.

„Sergeant, gibt es eine Akte über eine Frau namens Mrs. Patterson?"

Der Sergeant zuckte überrascht zusammen.

„Ja, Sir." Er trat an den Aktenschrank in diesem Raum und blätterte die Ordner durch. „Wir haben sie schon seit einer Weile im Visier."

Er fand die Akte und überreichte sie.

„Weshalb?", fragte Jennings, als er die Akte entgegennahm.

„Nun ..." Der Sergeant warf einen Blick auf Clara.

„Bitte, Sie müssen meinetwegen nicht schüchtern sein", sagte Clara lieblich. „Sie würden staunen, wenn Sie wüssten, was mir schon Schreckliches zu Ohren gekommen ist."

„Kommen Sie schon, Sergeant", drängte Jennings.

„Mir sind nur Einzelheiten bekannt, aber wir glauben, dass sie in ihrem Haus zwielichtigen Aktivitäten nachgeht."

„Und zwar?"

Der Sergeant schaute noch einmal zu Clara und trat mit Unbehagen von einem Bein aufs andere.

„Abtreibungen, Sir. Wir können ihr nichts nachweisen. Es gibt keine junge Frau, die aussagen will. Wir glauben, dass sie ohnehin nicht von hier stammen, deshalb verschwinden sie wieder nach Hause, sobald alles vorüber ist. Sie ist sehr verschwiegen. Wir haben schon ein oder zwei Mal eine Hausdurchsuchung gemacht, aber nichts gefunden. Sie hat einen Komplizen, einen unbekannten Mann."

Jennings warf Clara einen vielsagenden Blick zu.

„Zu ihm haben Sie gar nichts?"

„Er bringt die jungen Frauen hin, doch wir haben sein Gesicht nie gesehen. Diese Dinge passieren nachts. Außerdem haben wir nicht genug Leute, um rund um die Uhr Ausschau zu halten."

„Nun gut, Sergeant. Danke für die Erklärung. Sie können auf Ihren Posten zurückkehren." Jennings schloss den Aktenordner, als der Sergeant den Raum verließ. „Wer hat Ihnen davon erzählt, Clara?"

„Das würde ich lieber für mich behalten." Das Ganze schien Clara schon jetzt ein wenig über den Kopf zu wachsen, doch sie wollte auf keinen Fall Susans Vertrauen missbrauchen. Mord, eine illegale Abtreibungsklinik und der verdächtige Tod von Eustace – hier lief alles aus dem Ruder.

„Wie verstrickt sich ein Vikar in eine solche Angelegenheit?" Jennings hatte sich wieder auf seinem Stuhl zurückgelehnt und fragte sich, ob es Zeit für eine Zigarette war. „Das ist nicht das gewöhnlich Territorium eines Geistlichen."

„Reverend Draper scheint mir auch kein gewöhnlicher Vikar zu sein. Wussten Sie, dass er den Großteil der Woche in London verbringt und nur herkommt, um den Gottesdienst zu veranstalten? Das ist sehr ungewöhnlich."

Jennings nickte.

„Ich frage mich, was er in London tut."

„Mir macht es große Sorgen, dass Shirley auf dem Weg zum Pfarrhaus war. Warum wollte sie zu ihm?

Wir wissen, dass sie keine Abtreibung in die Wege leiten musste, und Sie stimmen mir hoffentlich zu, dass sie der Beweislage nach auch nicht auf der Suche nach geistlichem Beistand war.“

„Was bleibt dann noch?“

„Ich weiß es nicht.“ Clara seufzte. „Sie werden etwas gegen den Vikar und diese Mrs. Patterson unternehmen, oder? Wer weiß, wie viele junge Frauen sie im Rahmen ihrer ‚Hilfe‘ schon getötet haben!“

„Überlassen Sie das mir, Miss Fitzgerald. Ich werde sehen, ob ich unseren schwer zu erreichenden Vikar in London aufspüren kann. Und dann können wir uns überlegen, was wir wegen Mrs. Patterson unternehmen.“

„Dann bleibt nur noch Eustace.“

„Alte Männer sterben.“ Jennings zuckte mit den Schultern. „Traurig aber wahr.“

„Ich glaube, dass Eustace ermordet wurde, doch Sie brauchen natürlich mehr als nur meinen Verdacht, um mir zustimmen zu können.“

„Miss Fitzgerald, Sie haben mich wieder einmal durchschaut. Doch die Tatsache, dass ich diese Untersuchungen angeordnet habe, sollte Ihnen zeigen, wie ernst ich Ihren Verdacht nehme.“

Das war wohl das größte Kompliment, das Clara von Jennings erwarten konnte. Sie musste lächeln.

„Wir sehen uns später, Inspector. Bitte danken Sie Ihrem Constable dafür, dass ich mir sein Fahrrad ausleihen durfte.“

„Ja, aber noch einmal schicken Sie meine Beamten nicht im Leichenwagen zurück. Er zitterte unaufhörlich, als er hier eintraf." Jennings gluckste. „Wir konnten ihm nur mit etwas Brandy helfen."

„Also wirklich!", ächzte Clara. Sie hätte beinahe gelacht, als sie die Treppe hinunterstieg und zum Haus zurückkehrte.

Kapitel 20

Annie präsentierte Clara die große Blechdose, als würde es sich um die Kronjuwelen handeln. Clara öffnete sie behutsam und schaute sich die Tüten mit weißem Pulver im Inneren an.

„Fehlt etwas?"

„Die Köchin sagt, es sollten einhundert Unzen darin sein."

„Und?"

„Wir haben nur fünfundsechzig gewogen."

Clara blickte auf die tödliche Substanz in ihren Händen. Man brauchte keine fünfunddreißig Unzen Arsen, um einen Menschen zu töten.

„Was, wenn man über die Zeit Teelöffel um Teelöffel herausgenommen hat?"

„Daran haben wir auch schon gedacht." Annie lächelte stolz. „Wir haben es getestet, und ein Teelöffel wären etwa vier bis fünf Gramm. Außerdem wäre es sehr einfach gewesen, so vorzugehen. Jemand behauptet, in die Speisekammer zu gehen, um sich einen Löffel Zucker in den Kakao zu tun, und nimmt stattdessen etwas Arsen für Eustaces Tonic Water. Das wäre doch deine Vermutung, nicht wahr, Clara?"

„Ja." Clara schloss vorsichtig den Deckel der Blechdose. Es hatte etwas Gruseliges an sich, eine solche Menge Gift vor sich zu sehen und zu wissen, dass sich in beinahe jedem Haushalt ein ähnlicher Vorrat befand. Wer brauchte einhundert Unzen Gift; beinahe drei Kilogramm? Welcher Apotheker würde eine solche Menge einfach verkaufen? Es gab Gesetze, die so etwas regulieren sollten, doch natürlich konnte man sich in großen Häusern damit herausreden, viele Ratten und Mäuse zu haben, mit denen man fertigwerden musste; vom Garten ganz zu schweigen.

„Könnte eine Verwechslung vorgelegen haben?"

„Nein, da ist die Köchin sehr gründlich. Sie bewahrt das Arsen in einem eigenen Schrank auf, abseits der Lebensmittel."

„Es war also kein Unfall." Clara ließ den Kopf hängen und wünschte sich, sie wäre niemals hergekommen.

Sie saßen in Tommys Schlafzimmer und besprachen die Ereignisse der vergangenen Tage. Clara hatte Annie auf den neusten Stand gebracht und dann von ihrem Vormittag berichtet. Sobald sie über Reverend Draper und Susans Zustand berichtet hatte, erzählte Tommy von den Abenteuern, die er mit Annie erlebt hatte. Nicht dass es sonderlich abenteuerlich gewesen wäre. Die Köchin hatte nur zu gern mit ihnen kooperiert, das Abwiegen des Arsens hatte allerdings für ein wenig Aufsehen gesorgt.

„Also, wen hast du im Verdacht?", fragte Tommy forsch.

Clara hatte die Augen geschlossen und dachte über die Tatsache nach, dass man andere Menschen niemals wirklich kannte, selbst die eigene Verwandtschaft nicht. Sie schlug vorsichtig die Augen auf.

„Ich verdächtige jeden, aber ganz oben auf meiner Liste steht Glorianna."

„Sie hat Eustace gehasst." Tommy nickte.

„Und es würde nicht seltsam wirken, wenn die Dame des Hauses in die Küche kommt. Die Gegenwart eines Mannes wäre eher aufgefallen", merkte Annie an.

„Wohl wahr. Aber wir können auch Peg und Susan nicht ausschließen."

„Die beiden scheinen kein allzu gutes Motiv zu haben." Clara seufzte. „Es sei denn, sie haben von Eustaces Testament erfahren. Doch das bezweifle ich."

„Aber wie passt das mit dem Vikar und dieser Shirley zusammen?", fragte Annie.

„Da bin ich mir nicht sicher." Clara schloss wieder die Augen. „Ich weiß nicht, ob irgendetwas davon zusammenpasst."

„Nun, dann lasst uns oben anfangen. Shirley Cox taucht aus dem Nichts auf und ruiniert Andrew Campbells Hochzeit, dann wird sie tot aufgefunden. Am Abend ihres Todes wurde sie auf dem Weg zu einem Besuch bei Reverend Draper gesehen, den Susan wegen einer Abtreibung aufgesucht hatte. Das ist die erste Verbindung." Tommy streckte einen Finger in die Höhe. „Wir wissen nicht, warum sie Reverend Draper besuchte, doch unter den gegebenen Umständen wirkt es recht eigenartig. Allerdings scheint Andrew immer noch der Hauptverdächtige für den Mord an Shirley zu sein."

„Das ist keine starke Verbindung. Wie passt Eustace in dieses Bild?"

„Darüber habe ich mir wirklich den Kopf zerbrochen. Eustace hat mir gegenüber sehr offen seine Meinung zu der ganzen Sache gesagt. Was, wenn er auch noch einer anderen Person gegenüber so offen war, die ihn daraufhin als gefährlich einstufte?"

„Ich bin mir nahezu sicher, dass Glorianna bei seinem Tod die Finger im Spiel hatte." Clara rieb sich die Stirn. „Sie war so nervös wegen dieses verdammten Kruges."

„Falls er vergiftet wurde, könnte das auch nur ein Zufall gewesen sein", merkte Annie an.

„Stellen wir Eustace hinten an, bis wir belastbare Fakten haben", stimmte Clara ihr zu. „Draper macht mir immer noch Sorgen. Wie ist er überhaupt mit dieser Mrs. Patterson in Kontakt gekommen?"

„Es ist wirklich eigenartig. Ich glaube nicht, dass ich ihn auf einer Hochzeit würde sehen wollen." Annie erschauderte.

Als sie in Schweigen verfiel, klopfte jemand zaghaft an die Tür.

„Herein", rief Tommy.

„Ist Clara da drinnen?", rief jemand mit unsicherer Stimme, ohne die Tür zu öffnen.

„Das ist Susan." Clara schaute die beiden anderen an und fragte sich, was jetzt vorgefallen war. „Komm rein, Susan!"

Susan öffnete schüchtern die Tür. Sie sah schrecklich blass aus und hatte sich ein langes, dickes Schultertuch umgelegt, das sie wie ein Schleier einhüllte.

Clara sprang auf, als sie die junge Frau erblickte, legte ihr sanft einen Arm um die Schultern, führte sie in den Raum und schloss die Tür hinter ihr.

„Warum bist du nicht im Bett?"

„Ich möchte jetzt gleich mit meinem Vater sprechen. Ich kann nicht länger warten" Susan warf Clara einen gequälten Blick zu. „Wirst du mich begleiten? Sie sind alle im Salon. Peg und Andrew sind auch da. Ich glaube, es ist besser, wenn die ganze Familie anwesend ist. Ich hoffe, dass Peg für mich einstehen wird."

„Nun gut." Clara nickte. „Bist du dir sicher?"

„Nicht wirklich, doch ich kann nicht noch länger warten. Ich liege im Bett und mache mir ununterbrochen Sorgen. Wenn ich es hinter mich bringe, weiß ich wenigstens, wo ich stehe."

„Hast du irgendeine Ahnung, wie dein Vater darauf reagieren wird?"

Susan zuckte leicht mit den Schultern.

„Ich glaube, ich mache mir größere Sorgen wegen Glorianna. Sie war heute nicht sie selbst."

„Nun, Glorianna kann dir egal sein. Sie ist nicht deine Mutter." Clara drückte Susan beruhigend. „Komm, gehen wir die Suppe auslöffeln."

Clara und Susan begaben sich zum Salon, wo sich der Rest der Familie versammelt hatte. Es war eine verdrießliche Runde und das würde sich mit Susans Ankündigung nicht verbessern.

Glorianna wirkte regelrecht krank und lief mit einem Glas Sherry in der Hand herum. Hogarth rauchte und hing seiner eigenen Trauer nach. Peg las und wirkte von allen hier am ruhigsten, wenngleich sie immer wieder zu ihrem Vater schaute, als müsste sie überprüfen, ob er noch da war. Andrew stand am Kamin und tippte mit seiner Zigarette auf den marmornen Kaminsims und beobachtete Glorianna. Ein Schauer überkam Susan, als sie die versammelte Gruppe sah. Clara hatte sich bei Susan eingehakt, stand stoisch neben ihr und lächelte ihr aufmunternd zu, um die junge Frau daran zu erinnern, dass sie bei ihr war.

Susan war mutiger, als man hätte annehmen können. Sie zögerte, doch sie würde keinen Rückzieher machen. Es wäre viel schlimmer, jetzt nach oben zu gehen und sich Sorgen zu machen, als sich dem Zorn der Familie zu stellen. Trotz allem war sie sehr froh darüber, Clara an ihrer Seite zu haben.

Susan hüstelte.

„Dürfte ich euch kurz etwas sagen?"

„Susan, wir sind gerade alle sehr abgelenkt." Glorianna hielt nicht einmal an, um ihre Stieftochter anzuhören.

„Ich denke, ihr werdet es hören wollen", sagte Clara. Ihr Ton ließ alle außer Glorianna zu ihr schauen.

„Ist irgendetwas vorgefallen?" Hogarth sprach mit belegter und erschöpfter Stimme. Er schien ganz benommen zu sein, als er seine jüngste Tochter anschaute.

„Es tut mir leid, Vater, aber ich habe Neuigkeiten, die dir nicht gefallen werden." Susan schluckte.

Glorianna war endlich stehengeblieben und starrte sie an.

„Was hast du angestellt?", blaffte sie vorwurfsvoll.

Susan ignorierte sie und konzentrierte sich ganz auf ihren Vater. Sie musste mit aller Kraft ihre Nervosität überwinden, um die Worte auszusprechen, die sie so dringend äußern wollte. Es dauerte einen Augenblick, bis ihr Mund ihr gehorchte.

„Ich bin schwanger."

Der Raum war in hellem Aufruhr. Glorianna kreischte, das Sherryglas flog ihr aus der Hand und traf Andrew seitlich am Kopf, woraufhin er sie beschimpfte und die Finger auf die blutende Wunde drückte. Peg ließ ihre Zeitschrift fallen, keuchte erstaunt und applaudierte ihrer Schwester dann lachend. Da sich niemand um Andrew kümmern wollte, holte Clara ein Taschentuch hervor und presste es fest gegen seinen Kopf. Glorianna schluchzte und schrie und schaute sich im Raum nach jemandem um, der ihr eine Lösung für dieses Dilemma bieten konnte. Plötzlich zeigte sie auf Susan.

„Du!"

Doch Hogarth unterbrach, was auch immer sie hatte sagen wollen, indem er eine Hand hob und seine Frau zum Schweigen brachte. Er hatte sich seit der Ankündigung nicht bewegt und kein Wort gesagt. Er schaute seine Tochter einfach nur an. Erst neugierig, dann mit traurigem Verständnis.

„Meine arme Susan", murmelte er sanft. „Was ist dir zugestoßen?"

Er stand auf und umarmte seine Tochter.

„Ich habe dich nicht gut genug im Auge behalten." Er unterdrückte ein Schluchzen. „Wer ist der Schuft?"

„Ich kenne ihn nicht wirklich. Er hat mich ausgenutzt. Ich wusste gar nicht wirklich ..." Jetzt weinte Susan auch. „Er forderte mich zum Tanz auf, und ich hatte keine Ahnung, wohin das führen würde ..."

„Es ist in Ordnung, mein Schätzchen, schon in Ordnung." Hogarth hielt sie fest und streichelte ihr übers Haar. „Alles wird gut."

„Hogarth!", blaffte Glorianna. Sie konnte ja nicht ewig den Mund halten. „Das Mädchen ist eine Schande! Der Name Campbell wird ruiniert sein."

„Oh, halt die Klappe, Glory!", knurrte Andrew und zuckte zusammen, als Clara den Stoff wieder fester auf seine Wunde drückte. „Ich habe den Familiennamen längst ruiniert. Susans Schwangerschaft ist nichts gegen meine zwei Ehefrauen, von denen eine ermordet wurde."

„Nicht so vulgär!", jammerte Glory. Sie verlor die Beherrschung. „Das ist doch skandalös, ihr alle seid skandalös! Ich kann mir keine schlimmeren Stiefkinder ausmalen. Peg kleidet sich wie ein Mann, Andrew ist ein Mörder und jetzt ist Susan auch noch schwanger von einem Mann, den sie nicht einmal kennt! Ihr seid alle derart frevelhaft!"

„Glorianna, sei still!" Hogarths Brüllen brachte alle zum Schweigen. Sein Gesicht war vor Wut verzerrt. „So sprichst du nicht von meinen Kindern. Sie haben ihre Fehler gemacht, doch sie sind nicht frevelhaft, und mein Sohn ist kein Mörder!"

Glorianna schrie ihren Mann an wie eine Banshee, schnappte sich ein Kissen und warf damit nach ihm, ehe sie mit tränenüberströmtem Gesicht aus dem Raum rannte.

„Wenn sie glaubt, dass ich ihr folge, hat sie sich gehörig geschnitten." Hogarth hatte immer noch seine Tochter im Arm. „Setz dich, Susan, und lass uns darüber reden. Ich bin mir sicher, dass wir eine Lösung finden können."

Hogarth setzte sich mit Susan auf das Sofa und Peg gesellte sich zu ihnen. Sie nahm die Hand ihrer Schwester und gab ihr einen sanften Kuss auf die Wange.

„Du dummes Mädchen. Du hättest es mir sagen können! Ich bin eine moderne Frau." Sie grinste.

Clara war immer noch damit beschäftigt, Andrew zu helfen. Jetzt, da sich die Situation beruhigt zu haben schien, beschloss sie, sich ganz auf ihn zu konzentrieren.

„Lass uns etwas Eis auf die Schwellung legen und schauen, dass wir die Blutung stoppen", kommandierte sie, wobei sie mühelos ihre alte Schwesternstimme wiederfand.

Andrew ächzte als Antwort. Sie nahm seine Hand, während sie mit der anderen immer noch das Taschentuch an seinen Kopf drückte, und führte ihn den Flur entlang in Richtung Küche.

Die Bediensteten waren noch zugegen und ein Dienstmädchen keuchte, als sie Andrews Kopfverletzung sah. Ihnen musste es so vorkommen, als wäre die gesamte Familie wahnsinnig geworden. Wer würde wohl als nächstes umgebracht werden? Die Köchin erwies sich zum Glück als pragmatisch. Sie kam sofort herbei und fragte Clara, was sie brauche.

„Kaltes, sauberes Wasser und Tücher. Iod, wenn Sie es haben, einen Eisbeutel und Verbandszeug", wies Clara sie an, während sie Andrew auf einem Stuhl Platz nehmen ließ.

„Sollte es mir Sorgen machen, dass du dich so gut mit Kopfwunden auskennst?", fragte Andrew, als die Köchin sich entfernte.

„Ich war während des Krieges eine Krankenschwester", erklärte Clara. „Lass uns dieses Taschentuch wegnehmen und schauen, womit wir es zu tun haben."

Der Schnitt war eher oberflächlich, nicht allzu tief, doch Kopfverletzungen konnten zu hohem Blutverlust führen und weniger robuste Menschen in die Ohnmacht treiben. Tatsächlich waren Kopfverletzungen Claras Angstgegner. Im Krankenhaus von Brighton war sie dafür bekannt gewesen, beim Anblick von blutverschmierter Kopfhaut ohnmächtig zu werden, wofür sie von den anderen Krankenschwestern verhöhnt worden war. Eigenartigerweise hatte Andrews Wunde nicht die gleiche Wirkung auf sie. Clara fragte sich, ob sie mit den Jahren widerstandsfähiger geworden war, oder ob es nur daran lag, dass sie ihm nicht mehr würde helfen können, wenn sie jetzt auf dem Boden zusammenbräche. Außerdem könnte sie es nicht ertragen, vor Andrew Campbell das Bewusstsein zu verlieren.

Die Köchin kehrte mit einer Schüssel Wasser zurück. Clara säuberte die Wunde und wusch Andrew so gut wie möglich das Blut aus dem Haar, ehe sie sich den Schnitt genauer anschaute. Sie griff nach der Iodflasche.

„Ist das wirklich nötig?" Andrew warf ihr einen traurigen Blick zu.

Sie betrachtete die Wunde erneut, dachte einen Augenblick darüber nach und gab Andrew stattdessen den Eisbeutel, den er sich auf die Stelle drückte.

„Es ist nicht so schlimm, und die Kälte wird dabei helfen, die Blutung zu stoppen." Sie setzte sich auf den Stuhl neben Andrew. „Ich werde dich noch einen Moment im Auge behalten, wenn das in Ordnung ist, für den Fall, dass dir schwindelig wird oder du das Bewusstsein verlierst. Kopfverletzungen, auch die kleinen, können eigenartige Wirkungen entfalten."

„Ich weiß, das habe ich im Krieg oft genug zu Gesicht bekommen." Andrew presste sich das Eis an den Kopf und stellte fest, dass er recht erleichtert war, weil Clara ihm zu Hilfe gekommen war. Er suchte nach den richtigen Worten. „Es war ... nett von dir, mir zu helfen."

„Niemand sonst hat sonderlich pragmatisch reagiert." Clara zuckte mit den Schultern.

„Meine Familienmitglieder sind nicht pragmatisch", antwortete Andrew. „Ich nehme an, Susan hatte sich dir bereits anvertraut?"

„Ja. Ich habe mir seit dem Vorfall vor einigen Nächten Sorgen um sie gemacht und sie im Auge behalten."

„Auch dafür sollten wir dankbar sein. Niemand von uns hat der armen Susan viel Aufmerksamkeit geschenkt." Andrew verspürte leichte Übelkeit. „Das war ein satter Treffer, den Glory da gelandet hat."

„Ich hätte nicht damit gerechnet, dass sie so wütend werden kann."

„Du kennst sie nicht." Andrew bekam ein Lächeln zustande.

„Eustace hat mir genau das Gleiche erzählt." Clara verspürte ein vertrautes Unbehagen. „Er sagte, Glorianna sei manipulativ, kontrollsüchtig und aufmerksamkeitshungrig. Ich hatte ihm nicht glauben wollen."

„Aber Eustace hatte recht. Glory besitzt all diese schlechten Eigenschaften und noch mehr. Sie ist gehässig, hinterlistig und kann wirklich gemeine Dinge sagen, wenn sie will."

Clara starrte ins Nichts und versuchte, ihre Gedanken zu ordnen.

„Ich persönlich glaube, dass es zum Teil auch Gloriannas unfreundliche Art war, die Susan dazu getrieben hat, in den Fluss zu springen. Sie hat Angst vor ihr."

„Damit ist jetzt Schluss. Ich werde auf Susan aufpassen", sagte Andrew mit überraschendem Ernst. „Ich habe meine eigene Familie vernachlässigt."

„Darf ich fragen, warum, Andrew? Warum hast du dich von den Menschen distanziert, denen du so viel bedeutest?“ Clara rechnete damit, dass er ihr sagen würde, sich um ihren eigenen Kram zu kümmern. Sie hatte ihr Glück eindeutig überstrapaziert, doch wie es schien, hatte sich Andrew seit ihrer Verarztung ein wenig für sie erwärmt.

„Ich weiß nicht, warum. Es fällt mir einfach leichter, nicht viel mit ihnen zu sprechen.“

„Ich frage mich, welche Menschen ohne den Krieg aus uns allen geworden wären.“

„Es ist nicht nur der Krieg.“

„Nein?“

„Du hast doch bestimmt schon gehört, wie Glory sich meinen Vater geschnappt hat, oder?“ Andrew versuchte, den Kopf zu schütteln, bereute es aber auf der Stelle, da der Raum vor seinen Augen verschwamm. „Sie war die Sekretärin meines Vaters. Ich behaupte nicht, dass die beiden eine Affäre hatten. Ich glaube, dafür war mein Vater zu anständig. Doch als mein Vater nach dem Tod meiner Mutter verletzlich war, hat sie zugeschlagen. Sie hat ihn dazu überredet, rasch zu heiraten, und hat sich für ihn unersetzlich gemacht, indem sie ihm sagte, dass seine Töchter immer noch eine Mutterfigur bräuchten.“

Andrew schnaubte.

„Ich habe Glory schon immer gehasst, aber das hat alles noch viel schlimmer gemacht.“

„Ich glaube, Eustace konnte sie auch nicht leiden“, sagte Clara vorsichtig. „Er hat angedeutet, dass sie den Tod deiner Mutter beschleunigt haben könnte.“

„Das wäre durchaus möglich, aber meine Mutter war sehr krank." Andrew seufzte. „Das hat alles umso schlimmer gemacht. Ich kämpfte Tag und Nacht in den Schützengräben, sah meine Freunde sterben und konnte nur daran denken, dass Glory zu Hause durch die Zimmer meiner Mutter spazierte und die Dinge meiner Mutter anfasste. Ich stellte mir sogar vor, sie würde meinen Vater gegen mich aufbringen. Darin habe ich mich geirrt."

„Ich glaube nicht, dass Hogarth so beeinflussbar ist", sagte Clara, um ihn zu trösten.

„Was ist mit dir? Hat Glory dich davon überzeugt, dass ich ein Mörder bin?"

Clara lächelte angespannt.

„Ich glaube nicht, dass du Shirley getötet hast, auch wenn ich keine Beweise dafür habe. Nenn es Instinkt. Aber du hast den Inspector angelogen."

„Habe ich?"

„Du hast ihm gesagt, du hättest Shirley nach der Hochzeit nicht mehr gesehen, doch ihre Vermieterin berichtete von einem Gentleman, dessen Beschreibung auf dich passt und der Shirley am Nachmittag noch aufgesucht hatte. Außerdem hat Shirley den Besuch in ihrem Tagebuch festgehalten."

Andrew wirkte eher amüsiert als beunruhigt.

„Meine Lügen fliegen immer auf", sagte er.

„Dann sag mir dieses Mal die Wahrheit. War das deine letzte Begegnung mit Shirley?"

„Ja. Leider war es so. Hör mal, Clara, wir hatten einen schlechten Start. Ich habe dich für eine neugierige Tratschtante gehalten, die gerne die Nase in

Angelegenheiten anderer Leute steckt. Ich begreife mittlerweile, dass ich falschlag."

„Oh, nein, du hattest durchaus recht." Clara lachte. „Doch ich mache das aus guten Gründen."

„Auf jeden Fall weiß ich jetzt, dass ich dich völlig falsch eingeschätzt habe. Du willst nur helfen, und vielleicht kannst du das auch. Diese Polizisten scheinen nicht so gründlich zu sein, wie alle glauben, und ich will, dass Shirleys Mörder geschnappt wird."

„Dann musst du mir vielleicht dabei helfen, sie ein wenig besser kennenzulernen. Das Opfer zu verstehen, liefert oft wichtige Hinweise auf den Täter. Würdest du mir von deiner letzten Begegnung mit Shirley erzählen?"

Andrew verzog das Gesicht. Clara war sich sicher, dass er sie gleich fortjagen würde, doch er sank niedergeschlagen auf seinem Stuhl zusammen.

„Unsere letzte Begegnung war recht unschön. Ich war bei ihr, um ihr Geld zu geben und über eine Scheidung zu sprechen. Ich war ihr gegenüber ein Schuft, das verstehe ich jetzt. Aber zu dem Zeitpunkt war ich so wütend und beschämt ..." Die bitteren Erinnerungen stürzten auf Andrew ein. „Ich ging hinein und sie freute sich sehr, mich zu sehen. Doch ich wollte mich nicht von ihr berühren lassen, deshalb wurde ich wütend und zeigte ihr das Geld. Ich sagte ihr, dass ich eine Scheidung will, und verlangte von ihr, sofort abzureisen. Sie weigerte sich. Ich versuchte, ihr das Geld in die Hand zu drücken, doch sie wollte es nicht annehmen. Sie sagte, sie wolle nur mich, nicht das Geld. Es sei ihr nie ums Geld gegangen. Ich war so wütend, dass ich nicht begriffen habe, wie bedeutsam das war. Ich hatte so lange geglaubt, sie hätte mich nur des Geldes wegen geheiratet, doch so war es nicht. Das verstehe ich erst jetzt, und mittlerweile ist es zu spät. Ich habe sie angeschrien. Sie lenkte nicht ein. Schließlich stürmte ich mitsamt meinem Geld aus dem Haus. Als ich Shirley das letzte Mal sah, weinte sie und flehte mich an, zu ihr zurückzukommen. Ich wollte nicht zu ihr zurück. Ich hatte das alles hinter mir gelassen."

Clara verstand ihn. Wenngleich sie Mitgefühl mit der glücklosen Shirley hatte, konnte sie auch für Andrew Mitgefühl empfinden. Seine Ehe und seine Frau waren mit den Eindrücken des Krieges belastet und er fühlte sich betrogen und war verwirrt. Er hatte nicht zu Shirley zurückkehren können, weil er sich diesem Teil seiner Vergangenheit nicht stellen konnte. Shirley war für ihn auf ewig mit den Schützengräben verbunden, mit Bombenhagel und Blutvergießen. Das war alles sehr traurig und nicht ungewöhnlich.

„Nachdem du gegangen bist, hat Shirley gegen halb fünf das Haus verlassen. Ich weiß nicht, was sie vorhatte, doch sie wurde auf der Straße zum Pfarrhaus gesehen. Was danach aus ihr wurde, weiß ich nicht. Ist dir irgendeine Verbindung zwischen ihr und Reverend Draper bekannt?"

Andrew dachte kurz nach.

„Nein", antwortete er dann knapp.

„Das ist alles sehr verwirrend. Was wollte sie dort oben?"

„Shirley war nicht religiös", pflichtete Andrew ihr bei. „Sie hat sich nicht für Gott interessiert."

„Ich schätze, sie hatte auch wenig, wofür sie dem himmlischen Vater hätte dankbar sein können. Die

Polizei hat ihren Koffer. Ich habe die Programmhefte ihrer Bühnenauftritte gesehen."

„Sie war eine gute Tänzerin; stand schon mit zwei Jahren auf der Bühne." Andrew lächelte beinahe, als er an die Geschichten dachte, die Shirley ihm erzählt hatte. „Sie ist zunächst zusammen mit ihren Eltern aufgetreten und hat dabei immer reichlich Beifall geerntet."

„Und dann? Ihre Bühnenkarriere scheint irgendwann geendet zu haben."

„Ihr Vater war Alkoholiker und starb, als sie zehn Jahre alt war. Ihre Mutter war sehr krank, deshalb hat Shirley weitergearbeitet, um sie zu unterstützen. Je älter sie wurde, desto mehr Konkurrenz um die Rollen gab es, und sie war nicht mehr das niedliche, kleine Mädchen von einst. Ihr ging langsam die Arbeit aus. Sie hatte Glück, wenn sie noch einen Platz in einer Tanzgruppe bekam. Das Theater ist ein grausamer Ort, wenn man dort seinen Lebensunterhalt verdienen muss. Die arme Shirley war keine Schauspielerin. Die besseren Rollen konnte sich nicht bekommen. Irgendwann hatte sie kein Geld mehr, und die Familie musste essen." Andrew verstummte. Der nächste Abschnitt in Shirleys Leben war unausweichlich.

„Ich denke, man kann sagen, dass Shirleys Erwachsenenleben nicht einfach war", bot Clara ihm zögerlich an.

„Tausend junge Frauen oder mehr sitzen im selben Boot. Shirley hat ihr Bestes getan. Sie stand immer noch auf der Bühne, wann immer sie die Gelegenheit bekam. Sie hatte allerdings einen typischen Cockney-Akzent. Sie versuchte einmal, eine Rolle als Shakespeares Julia zu bekommen. Der Produzent sagte ihr, wenn er eine Julia braucht, die wie eine Marktschreierin klingt, würde er sich bei ihr melden."

Clara nickte.

„Ich schätze, zu diesem Leben ist sie zurückgekehrt, nachdem ich sie verlassen hatte." Andrew zuckte aus Schuldbewusstsein zusammen.

„Sie hat nach dir gesucht. In ihrem Koffer war ein Buch mit eingeklebten Artikeln. Es beweist, dass sie schon seit einer Weile versucht hatte, dich aufzuspüren. Doch erst seit der Hochzeitsankündigung wusste sie, wo sie dich finden kann."

„Noch so eine Sache, die ich Glory zu verdanken habe. Nein, eigentlich meine ich das nicht so. Ich musste Shirley wiedersehen. Es war gut, dass sie herkam. Ich hätte mehr für sie tun müssen. Doch sie wollte mein Geld nicht. Was hätte ich tun sollen?"

„Ich weiß es nicht", antwortete Clara, dann warf sie einen Blick auf seinen Kopf. „Lass uns mal schauen, wie dieser Schnitt aussieht."

Andrew entfernte vorsichtig den Eisbeutel und rieb sich das Handgelenk, das vom Festhalten ganz steif geworden war. Clara lehnte sich vor und untersuchte die Wunde.

„Das sieht deutlich besser aus. Ich denke, du wirst es überstehen."

„Danke, Schwester Fitzgerald." Andrew erhob sich mit leicht wackligen Beinen und gab ihr die Hand. „Ich bin froh, dass wir uns unterhalten konnten."

„Ich auch. Ich werde mein Bestes für dich geben, Andrew."

Andrew bekam unter Schwierigkeiten ein Lächeln zustande, dann verließ er mit vorsichtigen

Bewegungen die Küche. Clara schaute ihm mit einem triumphalen Gefühl hinterher. Sie hatte nicht nur Andrews Schweigsamkeit überwunden, sondern auch die Dämonen, die sie seit ihrer Zeit im Krankenhaus heimgesucht hatten. Sie war sehr zufrieden mit sich, als sie sich an die Köchin wandte, um sie um eine Tasse Tee zu bitten. Als ihr Blick auf das blutige Tuch in der Spüle fiel, trat ihr ein lebhaftes Bild von Andrews Schnittwunde vor Augen.

Claras Beine wurden plötzlich weich. Sie bekam gerade noch genug von der Situation mit, um mit sich selbst unzufrieden zu sein und zu rufen:

„Um Himmels willen!"

Dann schwand die Welt dahin und Clara wurde ohnmächtig.

Kapitel 21

Tommy grinste sie an, was überaus irritierend war.

„Das war ganz und gar nicht amüsant." Clara schaute ihn finster an. Sie setzte sich im Bett auf, als Annie ihr ein Tablett mit Rührei und Bacon reichte.

„Ich finde es einfach großartig, dass du erst ohnmächtig geworden bist, nachdem Andrew gegangen war. Glaubst du, das war eine verzögerte Reaktion, oder reine Willensstärke?"

Clara kniff die Augen zusammen.

„Ich will nicht darüber sprechen."

„Es war nur ein wenig peinlich, Clara." Tommy grinste seine Schwester nach wie vor an.

„Die Köchin und all die Dienstmädchen standen über mir, als ich die Augen wieder öffnete." Clara stach mit der Gabel auf ihren Bacon ein. „Ich war sehr gekränkt. Sie haben es doch niemandem erzählt, oder?"

„Nur mir, ich war in der Nähe." Annie warf Tommy einen strengen Blick zu. „So etwas passiert, Clara. Sie haben sich wahrscheinlich nur überarbeitet."

„Und wann darf ich das Bett verlassen?"

Annie stopfte die Bettdecke fest.

„Wenn ich davon überzeugt bin, dass es Ihnen gutgeht", sagte sie.

Clara machte sich schmollend über ihre Eier her.

„Hör mal, Schwesterchen, während du in der Küche zusammengebrochen bist, kam mir eine Idee. Ich dachte mir, dass jemand wissen müsste, ob Andrew oder sonst jemand in der Nacht des Mordes an Shirley Cox das Auto benutzt hat. Ich war also bei den Garagen und habe nachgefragt." Tommy lächelte süffisant.

„Und?", fragte Clara.

„Und der Kerl, der die Automobile in einem vorbildlichen Zustand hält, ist der Meinung, dass keines von ihnen seit Samstagmittag bewegt wurde. Er lebt in einer kleinen Wohnung über den Garagen und hört es, wenn die Automobile bewegt werden. Das dient auch der Sicherheit, für den Fall, dass jemand eines stehlen will. Dann wäre da noch das Benzin. Er füllt die Tanks normalerweise montags auf und weiß ungefähr, wie viel jedes Fahrzeug im Laufe einer Woche verbraucht. Sie werden nicht viel gefahren, sagt er, deshalb reicht es, einmal die Woche nachzufüllen. Als er am Montag nachschaute, musste er von den drei Automobilen in der Garage wie erwartet nur das betanken, das für die Hochzeit verwendet wurde. Die anderen beiden hatten volle Tanks, da sie in der Woche überhaupt nicht benutzt wurden."

„Dann könnte der Hochzeitswagen dafür verwendet worden sein?"

„Das habe ich auch gefragt. Wir dachten eine Weile darüber nach, um herauszufinden, wie wir mit Gewissheit beurteilen könnten, ob das Automobil gefahren worden war. Normalerweise achtet man auf so etwas nicht. Allerdings war der Hochzeitswagen kurz vor dem Tag der Hochzeit noch für eine Überprüfung in der Werkstatt des Herstellers. Irgendetwas war wohl mit den Zündkerzen nicht in Ordnung. Wie dem auch sei. Es gehört zur Routine, einen Eintrag im Fahrtenbuch zu machen und zu notieren, wie viele Kilometer das Fahrzeug zurückgelegt hat. Wir holten also das Fahrtenbuch heraus und da stand, das Automobil sei 182 Kilometer gefahren. Wir prüften den Kilometerstand und auch da standen 182 Kilometer. Es ist kein ganzer Kilometer zur Kirche und zurück, aber nach Brooklands schon. Wäre das Fahrzeug für die Fahrt dorthin benutzt worden, hätte man das am Kilometerstand gesehen.“

Tommy lehnte sich triumphierend zurück.

„Keines der Automobile wurde benutzt?“ Clara dachte über diese Information nach. „Zwei Probleme: Erstens hätte Andrew seinen Napier von der Rennstrecke benutzen können.“

„Nur dass niemand dieses Automobil in Bewegung gesehen hat. Für Andrew selbst kann niemand bürgen, aber das Automobil selbst war die ganze Zeit für jeden sichtbar. Wir haben das überprüft, indem wir einige der Mechaniker fragten, die in jener Nacht gearbeitet haben. Er hätte das Fahrzeug nicht bewegen können, ohne bemerkt zu werden. Außerdem kam das Fahrzeug zur Rennstrecke, um die Leiche abzuladen. Warum hätte Andrew von Brooklands wegfahren und dann wieder zurückkommen sollen?“

„Na gut. Problem Nummer zwei: Wir nehmen nur an, dass die Leiche mit diesem Fahrzeug abgeladen wurde.“

„Ja, das ist tatsächlich ein Problem. Wenn wir das Automobil aus der Rechnung herausnehmen, ist wieder jeder verdächtig.“

Claras Seufzen wurde zu einem Ächzen.

„Dann sind wir keinen Schritt weiter.“

„Das würde ich nicht sagen“, widersprach Tommy. „Wir haben ein klareres Bild von den Geschehnissen.“

„Ist das so?“

Ehe Tommy antworten konnte, klopfte jemand an die Tür. Peg öffnete und schaute herein.

„Clara, Inspector Jennings ist in der Eingangshalle und möchte mit dir sprechen.“

„Ich werde aufstehen!“ Clara schob das Bettzeug von sich.

„Sie bleiben liegen!“, sagte Annie mit Nachdruck. „Der Inspector kann zu Ihnen kommen.“

„Ich werde ihn nicht empfangen, während ich im Bett liege!“ Clara war entsetzt.

„Dann hätten Sie nicht ohnmächtig werden dürfen. Schicken Sie den Inspector zu uns, Miss Campbell“, befahl Annie.

Peg lächelte, als sie verschwand.

„Ich hasse es, im Bett zu liegen. Das wissen Sie, Annie!“, sagte Clara missmutig.

„Wir alle müssen manchmal Dinge tun, die uns nicht gefallen. Jetzt benehmen Sie sich, dann dürfen Sie vielleicht zum Abendessen aufstehen.“

„Es geht mir bestens!“

„Es wird Ihnen nicht schaden, noch eine Weile im Bett zu bleiben. Sie haben sich auch den Kopf angestoßen. Vergessen Sie das nicht und tun Sie einmal, was man Ihnen sagt, Clara.“

Clara begriff, dass sie diesen Kampf nicht gewinnen konnte. Sie ächzte leise und ließ sich in die Kissen sinken.

„Geben Sie mir wenigstens meinen Umhang, damit ich ein wenig präsentabel aussehe."

Annie reichte ihr gerade den bestickten Überwurf, als ein zweites Klopfen an der Tür zu vernehmen war. Clara rief den Inspector herein. Jennings warf Clara einen besorgten Blick zu, als er eintrat.

„Sind Sie verletzt, Miss Fitzgerald?"

„Nicht nennenswert. Ich bin gestern Abend ohnmächtig geworden", erklärte Clara rasch. „Ich habe eine Aversion gegen Kopfwunden und Andrew Campbell hat eine Schnittwunde an der Kopfhaut erlitten. Ich fürchte, ich ertrage den Anblick von Blut nicht."

„Das tut mir leid." Jennings schaute sie neugierig an und Clara hatte das Bedürfnis, etwas mehr zu erklären.

„Es ist nicht das Blut selbst, das mir zu schaffen macht, sondern blutende Kopfverletzungen. Ich kann es nicht wirklich erklären. Ich habe diese Schwäche entdeckt, als ich während des Krieges als Krankenschwester arbeitete."

„Das muss sehr unpraktisch gewesen sein", sagte Jennings.

„Nun, das war es, doch ich habe es überstanden. Ich gehe allerdings davon aus, dass etwas Dringendes anliegt, wenn Sie so früh am Tage herkommen."

Jennings nickte leicht, wollte etwas sagen und hielt dann inne, als ihm wieder einfiel, dass Tommy und Annie im Raum waren.

„Die beiden sind eingeweiht", versicherte Clara ihm. „Sie sind meine Komplizen. Ich sollte Ihnen meinen Bruder vorstellen, Thomas Fitzgerald, und Annie, sie ist mein Dienstmädchen und meine Freundin. Beide haben ebenfalls gute Detektivarbeit geleistet und sind zu interessanten Ergebnissen gekommen."

Jennings begrüßte Tommy und Annie und stellte sich vor. Annie holte ihm einen Stuhl und er setzte sich vor Claras Bett. Er schien sich in seiner Umgebung immer noch nicht ganz wohlzufühlen und blickte erst zum Fenster, bevor er aufstand und die Zimmertür schloss. Erst dann entschied er endlich, sprechen zu können, ohne belauscht zu werden.

„Ich habe die ersten Laborergebnisse zu den Proben, die Sie zu uns geschickt haben."

„Das ging schnell." Clara war überrascht.

„Ich habe schnelle Ergebnisse verlangt, ich dachte, das könnte eine gute Idee sein. Es werden noch weitere Tests gemacht, während wir hier sprechen, doch die vorläufigen Ergebnisse sind schon interessant." Jennings zog einen Zettel aus seiner Tasche und faltete ihn auseinander, dann räusperte er sich. „Im Erbrochenen wurde Arsen nachgewiesen."

Clara wurde flau im Magen. Plötzlich wurde ihr von dem Frühstück, das sie eben noch mit Genuss verspeist hatte, schlecht.

„Er wurde also vergiftet", sagte sie leise.

„Die Rückstände, die Sie im Wasser entdeckt haben, sind ebenfalls weißes Arsen. Anscheinend löst es sich nicht immer vollständig auf und kann solche Ablagerungen zurücklassen."

„Der arme Eustace", murmelte Tommy.

„Ich warte immer noch auf die Ergebnisse der Autopsie, doch damit rechne ich erst später am Tag. Ich wäre allerdings bereit, auf die Todesursache zu wetten. Jetzt fehlt nur noch das ‚Wer‘.“ Jennings steckte den Zettel wieder ein. „Irgendwelche Gedanken dazu, Clara?“

„Glorianna.“ Clara war so benommen von den Neuigkeiten, dass ihr der Name automatisch über die Lippen kam. „Sie war ganz außer sich, als sie feststellte, dass der Krug verschwunden war, und benahm sich gestern den ganzen Tag sehr eigenartig. Außerdem haben Tommy und Annie festgestellt, dass eine große Menge Arsen aus den Vorräten der Küche verschwunden ist.“

„Wie viel?“, fragte Jennings.

„Fast ein Kilogramm“, sagte Annie.

Der Inspector pfiff durch die Zähne.

„Und dabei geht es nur um diesen Besuch, Inspector. Eustace beschwerte sich darüber, jedes Mal Magenprobleme zu bekommen, wenn er herkam. Er schob es natürlich aufs Essen. Ich glaube, dass Glorianna ihn schon seit einer Weile vergiftet.“ Clara erschauderte bei dem Gedanken. „Ich bin mir nicht sicher, ob sie ihn wirklich töten wollte. Sie handelte eher, um sich zu rächen oder ihn zu verärgern. Sie machte ihn jedes Mal krank, wenn er herkam, und hoffte vielleicht, dass er nicht mehr zurückkehren würde. Aber vielleicht experimentierte sie auch, um die richtige Dosis zu ermitteln. Eustace war ein großer und dicker Mann. Vielleicht hätte man mehr Arsen als erwartet gebraucht, um ihn zu töten. Er blieb immer nur wenige Tage, nie lange genug, um die richtige Dosis zu finden. Doch dieses Mal war er länger hier.“

„Ich finde es auffällig, dass die letzte Dosis größer war, als alles, was Glorianna ihm zuvor verabreicht hatte“, warf Tommy ein. „Sie vergiftete ihn langsam, aber plötzlich verabreicht sie ihm eine riesige Dosis.

Womöglich war sie besorgt und wütend, weil Eustace laut und unverhohlen darüber sprach, dass er Andrew für einen Mörder hielt, und sogar behauptete, dass Glorianna die ehemalige Mrs. Campbell vergiftet habe. Das alles hat er mir recht offen erzählt, daher bezweifle ich, dass er den anderen gegenüber verschwiegener war."

„Die Sache hat nur einen Haken: Eustace war bereits unwohl, als er zu Bett ging, noch bevor er das Tonic Water trank", sagte Clara.

„Dann hat sie auch sein Essen vergiftet, oder den Whisky, den er so gerne trank." Tommy zuckte mit den Schultern. „Glorianna hat genug Gift entwendet, um alles zu vergiften, was Eustace anrührt."

Jennings pfiff erneut.

„Und Sie sagen, Eustace behauptete, Mrs. Glorianna Campbell habe die ehemalige Mrs. Campbell vergiftet?", fragte er.

„Das war seine Meinung." Clara nickte. „Aber nur weil Hogarth erst seit sehr kurzer Zeit Witwer war, als Glorianna die zweite Mrs. Campbell wurde. Andrew Campbell ist davon nicht allzu überzeugt. Seine Mutter war ohnehin schon sehr krank."

Jennings tippte mit den Fingern auf Claras Bettdecke.

„Meiner bescheidenen Meinung nach ist ein Mensch, der schon einmal getötet hat, eher geneigt, wieder zu morden, um ein Problem zu lösen. Wäre es möglich, dass Glorianna auch beschlossen hat, Shirley Cox aus dem Weg zu räumen?" Jennings neigte den Kopf zur Seite. „Der Gerichtsmediziner sagte mir, dass sie mit etwas wie einem Seidenschal erwürgt wurde; mit einem weichen Stoff. Ich frage mich, wie schwer es für eine Frau wäre, einen Schal fest genug zusammenzuziehen, um jemanden zu erdrosseln. So schwer kann das nicht sein, denke ich."

„Es gibt immer noch zu viele offene Fragen", merkte Clara an.

„In der Tat. Apropos Fragen: Wir konnten Reverend Draper noch nicht in London aufspüren, doch ich habe vor, Mrs. Patterson einen Besuch abzustatten. Würden Sie mich begleiten, Miss Fitzgerald?"

Clara warf Annie einen Seitenblick zu. Das Dienstmädchen zuckte ganz leicht mit den Schultern.

„Ich bin in einem Augenblick bereit, Inspector, wenn Sie auf mich warten können."

„Natürlich."

„Dann treffen wir uns gleich in der Eingangshalle. Tommy, wärst du so gut, den Inspector hinauszuführen und ihm ein Getränk zu holen, während er wartet?"

Tommy rollte am Bett vorbei und Jennings folgte ihm, damit Clara sich anziehen konnte. Draußen im Flur musste Jennings sich ein amüsiertes Lachen verkneifen.

„Woher wusste sie das nur?", fragte er Tommy.

„Clara folgt ihrem Instinkt." Tommy lächelte. „Man gewöhnt sich mit der Zeit daran."

„Aber sie kennt kein Risiko, oder?"

„Kein bisschen", stimmte Tommy zu.

„Behalten Sie sie im Auge, denn ich habe ein mieses Gefühl bei dieser Sache. Diese Familie fühlt sich mehr und mehr wie ein Vipernnest an."

„So schlimm sind sie nicht." Tommy gluckste. „Sie vergessen, dass ich auch dazugehöre."

„Passen Sie einfach nur auf. Ich will nicht noch einen weiteren Mord auf dem Tisch haben."

Tommys Lächeln verpuffte, als er den Ernst in der Stimme des Inspectors hörte.

Kapitel 22

Auf den ersten Blick schien Mrs. Patterson nicht zu Hause zu sein. Auf den ersten Blick …

Inspector Jennings klopfte wiederholt an der Haustür, während Clara hinter ihm wartete. Als niemand reagierte, warf er einen Blick durchs Fenster.

„Vielleicht ist sie unterwegs", überlegte Clara.

„Es steht eine volle Tasse Tee auf dem Tisch." Jennings grinste. „Sie vergessen immer irgendetwas."

Mrs. Pattersons Haustür befand sich in einer breiten Gasse zwischen zwei Häusern. Sie wohnte in einem Reiheneckhaus. Der vordere Teil mit den großen Fenstern gehörte einem ehemaligen Matrosen, der von seiner Pension lebte. Jennings klopfte bei ihm und der Mann öffnete sofort.

„Aye?", fragte der Matrose und versuchte, sie mit seinen schlechten Augen zu erkennen.

„Dürfte ich durch Ihr Haus den Garten betreten?", fragte Jennings höflich.

„Nein, dürfen Sie nicht. Wenn Sie in den Garten wollen, dann durch dieses Tor." Der Matrose musterte sie argwöhnisch. „Geht es um die Ratten? Die kleinen Quälgeister kommen immer wieder zurück, wissen Sie?"

„Es geht nicht um die Ratten." Jennings lächelte. „Wir möchten mit Ihrer Nachbarin Mrs. Patterson sprechen."

„Mit ihr?" Der Matrose nickte wissend. „Gut."

Dann schlug er die Tür zu. Jennings zwinkerte Clara zu.

„Ich denke, wir werden uns später mit ihm unterhalten, aber zunächst die Dame."

Das Tor war nicht abgeschlossen, also hielt Jennings es für Clara auf und folgte ihr in den schmalen Durchgang zwischen den beiden Reiheneckhäusern. Der erste Teil war mit einem niedrigen Ziegelgewölbe überdacht, das die beiden Häuser verband. Der Durchgang war mit Dreck und Müll gefüllt. Alte Kisten, Zeitungen, Haufen aus verrottenden Abfällen, in denen sich alles von Essensresten bis hin zu Grünschnitt befand, und all das war in dieser kleinen Müllgrotte abgeladen worden. Clara knirschte mit den Zähnen, als eine dicke Ratte aus einer leeren Dose kroch und zur gegenüberliegenden Wand huschte.

„Ja, so einem Menschen möchte man sich für eine Abtreibung anvertrauen", sagte Jennings sarkastisch.

Sie suchten sich ihren Weg durch den Müll, bis sich die Passage zu einem kargen Hinterhof öffnete, der ebenfalls halb zugemüllt war. Über allem hing der süßliche Geruch der Fäulnis. Clara starrte auf die Wäscheleine, die im Hof aufgehängt war, und fragte sich, wer hier seine Kleidung zum Trocknen aufhängen und erwarten würde, dass sie danach frisch und sauber roch. Sie hatte noch nie solche Mengen an Müll und Schmutz gesehen. Neuere, noch identifizierbare Abfälle lagen auf feuchten, schwarzen Haufen aus Gott weiß was. Es war so widerlich, dass Clara schlecht wurde.

„Ich wette, die Hintertür ist nicht abgeschlossen." Jennings machte einen Schritt über eine braune Pfütze. Clara folgte ihm und zuckte zusammen, als eine weitere fette, nasse Ratte aus einem Haufen von Hühner- und Rinderknochen kroch.

Jennings hatte die Tür erreicht und betätigte vorsichtig die Klinke. Er warf Clara ein verschlagenes Lächeln zu. Sie wollte gerade darauf reagieren, als ihr etwas ins Auge fiel. Sie zeigte in die Richtung, da sie unmöglich in Worte fassen konnte, was sie gerade entdeckt hatte. Jennings trat von der Tür zurück und schaute in die angezeigte Richtung.

Dicht am Haus, in einer Ecke, die in diesem Saustall wohl als ‚sauber' gelten mochte, lag ein blutiges Stoffbündel. Ausnahmsweise versagten Claras Nerven. Sie schaute den Inspector an, doch selbst er wirkte zögerlich. Schließlich trat er vor und stieß die Lumpen mit seinem Fuß an. Etwas Rosarotes und Unförmiges tauchte daraus auf, zusammen mit einer kleinen Ratte, die zügig davonhuschte.

„Ist das, wofür ich es halte?", fragte Clara so gefasst wie sie konnte.

„Ja. Und es ist frisch. Die Ratten haben es noch kaum angerührt." Jennings schaute wieder zur Tür. „Kein Wunder, dass Mrs. Patterson einem Fremden nicht öffnen möchte. Sie war kürzlich beschäftigt."

Jennings kehrte zur Tür zurück und öffnete sie so leise wie möglich. Clara schlich hinter ihm her und sie betraten Mrs. Pattersons Haus. Im Inneren war es überraschend aufgeräumt, nachdem sie den Müll im Hof gesehen hatten. Doch alles wirkte recht alt und abgenutzt, und es roch nach ranzigem Fett und Kohl. Jennings schloss die Tür und klemmte sie mit einem alten Stuhl fest, damit die Verdächtige nicht fliehen konnte. Dann traten sie in einen schmalen Durchgang zwischen einem winzigen Schlafzimmer und einer Küche. Als sie die Küchentür erreichten, hörten sie, dass sich jemand bewegte.

Jennings sprang durch den offenen Durchgang und Mrs. Patterson ließ den Teller fallen, den sie gerade abgetrocknet hatte. Er zerbrach unter lautem Klirren. Sie standen alle wie angewurzelt da und starrten einander an.

Mrs. Patterson war weder dick noch dünn. Ihre Kleidung hing schief an ihr herab, als würde sie entkommen wollen. Sie hatte ihr Haar unter einer stumpfen, grauen Kappe zusammengenommen, doch einige dicke Strähnen fielen ihr ins Gesicht. Sie sah sehr gewöhnlich aus, geradezu unauffällig. Ihre Überraschung wurde zu Wut und sie funkelte die Eindringlinge an.

„Raus hier!", schrie sie und zeigte forsch mit dem Finger auf sie.

„Nicht so schnell, Mrs. Patterson. Ich bin Inspector Jennings und würde mich gern mit Ihnen unterhalten."

Ein Teil der Wut fiel von Mrs. Patterson ab. Sie musterte den Inspector und versuchte zu entscheiden, ob sie ihm glauben konnte. Dann wanderte ihr hilfloser Blick durch den kleinen Raum, auf der Suche nach etwas, das sie vergessen und vor aller Augen stehengelassen hatte.

„Besuch scheint Ihnen nicht willkommen zu sein", merkte Jennings an, während er sich lässig auf einen Stuhl setzte.

„Einer Frau steht ja wohl Privatsphäre zu", blaffte Mrs. Patterson.

„Durchaus, aber ihr steht auch ein angemessenes Maß an medizinischer Fürsorge zu; insbesondere bei invasiven Eingriffen. Ich glaube, wir wissen beide, warum ich hier bin, nicht wahr?"

Mrs. Pattersons Blick zuckte hin und her. Sie leckte sich nervös über die Lippen.

„Ich weiß nicht, was Sie von einer armen Witwe wie mir wollen könnten", sagte sie.

„Soll ich dieses unglückselige Bündel von draußen hereinholen?", fragte Jennings ungeniert. „Könnte das meine Gegenwart erklären?"

„Welches Bündel?" Mrs. Patterson versuchte immer noch, die Unschuldige zu spielen, doch sie wurde immer nervöser.

„Das Bündel, das Sie draußen den Ratten überlassen haben. Bei der reichen Auswahl in Ihrem Hof haben sie sich damit wohl Zeit gelassen. Wann war die junge Frau hier? Vergangene Nacht?"

Mrs. Patterson versuchte so verzweifelt, die Aufmerksamkeit von sich abzulenken, dass sie sich zu Clara wandte.

„Wer ist das?"

„Clara Fitzgerald", verkündete Clara und trat einen Schritt vor. „Ich habe ein persönliches Interesse daran, Ihr Geschäft zu beenden."

Mrs. Patterson blickte sie finster an.

„Ich kenne Sie nicht und weiß nicht, wovon Sie sprechen. Ich kann nichts gegen die Ratten unternehmen. Die Müllmänner weigern sich, durch den Durchgang zu kommen und den Abfall mitzunehmen. Was soll ich da tun? Ich bin nur eine arme Witwe mit einem kaputten Rücken und praktisch an dieses Haus gefesselt." Mrs. Patterson leierte ihre rührselige Geschichte herunter. „Und die Nachbarn nutzen das aus! Ich nehme an, das Bündel, von dem Sie sprechen, gehört einem von ihnen. Sie schmeißen ständig ihren Müll in meinen Hof, weil sie wissen, dass ich nichts dagegen unternehmen kann."

„Können wir die Spielchen sein lassen, Mrs. Patterson? Sie führen illegale Abtreibungen durch."

„Ich habe noch nie derart ungehörigen Quatsch gehört!" Mrs. Patterson warf wütend die Hände in die Luft. „Ich bin eine respektable Witwe. Mein armer, verstorbener Ehemann war in der leichten Infanterie Ihrer Majestät. Er hat im Rahmen eines Saluts bei ihrer Beisetzung einen Schuss aus seinem Gewehr abgegeben. Er wäre entsetzt, wenn er hören könnte, was Sie mir hier Scheußliches vorwerfen."

Jennings verlor die Geduld. Plötzlich stand er auf, verließ die Küche und kehrte wenige Augenblicke später mit dem weggeworfenen Bündel zurück. Clara wandte den Blick ab, als er es auf den kleinen Küchentisch warf und den Inhalt freilegte.

„Können Sie das abstreiten, Mrs. Patterson?", fragte er.

„Haben Sie noch nie ein totes Kätzchen gesehen?", knurrte Mrs. Patterson. „Meine alte Tigerkatze hat es gestern Nacht zur Welt gebracht. Das arme Tier war noch nicht einmal ganz entwickelt, bloß dieser rosarote Klumpen. Was hätte ich denn damit machen sollen?"

„Sie behaupten also, hierbei handelt es sich um ein totes Katzenbaby, nicht um ein Kind?"

„Habe ich das nicht gerade gesagt? Ihr Polizisten seid so schwer von Begriff." Mrs. Pattersons Nervosität ließ nach, jetzt da sie das Heft in der Hand hatte. „Wenn Sie jetzt mein Haus verlassen würden. Sie regen nur eine arme, alte Witwe auf, die nichts verbrochen hat."

Jennings schäumte, doch er war in eine Sackgasse geraten. Es stand ihr Wort gegen seines. Sie konnte behaupten, es würde sich beim Inhalt des Bündels um ein Kätzchen handeln, er konnte es als Menschenkind bezeichnen, doch kein Laie würde bestimmen können, wer recht hatte.

„Ich werde das hier vom Gerichtsmediziner untersuchen lassen."

„Tun Sie das", sagte Mrs. Patterson selbstbewusst. „Und nehmen Sie diese kleine Miss gleich mit. Mein ganzes Haus wird nach ihr stinken. Sauertöpfische Kreatur."

Clara würde sich nicht in diesen Streit verwickeln lassen. Sie wusste es, wenn sie geschlagen war. Sie berührte den Inspector am Arm und er schnappte sich wütend das Bündel. Sie würden hier heute nichts mehr ausrichten können, doch sie würden mit Beweisen zurückkehren und dann würde Mrs. Patterson sich ernste Sorgen machen. Clara tröstete sich mit diesem Gedanken, als sie mit Jennings das Haus verließ.

Es war eine Erleichterung, den zugemüllten Hof hinter sich zu lassen und vor dem Haus in der Sonne zu stehen.

„Ich muss das hier sofort zur Wache bringen", knurrte Jennings. „Kommen Sie allein zurück?"

„Ja", versicherte Clara ihm. „Ich werde mich allerdings zuerst mit diesem Matrosen unterhalten."

„Nur zu. Vielleicht liefert er uns einen Hinweis darauf, wie wir diese alte Krähe überführen können."

„Glauben Sie, ein Arzt wird beurteilen können, ob dieser Klumpen mal ein menschliches Kind war?"

Jennings zuckte mit den Schultern.

„Ich habe keine Ahnung, aber ich habe gerade kaum andere Optionen. Ich werde Sie informieren, wenn es Neuigkeiten gibt." Der Inspector lief davon.

Clara richtete ihren Hut und klopfte an die Haustür des Matrosen. Der alte Mann öffnete und fragte grimmig, was sie wolle.

„Wäre es möglich, dass wir uns ein wenig über Ihre Nachbarin Mrs. Patterson unterhalten?", fragte Clara.

Die Laune des Matrosen verbesserte sich schlagartig.

„Na, also, über die würde ich mich nur zu gern unterhalten." Er ließ Clara in sein kleines Haus ein, das gut gepflegt wirkte und regelmäßig gelüftet wurde.

Sein Mobiliar war minimalistisch. Bei einem Leben auf See sammelten sich nicht allzu viele Tische, Stühle und Anrichten an. Doch in diesem kleinen Haus führte der Mangel an großen Möbelstücken dazu, dass die Räume offen und hell wirkten. Der alte Matrose bot Clara einen kleinen Lehnstuhl an und zog sich selbst einen heran, damit er sie besser hören konnte. Dann bot er ihr Tee oder Whisky an. Clara lehnte beides ab.

„Ich hoffe, nicht allzu viel von Ihrer Zeit in Anspruch zu nehmen.“

„Das macht gar nichts. Ich habe dieser Tage nicht oft eine hübsche Frau im Haus.“ Der alte Seemann schenkte ihr ein schiefes Grinsen. „Ich bin der Vollmatrose Samuel Fairing, aber Sie können mich Sam nennen.“

„Schön, Sie kennenzulernen, Sam. Sie können mich Clara nennen.“ Da die Förmlichkeiten erledigt waren, kam Clara zum Geschäftlichen. „Ich nehme an, Sie wissen von den verschiedenen Aktivitäten Ihrer Nachbarin?“

Sam faltete die Hände in seinem Schoß.

„Was haben Sie mit ihr zu schaffen?“

„Ehrlich gesagt, hatte sie mit einer Freundin von mir zu tun, und ich möchte verhindern, dass sie je wieder Hand an jemanden legen kann.“

Sam nickte leicht.

„Sie müssen verstehen, ich wollte nur sicherstellen, dass wir nicht aneinander vorbeireden. Ich weiß, dass Mrs. Patterson Abtreibungen vornimmt. Diese Wände sind nicht gerade sonderlich dick, und ich habe die jungen Frauen schreien gehört. Ganz zu schweigen von den Dingen, die ich im Hinterhof gesehen habe. Nicht dass ich dort etwas verloren hätte, das hat Mrs. Patterson sehr deutlich gemacht.“

„Wie lange wohnen Sie schon hier?“

Sam überschlug das kurz im Kopf.

„Es sind neun Jahre, seit ich nicht mehr zur See fahre. Mein Rheuma hat das nicht mehr mitgemacht.“

„Lebte Mrs. Patterson damals schon hier?“

„Durchaus. Ich habe diesen Ort sogar ausgewählt, weil ich dachte, dass es schön wäre, neben einer ruhigen, alten Dame zu wohnen. Das wird friedlich, dachte ich mir. Sie wird mir keinen Ärger machen. Pah ... was habe ich mich geirrt!“ Sam gluckste. „Seit ich hier wohne und das Kommen und Gehen der jungen Frauen erlebe, haben auch unterschiedlichste Gestalten an meine Tür geklopft. Manche von ihnen waren echte Verbrecher und haben mich zu Tode erschreckt. Ich schätze, das waren Väter, Brüder oder Liebhaber, die wegen dieser Sache in Aufruhr waren. Von der Polizei ganz zu schweigen. Ich wusste sofort, wer dieser Kerl war, den Sie da bei sich hatten.“

„Das war Inspector Jennings.“

„Nun, ja. Ich wusste, dass er Polizist ist. Die stechen heraus, wissen Sie?“

„Es müssen über die Jahre viele junge Frauen hier gewesen sein“, sagte Clara eher zu sich selbst, während sie an all die verzweifelten Frauen dachte, die zu Mrs. Pattersons Haus gekommen waren.

„Eine im Monat war wohl der Durchschnitt. Manchmal sind es mehr. Ich glaube, manche von ihnen habe ich sogar zweimal oder noch häufiger gesehen. Doch meine Augen sind nicht so gut, ich könnte es also nicht bezeugen.“

„Haben Sie je die Person gesehen, die die Frauen herbringt?“

„Aye, das wäre Reverend Draper.“ Sam beobachtete das Gesicht seiner Besucherin. „Sie wirken nicht überrascht.“

„Bin ich auch nicht. Kommt er jedes Mal mit?“

„Meistens. Manchmal kommen die Frauen auch allein."

Clara lehnte sich auf ihrem Stuhl zurück und versuchte sich eine weitere Frage einfallen zu lassen. Sam könnte ein Zeuge sein, doch bei den meisten seiner Beobachtungen handelte es sich um Indizienbeweise. Es reichte einfach nicht. Sam spürte das und versuchte, sich nützlich zu machen.

„Neulich kam er allein her. Das fand ich eigenartig."

„Reverend Draper?"

„Genau. Er hat Mrs. Patterson besucht und die beiden setzten sich in ihr Wohnzimmer und unterhielten sich. Die Wand ihres Wohnzimmers ist die Wand meines Schlafzimmers." Sam deutete in Richtung eines anderen Raumes. „Ich konnte beinahe jedes Wort hören. Der Vikar hat einen Wirbel gemacht. Irgendetwas von einer Frau, die aus dem Nichts aufgetaucht ist und für Aufhebens gesorgt hat. Er sagte, sie habe alles ruiniert. Mrs. Patterson versuchte, ihn zu beruhigen, doch sie ist nicht wirklich ein einfühlsamer Mensch. Irgendwie ist sie ihn schließlich losgeworden."

Clara war sich sicher, dass der Reverend von Shirley Cox gesprochen hatte. Die Störung der Hochzeitszeremonie hatte ihn aufgewühlt. Eigenartig, dass er sich darüber derart aufgeregt hatte. Doch so ein Ereignis war vermutlich nicht förderlich für den Ruf eines Vikars.

„Sie haben vermutlich keine der jungen Frauen erkannt, die hergekommen sind, oder?", fragte Clara einigermaßen hoffnungslos.

Sam schüttelte den Kopf.

„Ich sehe kaum etwas von ihnen. Sie kommen erst nach Einbruch der Dunkelheit. Bis auf den vergangenen Abend, natürlich." Sam lächelte zufrieden. „Sie waren wegen dieser jungen Frau hinter Mrs. Patterson her, oder?"

„Wir dachten, sie hätte …" Clara wählte ihre Worte mit Bedacht. „… einen Eingriff durchgeführt."

„Es war Ethel Thwaite. Ich kenne ihre Stimme. Sie hat eine leichte Sprachstörung. Sie hat früher einmal für mich geputzt. Und sie ist nicht verheiratet." Letzteres fügte Sam hinzu, als wäre es nicht offensichtlich.

Claras Gedanken rasten. Wenn sie Ethel aufspüren könnten … wenn sie mit ihnen sprechen würde …

„Wo wohnt sie?"

„Alms Street 24. Bei ihrer verwitweten Mutter."

„Vielen Dank." Clara sprang auf. „Ich danke Ihnen vielmals, Sam."

Der Matrose grinste, als sie losstürmte.

„Stets zu Diensten!", rief er.

Clara winkte ihm zu, ehe sie in Richtung Polizeiwache davoneilte.

Kapitel 23

Inspector Jennings nahm die Informationen recht gelassen entgegen und stimmte zu, dass es besser wäre, wenn Clara die junge Frau zunächst allein aufsuchen würde. Es würde ihr gewiss große Angst machen, wenn plötzlich die Polizei auf ihrer Schwelle stände. Sie wäre gewiss auch so reichlich verängstigt.

Fünfundzwanzig Minuten nachdem Clara dank Sam von Ethel erfahren hatte, stand Clara auf der Schwelle ihres Hauses und bekam das Gefühl, es war gut, dass sie hergekommen war. Die Tür stand offen und aus dem Inneren waren qualvolle Geräusche zu hören. Clara klopfte nicht, sondern trat ein und sondierte die Szene im vorderen Wohnzimmer mit dem pragmatischen Blick einer Krankenschwester. Es waren vier harte Jahre im Krankenhaus gewesen, doch in der Zeit hatte Clara gelernt, dass es nicht hilfreich war, sich von Verletzungen oder Krankheiten verunsichern zu lassen. Man musste pragmatisch bleiben, einen kühlen Kopf bewahren und durfte nicht emotional werden. Dennoch wurde Clara flau im Magen, als sie sah, wie hilflos die arme Ethel auf dem Sofa lag. Der Boden war voller Blut, wie auch die Tücher, mit denen ihre Mutter vergeblich versuchte, die Blutung ihrer Tochter zu stoppen. Das war sehr viel Blut, viel zu viel Blut.

„Wie lange blutet sie schon?", fragte Clara mit scharfem Ton.

Mrs. Thwaite hob erstaunt den Blick, weil jemand ohne Ankündigung ihr Haus betreten hatte. Sie war es, die hier das qualvolle Wimmern von sich gab. Ihre Tochter war zu schwach dafür.

„Seit heute Morgen. Es hört einfach nicht auf. Ich wusste nicht, dass eine Regelblutung so schlimm werden kann."

Clara korrigierte Mrs. Thwaite nicht. Dafür wäre später noch Zeit.

„Ich rufe einen Krankenwagen."

Clara eilte nach draußen und fragte sich plötzlich, wo sie Hilfe holen könnte. Es war unwahrscheinlich, dass es in dieser Straße ein Telefon gab, von dem aus sie im Krankenhaus anrufen konnte.

„Denk nach, Clara!" Sie blickte in beide Richtungen die Straße entlang. Irgendwo musste es eine Möglichkeit geben.

Sie wählte eine Richtung und lief los. Sie konnte nicht wissen, ob sie auf dem richtigen Weg war, doch sie lief zügig weiter und beschloss, dass sie diese Richtung aus reiner Willenskraft zum richtigen Weg machen würde. Am Ende der Straße entdeckte sie das Schild eines kleinen Lebensmittelladens. Sie rannte weiter und stürmte in den Laden.

„Haben Sie ein Telefon?", fragte sie den Mann hinter dem Verkaufstresen.

Er blickte sie ausdruckslos an und schüttelte dann den Kopf.

Mit einem Ächzen rannte Clara aus dem Laden und in die Richtung zurück, aus der sie gekommen war, ohne auch nur daran zu denken, auf die Straße zu achten. Sie hörte ein lautes Quietschen von Bremsen und wappnete sich unbewusst in Erwartung eines Aufpralls. Ihr blieb nur ein kurzer Moment, um darüber nachzudenken, wie dumm sie gewesen war, dann traf sie ein Reifen und sie fiel zu Boden.

„Clara!"

Clara war unverletzt. Das Automobil hatte beinahe stillgestanden, als es sie umgestoßen hatte. Allerdings hatte sie jetzt eine Laufmasche und ihr Hut war dreckig. Sie blickte zum Fahrer des Automobils hinauf und erkannte Timmy.

„Geht es Ihnen gut?", fragte Timmy, während er ihr eine Hand entgegenstreckte.

„Dafür ist keine Zeit! Wir müssen uns beeilen!" Clara war aufgesprungen und schob Timmy ins Automobil zurück. „Eine junge Frau ist in Lebensgefahr. Wir müssen sie ins Krankenhaus bringen!"

Timmy war verblüfft, aber daran gewöhnt, Befehle entgegenzunehmen. Er sprang auf den Fahrersitz und folgte auf Claras Anweisung hin der Alms Street.

„Ich soll Mrs. Campbell vom Rathaus abholen", murmelte Timmy. Er versuchte nicht gerade, Widerstand zu leisten, wusste aber, dass er seine Anstellung aufs Spiel setzte.

„Ich werde ihr alles erklären", versicherte Clara ihm. „Haben Sie Decken im Wagen?"

„Ein paar der Picknickdecken sind im Kofferraum."

„Gut. Während ich ins Haus gehe, breiten Sie die auf dem Rücksitz aus. Wir werden sie brauchen."

Timmy warf ihr einen sorgenvollen Blick zu.

„Es ist wichtig, Timmy. Bewahren Sie nur die Nerven, dann wird alles gut."

Die Nummer 24 tauchte rechts vor ihnen auf. Clara sprang aus dem Automobil, noch ehe es ganz zum Stillstand gekommen war, und eilte ins Haus.

„Draußen wartet ein Wagen, mit dem wir Ethel ins Krankenhaus bringen können."

Mrs. Thwaite war ganz verwirrt von dieser Fremden in ihrem Haus, doch sie machte sich größere Sorgen um ihre Tochter, um weiter darüber nachzudenken. Ethel musste dringend ins Krankenhaus und wenn diese Fremde ihr dabei helfen konnte, dann sei es so. Das würde sie akzeptieren, um ihre Tochter zu retten.

Sie halfen Ethel auf die Füße, doch die junge Frau sank völlig kraftlos nach vorn. Clara bekam das schreckliche Gefühl, dass es zu spät sein könnte. Ethel schien nicht einmal mehr die Kraft zu haben, um ihre Beine zu bewegen. Auf dem Weg zur Tür rann noch mehr Blut an ihrem Bein hinab. Mrs. Thwaite schluckte ihr Schluchzen herunter, doch ihr stand die Verzweiflung ins Gesicht geschrieben. Clara fluchte innerlich, mit all den Worten, die eine Dame laut ihren Eltern gar nicht kennen, geschweige denn aussprechen durfte, um ihrer Meinung von Mrs. Patterson Ausdruck zu verleihen. Sie war entschlossener denn je, diese Frau zu überführen.

Was, wenn Susan so etwas widerfahren wäre? Das hätte so leicht geschehen können. Und was war mit all den anderen jungen Frauen, die über die Jahre dieses Vipernnest betreten hatten, in der Hoffnung, dort Hilfe zu finden? Hatten sie überlebt oder Ethels Schicksal geteilt?

Timmy war völlig verblüfft, als er die blasse, blutende Frau sah, die aus dem Haus getragen wurde. Nicht zuletzt, weil er sie erkannte.

„Ethel?"

Der Kopf der jungen Frau schien nach oben zu zucken, als hätte sie ihn gehört, doch dann wurde sie wieder leblos.

„Helfen Sie mir, sie in den Wagen zu bekommen, Timmy", kommandierte Clara, als sie die Verwirrung des jungen Mannes bemerkte.

„Sie ist eine Bedienung in der Lyons Teestube." Timmy packte Ethel an der Taille und hob sie hoch, als wäre sie so leicht wie eine Stoffpuppe. „Was ist ihr zugestoßen?"

„Sie muss ins Krankenhaus", sagte Clara nachdrücklich, da sie nicht auf offener Straße über Ethels Situation sprechen wollte.

Sie setzte Mrs. Thwaite zu ihrer Tochter auf den Rücksitz und setzte sich dann zu Timmy nach vorne, um ihn anzuweisen, so schnell zu fahren, wie er es wagte. Sie wusste, dass sie das bereuen würde, doch im Augenblick war Ethels Überleben wichtiger als ihr Unwohlsein. Timmy trat auf das Gaspedal. Clara kniff die Augen zu und dann waren sie unterwegs.

Später konnte Clara kaum beschreiben, was in dieser ersten Stunde im Krankenhaus geschehen war. Sie konnte sich nur an die unterdrückte Panik in den Stimmen der Menschen erinnern, an hastige Krankenschwestern, einen herbeigerufenen Arzt und dann war Ethel in einen Raum gebracht worden, in dem es nach Desinfektionsmittel und Bleiche gerochen hatte. Mrs. Thwaites bitterliches Schluchzen dröhnte noch

Stunden später in Claras Ohren, obwohl die Frau längst aufgehört hatte. Clara tröstete sie, so gut sie konnte, doch was konnte sie ihr schon sagen, außer dass ihre Tochter in guten Händen war und alles gut werden würde?

Sie hatte Timmy fortgeschickt und ihm aufgetragen, die jetzt blutverschmierten Decken zu entsorgen und dann seinen ursprünglichen Auftrag auszuführen. Doch sie hatte ihn auch gebeten, zur Polizeiwache zu fahren, sobald er damit fertig war, und Inspector Jennings zu erklären, wo sie sich aufhielt.

So saß Clara jetzt allein mit Mrs. Thwaite da. Die folgenden Stunden verschwammen hinter dem Schleier des Vergessens, da das Erlebte anders nicht zu verarbeiten war. Irgendjemand hatte ihnen Tee gemacht, Clara wusste nicht mehr, wer, und als Mrs. Thwaite sich endlich ausgeweint hatte, saß sie zitternd neben Clara und fragte sich immer wieder, was sie falsch gemacht hatte und warum ihr so etwas widerfuhr. Irgendwann am Nachmittag tauchte Inspector Jennings auf. Clara war schwindelig, da sie das Mittagessen verpasst hatte, und Mrs. Thwaite war in einen unruhigen Schlummer hinübergeglitten.

Clara ließ Mrs. Thwaite leise zurück und lief mit Jennings zur anderen Seite des Raumes.

„Was genau ist passiert?", fragte Jennings leise.

„Ich glaube, Ethel Thwaite verblutet. Oder vielleicht ist es schon geschehen. Wir haben den Arzt schon eine ganze Weile nicht mehr gesehen."

Jennings entglitten die Gesichtszüge.

„Verdammt!", zischte er.

„Ich weiß nicht, was ich Mrs. Thwaite sagen soll." Plötzlich wurde Clara von den Gefühlen überrollt, die sie seit Beginn dieser Katastrophe unterdrückt hatte. Doch jetzt stieg alles in ihr hoch. Sie merkte, dass sie den Tränen nahe war. „Ich denke immer wieder, dass das Susan hätte sein können."

„Nicht, Clara, damit machen Sie sich noch verrückt."

„Wie viele junge Frauen haben so etwas erlitten, Inspector? Mrs. Patterson ist ein Unmensch."

Jennings nickte ernst.

„Ich weiß, und ich werde sie aufhalten."

„Wann?"

Darauf hatte Jennings keine Antwort. Clara wollte ihn anschreien, nicht weil sie wütend auf ihn war, sondern weil sie ganz allgemein wütend auf die Welt war. Sie war wütend, weil es so schwer war, eine Frau wie Mrs. Patterson zu überführen; weil anscheinend niemand etwas unternehmen konnte. Das schnürte ihr den Hals zu, bis sie Galle schmeckte. Sie war so wütend, dass es ihr vorkam, als müsste man das auch von außen sehen können. Es fühlte sich an, als würde ein Feuer so wild in ihr brennen, dass sie Hitze ausstrahlen und selbst in Flammen aufgehen müsste. Stattdessen wirkte sie kühl und ruhig.

„Ist das der Arzt?" Jennings hob den Blick.

Ein Mann in weißem Kittel lief auf Mrs. Thwaite zu. Clara und Jennings eilten hinüber. Der Arzt schaute sie neugierig an.

„Gehören Sie zu Ethel Thwaite?", fragte er.

„Ja", sagte Clara, ohne zu zögern. „Ist sie …"

„Wir konnten die Blutung stoppen und glauben, dass sie durchkommen wird", sagte der Arzt.

Clara war so erleichtert, es fühlte sich an, als würde ihr ganzer Körper aufatmen, jetzt da die Anspannung von ihr abfiel. Mrs. Thwaite erwachte aus ihrem Schlaf.

„Ethel?“

„Würden Sie mir folgen? Ich bringe Sie zu Ihrer Tochter“, sagte der Arzt freundlich.

Mrs. Thwaite bekam gerade so ein Nicken zustande und zwang sich, aufzustehen. Sie folgte dem Arzt in einen Nebenraum, sodass Jennings und Clara allein zurückblieben. Jetzt würde Ethel gewiss mit ihnen sprechen, dachte Clara immer wieder. Sie würde gewiss einwilligen, als Zeugin auszusagen, oder? Clara wagte es nicht, die Alternative in Betracht zu ziehen.

Nachdem Mrs. Thwaite zu ihrer Tochter gegangen war, kam der Arzt wieder heraus und musterte sie beide neugierig.

„Inspector Jennings“, der Inspector streckte ihm eine Hand entgegen. „Und dies ist eine Mitarbeiterin aus Brighton, Clara Fitzgerald.“

Der Arzt schwieg.

„Wir ermitteln gegen eine Frau, die illegale Abtreibungen vornimmt. Wir glauben, dass Ethel Thwaite ihr jüngstes Opfer war.“

„Dem würde ich zustimmen“, sagte der Arzt.

„Können Sie uns irgendetwas erzählen?“, hakte Jennings nach.

„Sie hatte unglaubliches Glück“, antwortete der Arzt mit einem Schulterzucken. Dann drehte er sich um und ließ sie stehen.

Eine halbe Stunde später streckte Mrs. Thwaite den Kopf zur Tür heraus und bat Clara, ins Zimmer zu kommen. Clara willigte ein und stand bald einer sehr viel gesünder aussehenden Ethel gegenüber. Sie wirkte immer noch kränklich und ihre Haut war blass, doch ihr Blick wirkte aufmerksam und hellwach. Ein großer Unterschied zu der halbtoten Gestalt, die sie ins Krankenhaus geschleift hatten.

„Ich denke, ich muss Ihnen danken. Sie haben mein Leben gerettet." Ethel strahlte Clara an. „Wie konnten Sie genau im richtigen Augenblick bei uns auftauchen?"

Clara atmete tief durch und enthüllte dann die Wahrheit.

„Ich kam gerade aus Mrs. Pattersons Haus."

Ethels Lächeln verblasste nicht, doch sie versteifte sich.

„Mutter, warum suchst du dir nicht etwas zu essen, während ich mit dieser Dame plaudere?", sagte sie.

Mrs. Thwaite zögerte, da sie ihre Tochter nicht alleinlassen wollte.

„Ich komme schon zurecht", versicherte Ethel ihr. Mrs. Thwaite ging schließlich, als Clara ihr versprach, bei ihrer Tochter zu bleiben, bis sie zurückkäme.

Als Ethels Mutter den Raum verließ, war sie noch verwirrter als zuvor.

„Sie haben verstanden, dass meine Mutter nicht Bescheid weiß, oder?", fragte Ethel, während sie Clara mit ihren leuchtenden Augen eindringlich ansah.

„Ja."

„Wer sind Sie?"

„Clara Fitzgerald. Ich bin zufällig über Ihre Situation gestolpert, da meine Cousine kurz davor stand, die gleiche Prozedur zu durchlaufen. Ich habe vor, Mrs. Pattersons schmutziges Geschäft zu unterbinden."

„Wer sind Sie, dass Sie anderen Menschen vorschreiben wollen, was sie tun oder lassen sollten?", blaffte Ethel, was Clara überraschte.

„Ich nehme an, Ihnen ist bewusst, dass Sie beinahe ums Leben gekommen wären?"

Ethel zuckte mit den Schultern.

„Solche Dinge geschehen. Ich bin ein Risiko eingegangen, und es war nicht mein erstes Risiko."

Clara empfand es als ratsam, den Ansatz zu wechseln.

„Ich bin nicht so töricht zu glauben, ich könnte verhindern, dass junge Frauen eine Person aufsuchen, die ihr Problem beseitigt", sagte Clara ruhig. „Doch ich kann nicht zulassen, dass eine Frau, die beinahe oder vielleicht sogar tatsächlich den Tod dieser jungen Frauen zu verantworten hat, ihr Handwerk weiterhin ausübt. Ich gehöre nicht zu den Menschen, die glauben, ein uneheliches Kind aufzuziehen, wäre ein schlimmeres Schicksal als der Tod."

„Dann sind Sie eine Seltenheit."

„Wäre es Ihrer Mutter lieber, dass Sie sterben oder ein Kind zur Welt bringen?", fragte Clara eindringlich.

Ethel hatte den Anstand, den Blick abzuwenden.

„Ich verurteile keine Frau, die in Schwierigkeiten geraten ist. Allerdings verurteile ich die Frau, die ihnen für eine Handvoll Geld mit einer Stricknadel ‚hilft'. Mrs. Patterson ist keine Heilige, die jungen Frauen in Nöten zu Hilfe eilt. Wenn sie das wäre, würde sie vorsichtiger vorgehen. Doch es ist ihr völlig egal, ob die Frauen, die sie behandelt, leben oder sterben. Macht Sie das nicht wütend?"

Ethel grub die Finger in ihre Bettdecke, sagte aber nichts.

„Also mich macht es wütend", fuhr Clara fort. „Es wird immer Frauen geben, die glauben, die Hilfe von Menschen wie Mrs. Patterson zu brauchen; verzweifelte Frauen. Vielleicht gibt es sogar ähnliche Menschen da draußen, die den jungen Frauen wirklich helfen wollen. Doch so ist Mrs. Patterson nicht. Sie ist eine ganz gewöhnliche Kriminelle. Als sie mit Ihnen fertig war, warf sie Ihr Kind auf den Müll, auf dass die Ratten es holen."

Es war brutal. Clara gefiel es nicht, das auszusprechen. Doch Ethel sollte sich keine Illusionen über die Frau machen, die sie mit ihrem Schweigen schützte.

„Sie hat es weggeworfen?" Der Gedanke schien Ethel zu quälen.

„Hat sie Ihnen irgendeine Form von Güte zukommen lassen, die es rechtfertigt, sie zu verteidigen?"

Ethel nestelte an der Decke herum.

„Sie sagte, das letzte Mädchen habe die Flucht ergriffen, und sie hoffe, ich würde nicht so töricht sein." Ethel verzog das Gesicht. „Ich war mir nicht sicher, ob ich es durchstehen kann, doch ich hatte einen ganzen Monatslohn für die Bezahlung zusammengespart."

„Wie lange waren Sie bei ihr?"

„Zehn Minuten. Viel länger kann es nicht gedauert haben. Sie sagte, man würde es am besten schnell hinter sich bringen. Ich lag wie eine Leiche auf ihrem Wohnzimmertisch. Ich habe mich noch nie so gedemütigt gefühlt ..." Die Tränen brachen sich einen Weg durch die kalte Fassade, die Ethel so verzweifelt aufrechterhalten hatte.

Sie schluchzte bitterlich und Clara nahm ihre Hand.

„Es tut mir so leid."

„Ich hätte das Kind auch behalten, wenn Billy, der Vater, nicht kalte Füße bekommen und mich verlassen hätte. Ich dachte wirklich, wir würden heiraten. Sonst hätte ich mich nie auf ihn eingelassen.“

„Solche Dinge geschehen“, sagte Clara sanft.

„Ich fühle mich so leer. Darüber habe ich gar nicht nachgedacht. Ich hatte nur Angst, meine Arbeit zu verlieren. Meine Mutter kann nicht arbeiten, weil ihre Nerven so schwach sind, deshalb muss ich uns beide versorgen. Und wenn ich meine Stelle verliere, was dann? Doch als alles vorüber war, als das Kind fort war, fühlte ich mich, als hätte ich nichts mehr. Was bleibt mir noch, als andere Menschen zu bedienen?“ Ethel verschluckte sich an ihrem Leid. „Der Arzt sagte, ich könnte nach dieser Sache vielleicht keine Kinder mehr bekommen. Was habe ich nur getan?“

„Genau deshalb muss Mrs. Patterson aufgehalten werden. Sie nutzt junge Frauen in schwierigen Situationen aus. Ihr ist völlig egal, wie es Ihnen hinterher geht, oder ob sie Angst haben oder verletzt werden. Ihr ist nur wichtig, dass sie bezahlt wird.“

„Aber was kann ich schon tun?“, schluchzte Ethel.

„Draußen wartet ein Police Inspector. Sie könnten mit ihm sprechen und ihm alles erklären.“

Ethels Augen weiteten sich vor Schreck.

„Nein! Schicken Sie ihn weg!“

Clara atmete tief durch, bevor sie antwortete.

„Er wird Sie nicht verhaften. Er will nur mit Ihnen sprechen. Vielleicht wird er verlangen, dass Sie eine Aussage gegen Mrs. Patterson machen.“

„Das kann ich nicht tun! Alle werden erfahren, was ich getan habe!“

„Ich bin mir sicher, dass der Inspector Möglichkeiten hat, um das zu verhindern. Aber Sie sind die einzige Hoffnung, die wir haben, Ethel. Es könnte Wochen oder Monate dauern, bis wir eine andere Frau finden, die gewillt ist, auszusagen. Und wie viele andere Frauen werden bis dahin zu ihr gehen? Was, wenn eine von ihnen stirbt? Ich bitte Sie nur darum, mit ihm zu sprechen.“

Ethel schüttelte den Kopf.

„Was würde meine Mutter dazu sagen?“

„Hören Sie auf, darüber nachzudenken, was andere Menschen tun oder sagen würden, und denken Sie an Ihr eigenes Gewissen. Fragen Sie sich, was das Richtige ist. Es gibt eigentlich nur eine Antwort darauf.“

„Ich will keine Schwierigkeiten bekommen.“

„Werden Sie nicht, Ethel.“

Ethel schloss die Augen und verzog das Gesicht.

„Niemand darf davon erfahren. Die Schande wäre unerträglich. Meine Mutter könnte nie wieder erhobenen Hauptes vor die Tür gehen.“

„Das müssen Sie mit dem Inspector besprechen, Ethel.“ Clara versuchte angestrengt, sich andere Möglichkeiten einfallen zu lassen, um die junge Frau zu überzeugen. „Außerdem fürchte ich, dass längst bekannt ist, was Sie getan haben, denn jemand hat Sie gesehen.“

Ethel wurde bleich.

„Wer?“

„Ein Nachbar. Das Problem ist: Ohne Ihre Aussage haben wir nur ihn als Zeugen, und dann wird er erklären müssen, wie er herausfand, was Mrs. Patterson tut. Aber wenn Sie eine Aussage machen, könnten wir Mrs.

Patterson davon überzeugen, ein Geständnis abzulegen. Dann werden Sie nie wieder darüber sprechen müssen."

Ethel dachte lange darüber nach.

„Und dieser Nachbar weiß, wer ich bin?"

„Ja. Er hat Sie an Ihrer Stimme erkannt."

Ethel krümmte sich zusammen.

„Ich spreche meine R und mein T nicht richtig aus." Sie schüttelte den Kopf. „Was soll ich nur tun? Ich will diesen ganzen Wirbel nicht, aber Sie werden diese Sache wohl nicht auf sich beruhen lassen."

„Nein", sagte Clara leise. „Es steht zu viel auf dem Spiel."

Ethel seufzte leise und schloss die Augen.

„Schicken Sie den Inspector herein."

Clara verließ den Raum und sagte Jennings, dass er mit Ethel sprechen könne. Sie blieb draußen und wartete auf die Rückkehr von Mrs. Thwaite, damit sie das Gespräch nicht unterbrach. Wie sie ihr erklären sollte, dass Ethel gerade mit einem Police Inspector sprach, war eine ganz andere Frage.

Es dauerte nicht lange, bis die plumpe Gestalt von Mrs. Thwaite auftauchte. Sie hielt eine Tasse Tee in der einen und ein Sandwich in der anderen Hand. Sie blieb vor Clara stehen und schien sie zum ersten Mal wirklich wahrzunehmen.

„Ethel unterhält sich gerade mit Inspector Jennings, weil sie glaubt, dass sie etwas beobachtet haben könnte, was mit dem Mord in Verbindung steht, der jüngst begangen wurde." Es war eine akzeptable Lüge, versetzt mit Fragmenten der Wahrheit.

Mrs. Thwaite kramte in ihrem Gedächtnis.

„Oh, diese Frau an der Rennstrecke?“

„Ja. Die Bedienungen des Lyons Teehauses sehen jeden Tag viele Menschen. Sie könnte die Frau in Begleitung einer anderen Person gesehen haben.“

„Konnte das nicht warten, bis es Ethel besser geht?“ Mrs. Thwaite schaute argwöhnisch zur Zimmertür.

„Ich fürchte, der Inspector steht unter Zeitdruck, da er nur für kurze Zeit im Ort bleiben kann“, führte Clara ohne Reue aus.

„Trotzdem ...“

„Sie müssen sich jetzt setzen, Mrs. Thwaite. Es war ein schlimmer Tag für Sie. Setzen Sie sich hin und essen Sie Ihr Sandwich.“ Clara lächelte, als sie die Frau zu einem Stuhl führte. „Ethel ist wieder wohlauf. Sie wird zurechtkommen.“

„Ja, sie scheint das Schlimmste überstanden zu haben.“ Mrs. Thwaite biss in ihr Sandwich. „Sie war nicht mehr ganz sie selbst, seit dieser Billy fort ist. Das hat sie schwer getroffen. Die beiden gingen seit über einem Jahr miteinander aus. Ich mochte ihn allerdings nicht allzu gern.“

„Ich fürchte, die meisten Probleme einer Frau fangen mit einem Mann an“, sagte Clara niedergeschlagen, während sie an das Drama dachte, in das sie im Moment verwickelt war.

„Nicht wahr? Ich habe geheiratet und dachte, alles würde gut werden, und dann stirbt er einfach, noch vor Ethels zwölftem Geburtstag, und ich muss mich allein um das Haus und ein junges Mädchen kümmern. Und das mit meinen schlechten Nerven. Es war beinahe mehr, als ich ertragen konnte.“

„Immerhin haben Sie Ethel.“

„Oh, ja. Und ich kann Ihnen gar nicht sagen, wie dankbar ich dafür bin, dass Sie uns zu Hilfe kamen. Ich weiß nicht, was ich ohne meine Tochter tun würde. Sie haben meinen unendlichen Dank."

„Manchmal sind wir einfach zur richtigen Zeit am richtigen Ort." Clara lächelte.

Der Inspector kam aus dem Raum und nickte Mrs. Thwaite zu.

„Bitte entschuldigen Sie, dass ich Ihre Zeit in Anspruch genommen habe."

Mrs. Thwaite musterte ihn missbilligend und huschte dann zu ihrer Tochter hinein. Clara und Jennings entfernten sich ein wenig, bevor sie sich unterhielten.

„Sie hat mir alles erzählt. Wir haben Mrs. Patterson."

„Gut." Eine seltsame Erleichterung überkam Clara. „Was ist mit dem ... ähm ... Kind?"

„Ich habe es zum Gerichtsmediziner gebracht. Er ist sich nicht sicher, ob er es als menschlich identifizieren kann. Es ist noch zu klein. Anscheinend unterscheidet sich ein menschlicher Fötus bis zu einem gewissen Punkt kaum von dem eines Tieres. Doch er will sehen, was er tun kann. Ich habe allerdings noch etwas für Sie." Jennings zog einen Zettel aus der Tasche und reichte ihn Clara. „Das ist der Autopsiebericht für Eustace."

Clara faltete das Blatt auseinander und las aufmerksam den maschinengeschriebenen Bericht.

„Was halten Sie davon?", fragte Jennings. „Ich glaube nicht, dass ich darauf einen Mordfall aufbauen kann, und selbst Totschlag wäre strittig. Außerdem ... wen soll ich beschuldigen?"

„Nein, Ihre Arbeit ist getan“, stimmte Clara zu. „Jetzt bin ich an der Reihe. In manchen Fällen ist ein schlechtes Gewissen Strafe genug. Außerdem habe ich nicht vor, dem Übeltäter zu gestatten, anonym zu bleiben.“

„Passen Sie auf sich auf“, sagte Jennings nachdrücklich. „Muss ich erwähnen, dass es mir lieber wäre, wenn Sie unseren anderen Fall davon getrennt halten?“

„Natürlich nicht. Ich werde ihn nicht gefährden.“

„Nun, ich muss eine Frau verhaften, und ich glaube nicht, dass das angenehm wird.“

„Sie könnten ihren jungen Constable mitnehmen, damit er ein wenig Erfahrung sammelt“, fügte Clara schelmisch hinzu.

„Er hat sich gerade erst von seiner Begegnung mit Ihnen erholt.“ Jennings wirkte ernst, doch er lachte beinahe. „Ich nehme an, in der Polizeiwache von Brighton fürchtet man Sie.“

Clara zuckte mit den Schultern.

„Es ist ja nicht so, als wäre ich diejenige, die die Morde begeht.“

Kapitel 24

„Was tun wir alle hier?" Peg sah sich im Raum um. „Uns alle so zu versammeln wirkt recht unheilvoll, Clara. Worum geht es?"

Clara hatte die Familie Campbell im Salon zusammengerufen, zusammen mit Tommy und Annie, ohne eine Erklärung dafür zu geben. Es war reichlich gegrummelt worden, weil sie den Verlauf des Nachmittags gestört hatte. Nur Andrew hatte Clara offensichtlich zu schätzen gelernt. Er war der Einzige gewesen, der gleich eingewilligt hatte.

„Ich hielt es für wichtig, euch alle zu versammeln, da ich wichtige Neuigkeiten über Eustaces Tod erfahren habe", sagte Clara.

Glorianna schien ein wenig zusammenzuzucken.

„Neuigkeiten?", fragte sie nervös. „Vom Gerichtsmediziner?"

„Ja. Der Inspector bat mich, diese Informationen weiterzuleiten." Clara hielt inne und schaute sich im Raum um. Alle erwarteten mit unterschiedlich großem Interesse ihre Ankündigung. Glorianna war offensichtlich sehr nervös. „Der Arzt hat festgestellt, dass Eustace an einem Herzinfarkt starb."

Glorianna keuchte zitternd.

„Oh ... oh, nun ... oh ...“ Sie schaute die anderen Familienmitglieder an. „Er war ein dicker Mann. Sein Herz war gewiss sehr belastet.“

„Das Arsen, das ihm jemand untermischte, hat wohl kaum geholfen“, fügte Clara frostig hinzu.

Stille legte sich über den Raum. Hogarth prustete und hustete, doch es war Glorianna, die mit ihrem irren Zittern alle Aufmerksamkeit auf sich zog.

„Arsen?“, zischte Peg. „Wie?“

„Sein Tonic Water war damit versetzt. Es wurde in seinem Erbrochenen und in seinem Magen nachgewiesen. Die einzige Rettung für den Giftmischer oder die Giftmischerin ist, dass er an dem Herzinfarkt starb, bevor das Arsen das erledigen konnte.“

„Du hast den Krug mitgenommen!“ Glorianna warf Clara einen finsteren Blick zu. „Du warst das!“

„Ja. Ich befürchtete, dass Eustaces Tod etwas anderes als ein Unglück gewesen sein könnte.“

„Eine Spionin in meinem Haushalt!“ Glorianna erhob sich von ihrem Sessel und zeigte auf Clara. „Sie beobachtet uns, spioniert uns aus und erzählt der Polizei Geschichten!“

„Halt den Mund, Glory!“ Andrew legte ihr eine Hand auf die Schulter und drückte sie wieder in ihren Sessel zurück. „Clara hat auf uns aufgepasst. Wenn es einen Giftmischer hier im Haus gibt, wäre es mir lieber, dass er oder sie erwischt wird, bevor ein neues Opfer ausgewählt wird.“

„Weißt du, wer es war?“, fragte Susan leise.

„Ich habe nur einen Verdacht“, hob Clara an. „Und ich muss dazusagen, dass die Polizei wegen der Umstände von Eustaces Tod keinen Mordfall daraus machen kann, solange sie nicht beweisen können, dass sein Herzinfarkt direkt von der Arsenvergiftung ausgelöst wurde, was unmöglich ist. Doch leider muss ich sagen, dass ein Mitglied der Familie Campbell ein kaltblütiger Giftmörder ist, und dessen sollten wir uns alle bewusst sein."

„Aber wer?", fragte Susan erneut und schaute nervös von einem Familienmitglied zum nächsten.

„Zuerst hielt ich Glorianna für die Täterin."

Glorianna lachte gestelzt.

„Mich? Warum das?"

„Es waren die kleinen Dinge. Du hast dir große Sorgen gemacht, als der Krug verschwand, und hattest eine Abneigung gegen Eustace. Er hat dich in den Wahnsinn getrieben", sagte Clara. „Du hast ihn wirklich verabscheut. Außerdem hatte er mir schon den Gedanken eingepflanzt, du könntest die erste Mrs. Campbell ermordet haben."

Glorianna zischte durch ihre Zähne.

„Das habe ich nicht getan!"

„Nein, davon bin ich auch überzeugt. Aus mehreren Gründen, aber nicht zuletzt, weil Mrs. Campbell jahrelang im Sterben lag, während du ungeduldig wartetest. Ich denke, wenn du die Giftmörderin wärst, dann wäre das schneller gegangen. Um zu diesem Schluss zu kommen, musste ich mich fragen, ob du überhaupt die Möglichkeit gehabt hättest, sie zu vergiften. Du warst Hogarths Sekretärin, nicht ihre Krankenschwester. Sie aß das gleiche Essen wie alle anderen, und es wäre nicht gerade einfach für dich gewesen, regelmäßig Zugang zu ihren Getränken zu erhalten, um die zu vergiften. Je mehr ich darüber nachdachte, desto weniger kamst du in Frage. Dann kam das letzte Puzzleteil. Ich war heute im Krankenhaus und bin dort auf eine Idee gekommen. Ich beschloss, eine diskrete Nachfrage zu stellen. Niemand hat mir erzählt, dass die erste Mrs. Campbell die letzten Monate ihres Lebens im Krankenhaus verbrachte, wo du sie mit dem Gift nicht hättest erreichen können.“

Glorianna wollte etwas sagen, doch es hatte ihr die Sprache verschlagen.

„Eustace gefiel es, dich aufzustacheln, Glorianna, und dazu gehörte es auch, Geschichten über dich zu erzählen. Als ich ausgeschlossen hatte, dass du bereits eine Person vergiftet hast, kam mir eine andere Frage in den Sinn. Es ist die offensichtlichste Frage, die mir erstaunlicherweise nicht früher in den Sinn kam: *Wann* wurde Eustace vergiftet? Es war naheliegend, das Tonic Water als *einzige* Giftquelle anzunehmen, doch dann erinnerte ich mich an das, was Hogarth gesagt hatte: Eustace war am Abend seines Todes bereits mit einer Magenverstimmung ins Bett gegangen. Das war *bevor* er das Tonic Water getrunken hatte. Der Krug war ein Ablenkungsmanöver, oder vielleicht eine Absicherung. Eustace hatte schon früher am Abend Arsen zu sich genommen. Deshalb fragte ich mich, warum sich Glorianna derart große Sorgen wegen des Kruges gemacht hatte.“

Clara schaute Glorianna direkt an. Die Frau zuckte in ihrem Sessel zusammen und nestelte an ihrem Kleid herum.

„Der Krug? Der ... ich ...“

„Du wusstest, dass das Wasser vergiftet war“, fuhr Clara fort. „Mein einziger Fehler war, anzunehmen, dass du deshalb die Giftmischerin sein musst. Tatsächlich hast du eine andere Person gedeckt."

Glorianna schien kaum noch Luft zu bekommen.

„Dir ist etwas wie Ruf sehr wichtig. So denken nur Menschen aus armen Verhältnissen, die über ihre eigenen Erwartungen hinaus aufgestiegen sind." Clara sprach recht leise und alle im Raum konzentrierten sich auf ihre Worte. „Der Ruf ist alles für dich. Als Shirley Cox in der Kirche auftauchte, war es deine größte Sorge, dass sie den Ruf der Familie Campbell beschmutzen würde. Genauso erging es dir, als Susan ihr Geheimnis enthüllte. Du schützt diese Familie permanent vor jeglichen Schandflecken."

„Und was ist falsch daran?", blaffte Glorianna. „Niemand sonst scheint sich dafür zu interessieren! Aber der gute oder schlechte Ruf ist das Einzige im Leben, was man für immer behält. Das ist mir wichtig, das gebe ich gerne zu. Ich wäre ungern als ‚diese Frau aus der schrecklichen Familie Campbell' bekannt. Ich habe mein ganzes Leben lang hart dafür gearbeitet, es in diese Position zu schaffen. Das lasse ich mir jetzt nicht verderben!"

„Das ist doch Unsinn, Glorianna", meldete sich Hogarth zu Wort, den das Gerede seiner Frau ärgerte. „Niemand bedroht den Ruf der Familie."

„Nein? Siehst du es denn nicht? Siehst du nicht, wie ihr euch alle selbst schadet? Eure Taten sind euch völlig egal, doch alle sehen euch dabei zu. Ich hasse es, dass wir von allen beobachtet werden. Sie warten nur darauf, dass wir scheitern, und lachen, weil du über deine vorgesehene Stellung im Leben aufgestiegen bist, so wie ich auch. Sie wollen nur sehen, wie wir fallen."

Bitterliches Schluchzen stieg in Gloriannas Kehle empor, von einem Ort in ihrem Inneren, den sie so lange verborgen gehalten hatte. „Seht ihr es denn nicht?"

Niemand außer Clara antwortete.

„Wen hast du gedeckt, Glorianna? Wer hätte den Ruf der Familie dieses Mal beschädigt?"

Glorianna tupfte sich die Augen ab. Sie schluchzte beinahe unkontrollierbar und ihre Worte klangen wie ein Schluckauf.

„Da es keinem von euch etwas auszumachen scheint, schadet es ja nicht, wenn ich die Wahrheit sage, oder? Nun, Clara, ich habe jemanden gedeckt, weil ich sah, wie die Person das Wasser vergiftete."

„Wer war es, Glorianna?"

„Aber Eustace ist nicht an einer Vergiftung gestorben", sagte Susan mit schneidender Stimme. „Was soll das also?"

„Jemand hier hatte die Absicht, ihn umzubringen. Dass die Person gescheitert ist, macht sie nicht weniger schuldig. Ich persönlich würde gern wissen, wer in diesem Haus so freigiebig mit Arsen hantiert", sagte Clara wütend.

Glorianna beruhigte sich und blickte ernst in die Gesichter der anderen Familienmitglieder.

„Ich habe Eustace vielleicht nicht gemocht, aber ich versuchte wenigstens, mit ihm auszukommen."

„Wen beschuldigst du?", fragte Andrew. „Ich hoffe, nicht schon wieder mich. Ich habe schon einen Mord, den man mir anhängt."

„Es tut mir leid, Hogarth." Glorianna sprach sehr leise, aber deutlich. „Es war Peg, die deinen Bruder vergiftet hat."

Wenn es so etwas wie ein gemeinsames Keuchen gab, dann taten die Personen im Raum genau das. Peg saß Clara gegenüber und hatte schon seit einer Weile nichts mehr gesagt. Sie rauchte, trug Herrenhose und Herrenhemd und hatte ein Bein über das andere geschlagen.

„Ich sah, wie sie das Arsen in seinen Wasserkrug gab", führte Glorianna aus, als niemand auf ihre Enthüllung reagierte. „Es war reiner Zufall. Ich war in die Küche gegangen, um die Köchin zu fragen, ob sie mir ein Senfpflaster für die Blasen an meinen Füßen machen könnte. Diese verdammten Schuhe, die ich zur Hochzeit trug, waren viel zu eng. Das war nach dem Abendessen, gegen neun Uhr. Das Dienstmädchen hatte gerade den Krug mit Eustaces Tonic Water auf den Tisch gestellt. Das wusste ich, weil die Flasche noch in der Nähe stand. Sie war eine Zitrone holen gegangen, um sie aufzuschneiden und eine Scheibe in den Krug zu geben, so machte sie das immer. Ich stand in der Tür. Das Licht war aus, es war also dunkel. Ich sah, wie Peg mit der Blechdose aus der Speisekammer kam. Sie nahm einen Löffel des weißen Pulvers und gab es ins Wasser. Dann rührte sie hastig um und zog sich wieder in die Speisekammer zurück, als das Dienstmädchen zurückkehrte. Ich wusste damals nicht, um welches Pulver es sich handelte, sonst hätte ich nicht zugelassen, dass das Dienstmädchen dieses Wasser zu Eustace bringt.

Ich wollte etwas sagen, weil ich dachte, dass Peg vielleicht Salz ins Wasser gegeben hatte. Ich hätte doch nie damit gerechnet ... Aber dann kam die Köchin aus dem Raum hinter mir. Ich sprach sie auf das Pflaster an und sie sagte, dass sie einige fertige Senfpflaster in ihrem

Zimmer habe. Die seien besser als die aus der Apotheke. Ich ging also in ihr Zimmer und war völlig abgelenkt. Ich hatte seit dem Wochenende so viele Dinge im Kopf. Den Krug hatte ich schon wieder vergessen, bis am folgenden Tag ...

Als ich Eustace sah, wusste ich, dass etwas Schreckliches geschehen war. Sein Gesichtsausdruck war einfach ... Ich ging in die Küche, nachdem ich den Arzt gerufen hatte, und fragte die Köchin, was in dieser Blechdose aufbewahrt wird; ob es sich um Salz handle. Sie war entsetzt. ‚Oh nein, Mrs. Campbell, verwechseln Sie das auf keinen Fall mit Salz. Es ist Arsen, gegen Mäuse und Ratten.‘ Da wusste ich Bescheid und wollte unbedingt diesen Krug holen, um den Inhalt auszukippen. Doch er war schon verschwunden.“

„Es hätte auch keinen Unterschied gemacht, Glorianna. Eustace war voller Arsen“, sagte Clara. „Es wäre schwieriger gewesen, die genaue Todesursache zu ermitteln, aber ansonsten hätte sich nichts geändert. Außerdem wurde Eustace schon vor dem Tonic Water vergiftet. Das war nur die Absicherung, nicht wahr, Peg?“

Peg tippte völlig gelassen gegen ihre Zigarette. Sie grinste Clara an.

„Warum sollte ich Eustace umbringen?“

„Mir würden ein paar Gründe einfallen, aber ich glaube, was sein Schicksal besiegelte, waren seine abfälligen Bemerkungen über dich. Ich kann nur mutmaßen, aber so wie ich Eustace erlebt habe, frage ich mich, ob er sich einige unfreundliche Kommentare über den Mann, den du geliebt und verloren hast, nicht verkneifen konnte“, antwortete Clara.

Peg schnaubte, als fände sie das alles überaus amüsant, aber langweilig.

„Könnte es so simpel sein?", fragte sie.

„Ja", antwortete Clara. „Morde werden häufig aus sehr schlichten, unkomplizierten Gründen begangen. Und Hass ist einer der stärksten Gründe."

„Peg, liegt auch nur ein Hauch von Wahrheit darin?" Hogarth war zwischen seiner Ehefrau und seiner Tochter hin und her gerissen. Glorianna schien die Wahrheit zu sagen, könnte aber auch lügen, um sich selbst zu decken.

Peg seufzte lange.

„Was tut das überhaupt noch zur Sache?", fragte sie schleppend. „Jeder hier im Raum wollte ihn irgendwann schon einmal töten. Nun vielleicht nicht jeder. Clara kannte ihn kaum, doch er hatte eben so seine Art. Irgendwie fand er immer zielsicher den Schwachpunkt seines Gegenübers."

„Also hast du versucht, ihn umzubringen?", fragte Hogarth kraftlos. Er war erschöpft von all den Lügen und Geheimnissen in seiner Familie. „Hast du sein Essen vergiftet?"

„Es war sein abendlicher Drink", klärte Clara auf. „Deshalb fing ich an, jemand anderen als Glorianna ins Auge zu fassen. Das Essen war zu schwierig, wenn man nicht alle vergiften wollte. Es ging ihm schon vor dem Tonic Water schlecht, also blieben nur noch die Drinks nach dem Essen. Und wer mixte die nahezu jedes Mal?"

Peg fuhr mit einem Finger am Rand des Aschenbechers entlang und lächelte.

„Ich war der Meinung, ich wäre ziemlich gerissen vorgegangen. Ich habe schon seit Jahren daran gearbeitet, weißt du? Und bisher hat mich niemand verdächtigt."

„Ein Mann von Eustaces Statur, mit Gelüsten für reichhaltiges Essen und Alkohol? Es war naheliegend, dass er regelmäßig Magenprobleme hatte. Niemand hörte ihm so richtig zu, wenn er sagte, dass es immer dann schlimmer wurde, wenn er hier im Haus zu Besuch war."

„Niemand außer dir." Peg nickte ihrer Cousine respektvoll zu. „Wie es wohl sein muss, so argwöhnisch durchs Leben zu gehen."

„Es ist im Allgemeinen eine recht gesunde Lebenseinstellung", sagte Clara. „Wen wolltest du denn sonst noch vergiften?"

Glorianna wurde blass, doch Peg schaute sie nicht an. Ihre Stiefmutter war ein Ärgernis, hatte sich damit aber höchstens ihre Verachtung verdient.

„Soll ich euch sagen, warum?", fragte Peg.

„Ich bitte darum", sagte Hogarth steif.

„Er war Johnny gegenüber sehr unverschämt; meinem Verlobten. Jonny fiel im Niemandsland. Eine Kugel traf ihn in den Rücken. Es war ungeklärt, wie das genau passiert ist. Niemand wusste wirklich, warum Johnny dort draußen war." Pegs Stimme bebte. „Eustace sagte, dass Johnny ein Feigling gewesen sei; dass er floh, als ihn die Kugel traf."

„Das war doch nur ein Scherz", warf Glorianna ein.

„Er wusste, wie verletzend dieser Kommentar war!" Peg warf den Aschenbecher zur Seite und ihre Ruhe verpuffte. „Ich habe Johnny mehr geliebt, als ihr je verstehen könntet. Ich werde nie wieder lieben. Er war mutig und loyal. Er hatte schon über ein Jahr in den Schützengräben gekämpft. Er hatte Probleme mit Kriegsneurose, blieb aber trotzdem an der Front. Er wäre niemals geflohen. Eustace bestand darauf, seinen Namen in den Schmutz zu ziehen, bis ich es satt hatte; bis ich *ihn* satt hatte. Ich wollte ihn nur noch tot sehen, doch er starb einfach nicht. Stattdessen kam er immer wieder her."

„Wann hast du angefangen, ihn zu vergiften?", fragte Clara.

„Vor etwa drei Jahren." Peg konnte niemandem mehr in die Augen sehen. „Ich erfuhr, was in dieser Blechdose aufbewahrt wurde, und da kam mir die Idee. Ich wollte ihn erst nur von hier fernhalten. Ich dachte nicht daran, ihn umzubringen, nicht sofort. Denn es war egal, wie viel Gift ich ihm verabreichte, er kam immer wieder her. Dieses Mal hat er das Fass zum Überlaufen gebracht. Die Dinge, die er über Andrew sagte ..."

Peg kniff die Augen zu. Sie hatte ihn nicht wirklich umbringen wollen. Zumindest hoffte sie das. Doch sie war so wütend gewesen, als sie das Arsen aus der Speisekammer holte, dass das schwer zu sagen war. Vielleicht hatte sie ihn tödlich treffen wollen. Aber nein, gewiss nicht! Das war doch nicht Penelope Campbell. Sie legte ihr Gesicht in die Hände und wollte schreien, um all die Kränkung, Wut, Bitterkeit und Trauer rauszulassen. Stattdessen blieb ihr all das im Halse stecken, wie immer.

„Ich ... ich muss eine Weile darüber nachdenken." Hogarth erhob sich mit einem schauerlichen Gesichtsausdruck, als hätte er etwas Unwirkliches in diesem Raum gesehen. Er schlurfte davon und kurz darauf hörten sie die Tür seines Arbeitszimmers zufallen.

Sonst regte sich niemand. Schließlich ergriff Clara das Wort.

„Peg, die Polizei kann dir wegen dem, was du getan hast, nichts anhaben. Vielleicht werden deine eigenen Schuldgefühle Strafe genug sein. Ich weiß es nicht. Es tut mir nur leid, dass du dachtest, ein Mord wäre die Lösung für deine Probleme."

„Hast du noch nie jemanden gehasst, Clara? So sehr, dass du wünschtest, die Person wäre tot?" Peg ließ kurz die Hände sinken.

„Doch", sagte Clara, ohne zu zögern. „Doch ich habe es mir nur gewünscht. Ich habe nicht danach gehandelt."

Peg versteckte sich wieder hinter ihren Händen.

„Was jetzt?", fragte sie.

Es war nicht Claras Aufgabe, diese Frage zu beantworten. Nur die Familie Campbell konnte über Pegs Schicksal entscheiden. Wie auch immer das aussehen mochte; ob sie Vergebung oder Entfremdung erleben würde, Clara wusste von einem Geheimnis, dass Peg eine sichere Zukunft garantieren würde. Eustace hatte ihr einen Teil seines Geldes hinterlassen; vermutlich einen beträchtlichen Teil. Da Peg ihn nicht wirklich ermordet hatte, gab es keinen Grund, ihr das Erbe zu verwehren, auch wenn es moralisch falsch wirken mochte. Kurz gesagt: Clara wusste, dass Peg in Sicherheit war, egal wie es weiterging. Doch das würde sie nicht preisgeben. Nichts konnte sie dazu bewegen, einer Beinahe-Mörderin zu erzählen, dass sie bald eine reiche Frau sein würde.

Clara wünschte sich mehr denn je, das Haus der Campbells verlassen zu können. Sie wollte endlich nach Hause zurückkehren.

Kapitel 25

Spät am Abend erhielt Clara eine Nachricht, in der sie aufgefordert wurde, zur Polizeiwache zu kommen. Sie aß das Sandwich auf, das Annie ihr dankenswerterweise gemacht hatte – sie war nicht geneigt gewesen, am Abendessen der Familie teilzunehmen – und fragte Timmy, ob er sie ins Dorf fahren würde. Er willigte nur zu gern ein, solange sie ihm auf der Fahrt ausführlich berichtete, was Ethel widerfahren war. Clara konnte der Wahrheit nicht aus dem Weg gehen, da Timmy zwei Augen im Kopf hatte und auch gelegentlich seinen Verstand benutzte. Und er hatte ganz genau gesehen, auf welche Weise Ethel zu verbluten drohte.

Er entlockte ihr unter einem Eid des Stillschweigens sämtliche Details. Doch Mrs. Patterson erwähnte Clara nicht. Sie behauptete, zufällig an der Alms Street 24 vorbeigekommen zu sein, als sie bemerkte, dass dort etwas im Argen lag. Timmy glaubte ihr zwar nicht so ganz, war aber zufrieden mit dem, was sie ihm erzählt hatte, inklusive der Tatsache, dass es Ethel gutging.

„Wenn Sie das auch nur einer Menschenseele weitererzählen, werde ich Sie bei lebendigem Leib häuten, Timmy", drohte Clara, während sie an der Polizeiwache hielten.

„Ich werde nichts sagen. Auch wenn das eine schöne Aufgabe wird, der Köchin zu erzählen, was aus diesen Decken geworden ist."

Clara stieg aus und sagte Timmy, dass sie im Haus anrufen würde, wenn sie eine Rückfahrt brauchte. Dann ging sie hinein, um zu erfahren, warum Inspector Jennings sie hergerufen hatte.

Jennings war nicht in seinem Büro, sondern in einem kleinen Raum im hinteren Teil der Wache, der einst eine Spülküche gewesen sein mochte. Er rauchte und machte sich eine Tasse Tee. Clara fand ihn in diesem Kämmerchen und fragte ihn mit einem Blick, was los war.

„Wir haben Mrs. Patterson. Ich dachte mir, dass Sie das gerne sehen würden."

Clara seufzte erleichtert.

„Sie ist bestimmt hocherfreut darüber, hier zu sein."

„Sie hat mir gehörig die Meinung gesagt. Ich wollte auf Sie warten, ehe ich mich länger mit ihr unterhalte. Sie hat noch nicht gestanden, weiß aber, dass wir eine Zeugin für ihre Taten haben."

„Inspector, falls sie irgendetwas über Shirley Cox weiß, würde ich das gern hören."

„Ich auch. Wollen wir dann?"

Der Inspector führte sie in den Flur und zu einem der anderen Räume im hinteren Teil. Er war spartanisch eingerichtet, mit einem Tisch und Stühlen. Ein vergittertes Fenster bot einen Blick in den Innenhof. Mrs. Patterson saß am Tisch und funkelte sie an.

„Sie haben also dieses Flittchen wieder angeschleppt?", blaffte sie.

„Passen Sie auf, was Sie sagen!", bellte der Inspector. „Haben Sie nicht schon genug Ärger am Hals?"

Mrs. Patterson verschränkte die Arme vor der Brust und warf Clara einen bösen Blick zu. Clara blieb völlig ungerührt.

„Wir haben eine Zeugin, Mrs. Patterson. Eine der jungen Frauen, denen Sie, ähm, geholfen haben. Außerdem glaubt unser Arzt, nachweisen zu können, dass es sich beim Inhalt des Bündels aus Ihrem Hinterhof um einen menschlichen Fötus handelt."

„Das hat nichts mit mir zu tun. Die Nachbarn haben es dort abgeladen; über die Mauer geworfen", sagte Mrs. Patterson rasch.

„Erstaunlich, dass es so nah an Ihrer Tür gelandet ist", entgegnete der Inspector regungslos. „Meinen Sie, eine Jury wird Ihnen das abkaufen? Meiner Erfahrung nach sind Jurys nicht gut auf illegale Abtreibungen zu sprechen."

Mrs. Patterson zog eine Grimasse. Sie war nicht dumm. Sie hatte viele Jahre in ihrem illegalen Handwerk durchgehalten, weil sie klug genug war, um sich abzusichern. Doch in diesem Fall war sie nachlässig gewesen. Warum hatte sie nicht gründlicher gearbeitet? Nun, sie kannte die Antwort. Sie war seit Wochen nicht auf der Höhe. Sie hatte einen Kloß im Hals, der ihr das Schlucken erschwerte, und ihre Brust fühlte sich auch nicht so gut an. Sie hatte einfach nicht die Kraft gefunden, um mehr zu tun, als den toten Fötus vor ihrer Tür abzulegen – nachlässig, nachlässig! Doch sie war so lange damit durchgekommen ...

„Ein Geständnis würde die Sache für alle Beteiligten einfacher machen", fuhr Jennings fort. „Wenn Sie kooperieren, würde das auch vor Gericht gut aussehen; insbesondere, wenn Sie uns den Namen Ihres Komplizen nennen."

Mrs. Patterson wollte den Kopf schütteln, doch dann fragte sie sich, warum sie sich überhaupt die Mühe machte. Es war alles vorbei, nicht wahr? Sie hatten sie, eine Zeugin und das abgetriebene Kind. So nah waren sie ihr noch nie gekommen. Welchen Zweck hatte es da noch, den verdammen Vikar zu decken? Was hatte er je für sie getan? War er gekommen, als diese Krankheit angefangen und sie um ein wenig Beistand gebeten hatte? Hatte er sie besucht, um nach ihr zu sehen? Nein! Er war weiterhin nach London gereist und hatte ihr mitten in der Nacht junge Frauen gebracht; selbst nachdem sie ihm gesagt hatte, dass sie mit diesem ganzen Geschäft abgeschlossen hatte.

Und hatte sie sich in den vergangenen Wochen nicht selbst ein wenig Sorgen um ihre unsterbliche Seele gemacht? Eigenartig, wie sich der Gedanke an den eigenen Tod in ihren Verstand geschlichen hatte, bis sie sich darum Sorgen machte, wie ihre Taten wohl im Auge Gottes wirken mochten. Was würde Er von ihr halten? Manchmal, wenn die Schmerzen in der Nacht besonders schlimm waren, dachte sie an all die Dinge, die ihre Mutter ihr in der Kindheit über Gott beigebracht hatte. Angesichts des Lebens, das sie geführt hatte, hatte sie es da ein wenig mit der Angst zu tun bekommen. Bald würde sie wohl ihrem Schöpfer gegenübertreten, und was würde Er dann sagen?

Draper war keine Hilfe gewesen, als sie ihn darum gebeten hatte. Für einen Geistlichen war seine Vorstellung von Gott bestenfalls fadenscheinig. Er hatte nur sein wässriges Lächeln aufgesetzt und das Thema gewechselt. Nein, sie war ihm rein gar nichts schuldig. Es war an der Zeit, dass Millicent Patterson einmal nur an sich selbst dachte. Sie entschied sich für die Wahrheit. Vielleicht konnte sie so die Angst ein wenig lindern, die in ihr herangereift war. Auf jeden Fall verfügte die Polizei über einen Arzt, was Mrs. Patterson von sich nicht behaupten konnte. Vielleicht könnte sie eine Medizin bekommen und müsste doch nicht sterben.

„Wenn ich gestehe, was passiert dann?", fragte Mrs. Patterson.

„Das hängt von den Richtern ab, nicht von mir." Jennings holte einen Stift und unbeschriebenes Papier hervor. „Aber üblicherweise werden solche Dinge berücksichtigt."

„Und mein Alter, das müssen sie auch berücksichtigen. Und meinen Gesundheitszustand; der ist nicht der beste."

„Sie haben trotzdem noch ein Verbrechen begangen. Dem können Sie sich nicht entziehen."

„Dabei habe ich diesen jungen Frauen doch nur geholfen, aber wie ich sehe, soll ich dafür angeklagt werden."

Jennings schaute sie unbeeindruckt an.

„Heißt das, Sie wollen ein Geständnis machen?"

„Was wollen Sie hören?"

„Wir können es ganz simpel halten. Wie wäre es mit: Ich, Mrs. ..."

„Millicent", sagte Mrs. Patterson, als der Inspector darauf wartete, dass sie die Lücke füllte.

„Ich, Mrs. Millicent Patterson, schwöre hiermit in Anwesenheit von Inspector Jennings von der Polizei Surrey, dass ich während der vergangenen ..."

„Sechs Jahre.“

„... sechs Jahre in meinem Haus in der King Street illegale Abtreibungen durchgeführt habe. Während dieser Zeit habe ich in Zusammenarbeit mit ...“

„Reverend Irving Draper.“

„... Reverend Irving Draper diese illegalen Handlungen ausgeführt. Ich bin mir darüber bewusst, dass meine Taten ein Verbrechen darstellen, und habe dieses Geständnis aus freien Stücken gemacht.“ Jennings schrieb alles nieder. „Wenn Sie damit zufrieden sind, lasse ich das abtippen, damit Sie es unterschreiben können.“

Mrs. Patterson nickte ernst.

„Bin gleich wieder da.“ Der Inspector verschwand, was Clara und Mrs. Patterson die Gelegenheit gab, sich in gegenseitiger Abneigung anzustarren, bis er zurückkehrte.

„Nun zum nächsten Punkt.“ Der Inspector setzte sich zufrieden auf seinen Stuhl. „Erzählen Sie mir alles, was Sie über Reverend Draper wissen.“

„Es wäre einfacher zu sagen, was ich nicht weiß“, schnaubte Mrs. Patterson. „Ich muss immer lächeln, wenn ihn jemand als Vikar bezeichnet. Ein feiner Vikar ist er.“

„Erzählen Sie mir mehr.“

Mrs. Patterson fühlte sich plötzlich sehr wohl damit, im Zentrum der Aufmerksamkeit zu stehen; insbesondere, da es nicht länger um sie ging. Sie richtete sich mit Stolz auf, da sie der Polizei etwas Nützliches mitteilen könnte, und begann inbrünstig mit ihren Enthüllungen.

„Reverend Draper hat bei mir angeklopft, als ich noch in London arbeitete. Das waren gute Zeiten. Damals schwamm ich in Geld, da die Zuhälterinnen all ihre Mädchen zu mir schickten. Ich war damals die Beste und man bezahlte mich gut. Ich habe kaum ein Mädchen in meiner Obhut verloren und falls doch, war die Dirne üblicherweise selbst schuld, da sie meine Anweisungen nicht befolgt hat."

Clara biss sich auf die Zunge. Es fiel ihr in diesem Moment sehr schwer, den Mund zu halten.

„Eines Tages, noch einige Jahre vor dem Krieg, klopft es an meiner Tür und da steht dieser ganz in Schwarz gekleidete Mann. Ich denke erst, er ist ein Bestatter, aber nein, er trägt diesen kleinen, weißen Kragen." Mrs. Patterson deutete den Kragen an ihrem Hals an. „Das ist ein Geistlicher, vor meiner Tür! Ich stehe ganz neben mir. Was könnte er nur von mir wollen? Ich will ihn schon fortschicken, da sagt er mir, dass er meine Talente braucht. Nun, es war offensichtlich, dass es nicht um ihn ging, also stellte ich die üblichen Fragen: Wo? Wann? Wie weit ist sie fortgeschritten? Nun, unten an der Straße wartet eine Droschke. Er geht hin und bringt diese junge Frau zu mir. Eine gewöhnliche Dirne, soweit ich das beurteilen kann. Ich bin mir nicht ganz sicher, was er von mir will. Doch er sagt mir, sie sei seine Mätresse, sie sei schwanger und er dürfe wegen der Kirche kein Kind in die Welt setzen. Ich kümmere mich also um sie und die beiden verschwinden wieder.

Aber dann, einige Monate später, kommt er mit einer anderen jungen Frau im Schlepptau wieder! Ich habe es schon wieder getan, Mrs. Patterson, sagt er. Ich kann einem hübschen Gesicht einfach nicht widerstehen.

Nun, diese nächste Frau ist spindeldürr, die Sache wird ungemütlich und ihr ein wenig anders. Ich setze sie also in mein hinteres Zimmer und behalte sie im Auge. Der Vikar bleibt dabei und plappert die ganze Zeit. Er interessiert sich für mein Geschäft und fragt, wie viel ich verdiene. Nicht genug, sagte ich lachend. Er lacht auch und sagt, er kenne einige junge Frauen, die meine Hilfe gebrauchen könnten. Nicht die üblichen Dirnen, sondern anständige, junge Frauen, die sich in Schwierigkeiten gebracht haben und nicht wissen, an wen sie sich wenden sollen. Es sind Frauen aus angesehenen Familien, die gut bezahlen können. Er hört in der Kirche so einiges, sagt er. Er könne weitergeben, dass ich den Frauen helfen kann. Nun, ich glaube, dass er nur Quatsch erzählt, doch er sagt, wir sollten es ausprobieren, und irgendwie hat er mich wohl überredet.

Auf jeden Fall verschwindet er mit seinem Mädchen und ist eine Woche später wieder da. Ich habe eine, Mrs. Patterson, sagt er. Die Tochter eines örtlichen Gutsbesitzers, die sich mit einem Knecht vergnügt hat und Hilfe braucht. Sie kam über die Freundin einer Freundin zu mir. Sie bezahlt gut für den Dienst und unser Schweigen. Dann sagt er mir, wie viel sie bezahlen wird, und mir fallen beinahe die Augen aus dem Kopf. Ich stimme natürlich zu und so geht das die nächsten zwölf Jahre. Sechs in London und weitere sechs, seit ich im Krieg hergezogen bin, um den deutschen Zeppelinen zu entgehen.“

Mrs. Patterson blies die Wangen auf, während sie Luft holte. Einen Moment lang war sie recht begeistert von sich selbst.

„Zwölf Jahre“, wiederholte sie.

„Und die ganze Zeit war Reverend Draper Ihr Agent?",
fragte Jennings.

„Wenn Sie so wollen", bestätigte Mrs. Patterson. „Er
scheint reichlich junge Frauen zu finden und ist verschwiegen. Er verbringt immer noch den Großteil seiner Zeit in London. Ich wage zu behaupten, dass manche der jungen Frauen, die er zu mir bringt, *seinetwegen*
in Schwierigkeiten sind. Doch in jüngster Zeit wurde es
lästig."

Jennings nickte und notierte sorgfältig alles, was sie
sagte. Jemand klopfte an die Tür und der Constable, den
Clara in den Leichenwagen gesetzt hatte, brachte das
abgetippte Geständnis von Mrs. Patterson herein. Jennings bot ihr einen Stift an, damit sie unterschreiben
konnte.

In der Zwischenzeit hatte Clara angestrengt nachgedacht. Eine Frage interessierte sie brennend. Eine
Frage, die möglicherweise nur Mrs. Patterson und der
gute Vikar Draper beantworten konnten. Sie schaute
zu Jennings und versuchte, zu erörtern, ob es in Ordnung wäre, sich einzumischen. Er machte Notizen und
schaute nicht auf. Clara konnte sich nicht länger zu-
rückhalten.

„Mrs. Patterson, was wissen Sie über eine Frau namens Shirley Cox?"

Jennings Kopf schoss in die Höhe. Mrs. Patterson
warf Clara einen verächtlichen Blick zu.

„Darf sie mir Fragen stellen?", fragte sie in herrischem
Ton.

Jennings schaute Clara kurz an.

„Ja", antwortete er.

Mrs. Patterson schnaubte und nestelte an dem Geständnis herum, das vor ihr lag.

„Sie scheint mir nicht die Befugnis zu haben."

„Bitte beantworten Sie Miss Fitzgeralds Frage", sagte Jennings in strengerem Ton.

Mrs. Patterson konzentrierte sich wieder auf Clara.

„Miss? Ja, Sie sehen wie eine dieser Frauen aus, die Männer verabscheuen."

Clara ließ sich nicht beleidigen.

„Mrs. Patterson, Sie können mich beleidigen, so viel Sie wollen, aber das wird an meiner Frage nichts ändern. Und auch nicht an der Tatsache, dass ich diesen Raum als freier Mensch verlassen werde, sobald dieses kurze Gespräch vorüber ist. Behalten Sie all das im Sinn, wenn Sie Kommentare über mich abgeben, denn die könnten vor Gericht auf Sie zurückfallen." Clara war sich nicht sicher, ob das zutraf, doch Mrs. Patterson glaubte ihr und wurde ausreichend nervös, um zu antworten.

„Immer langsam, ich wollte doch keinen Ärger machen." Mrs. Patterson lächelte. „Ich kann Ihnen sagen, was ich über Shirley Cox weiß, doch das ist nicht viel."

„Alles würde weiterhelfen. Mir ist bekannt, dass sie mit Reverend Draper in Verbindung stand."

„In Verbindung?" Mrs. Patterson lachte auf. „Ja, das könnte man wohl sagen. Sie war mehrere Jahre lang seine Mätresse. Mindestens bis 1915 oder 1916."

Claras Herzschlag setzte kurz aus.

„Seine Mätresse?"

„Eine von mehreren, die er immer an der Hand hat. Er brachte sie mehrmals zu mir, um meine Dienste in Anspruch zu nehmen. Ich glaube, das letzte Mal 1915.

Vielleicht war er dann auch fertig mit ihr. Sie wurde zu alt. Er mag sie jung, wissen Sie? Ich weiß nicht viel über sie. Sie war still und düster. Professionell, dachte ich mir, wie die Dirnen. Vermutlich war sie sonst eine von ihnen. Zwischen uns beiden lief alles sehr geschäftlich ab. Einige der anderen jungen Frauen wollten reden, während es geschah. Aber sie nicht. Ihr kam nie auch nur ein Wort über die Lippen."

„Und Sie sagen, Sie haben sie 1915 das letzte Mal gesehen?"

„Gesehen, ja. Von ihr gehört ... das ist eine andere Geschichte." An Mrs. Pattersons Augen bildeten sich Lachfalten, als sie erkannte, wohin sich die Unterhaltung entwickelte. „Wird mir das, was ich zu dieser Angelegenheit beisteuern kann, zugutekommen? Ich meine, helfe ich dabei, ihren Mord aufzuklären?"

„Ich werde dem Gericht alles berichten", sagte Jennings unverbindlich. „Ich werde dem Richter sagen, dass Sie sehr nützlich für uns waren. Vorausgesetzt, Ihre Informationen sind korrekt."

„Oh, das sind sie!", sagte Mrs. Patterson entschieden. „Also, was wollen Sie über die Frau wissen?"

„Hat Sie Reverend Draper in den letzten Tagen aufgesucht?", fragte Clara.

„Am vergangenen Samstag. Sie hat Draper sehr verärgert. Er sagte, sie sei auf Geld aus und habe ihn erpresst. Sie wollte dem Bischof alles über ihn erzählen, wenn er sie nicht bezahlte. Er zitterte, wenn er nur darüber nachdachte." Mrs. Patterson grinste. „Er kam zu mir und wollte wissen, was er tun könnte. Er meinte, sie würde alles zerstören, was er sich aufgebaut hatte. Nun, was ging mich das an? Dieser alte Narr. Ich habe ihn fortgeschickt und ihm gesagt, dass er das selbst würde klären müssen, da ich keine Zeit mehr für ihn haben werde. Hilft Ihnen das weiter?"

Jennings musterte Clara und versuchte, nicht zu lächeln.

„Vielen Dank, Mrs. Patterson", sagte Clara. „Das hilft uns durchaus."

„Vielleicht sollten Sie das dem Richter erzählen", schlug Mrs. Patterson hoffnungsvoll vor.

Clara begegnete ihrem Blick mit einem unerbittlichen Gesichtsausdruck und kaum beherrschten Gefühlen.

„Ich denke nicht, Mrs. Patterson", sagte sie kühl. „Es ist zu spät, um mich um Hilfe zu bitten."

Kapitel 26

Es vergingen mehrere Tage, bevor weitere Fortschritte erzielt werden konnten. Reverend Draper war allem Anschein nach untergetaucht. In London konnte man ihn nicht aufspüren und auch sein Pfarrhaus blieb leer. Clara vertrieb sich die Zeit mit Unbehagen im Haus der Campbells. Sie wollte endlich nach Brighton zurückkehren und ihre übliche Arbeit wiederaufnehmen. Die Campbells waren mürrisch geworden und sprachen kaum noch miteinander. Clara fühlte sich, als hätte sie diesen Fluch über die Familie gebracht. Ganz zu schweigen davon, dass sie Pegs Giftmischerin enthüllt hatte, was sie dazu brachte, mit all ihren Speisen und Getränken sehr vorsichtig umzugehen.

Inspector Jennings stellte den jungen Constable ab, um das Pfarrhaus im Auge zu behalten und Bericht zu erstatten, falls der Vikar zurückkehrte. Clara wusste bald, wann er morgens mit dem Fahrrad zum Haus hinauffuhr, und wartete am Tor auf ihn, um ihn nach Neuigkeiten zu fragen. Wenn er abends nach Hause fuhr, wiederholte sie den Prozess. Die drei langen Tage, die ohne Veränderungen dahinkrochen, belasteten ihre Nerven sehr, und sie fragte sich, ob Reverend Draper gerissener war, als sie angenommen hatten, und außer Landes geflohen war.

Dann kam der Samstag und kurz nach zwölf Uhr mittags kam der Constable so schnell auf seinem Fahrrad den Berg heruntergefahren, als wäre der Teufel persönlich hinter ihm her. Clara entdeckte ihn vom Fenster aus und wandte sich an Tommy.

„Er ist wieder da. Schnell!"

Sie strebten den Hügel hinauf, konnten aber kaum erwarten, vor der Polizei einzutreffen, da Inspector Jennings für wichtige Angelegenheiten über ein Automobil verfügte. Und den Reverend zu Hause zu fassen, kam Clara wie eine sehr wichtige Angelegenheit vor. Dennoch war Clara fest entschlossen, als Erste oben zu sein. Sie schob Tommys Rollstuhl schnaufend bergauf.

„Er kann unmöglich wissen, was wir herausgefunden haben", sagte Tommy aufgeregt. „Sonst wäre er nicht so töricht, hierher zurückzukommen. Oh, Clara, stell dir nur einmal vor ..."

Clara konnte ihm aufgrund der Anstrengung nicht antworten, doch sie war ebenso aufgeregt. Seit ihrer Unterhaltung mit Mrs. Patterson waren ihr verschiedene Fakten durch den Kopf gegangen und hatten sich zu einem bestürzenden Bild des Vikars zusammengefügt. Vor allem kam sie immer wieder auf Reverend Drapers Aussage am Tag der geplanten Hochzeit zurück: ‚Damit hätte ich nie gerechnet. Sie so hier hereinspazieren zu sehen!' Damals hatte sie angenommen, er hätte sich darauf bezogen, dass sie die Hochzeit ruiniert hatte. Doch was, wenn er das gesagt hatte, weil er in Shirley Cox seine einstige Mätresse wiedererkannt hatte! Der Schock, den Clara damals bei ihm beobachtet hatte, war der Tatsache geschuldet, dass Draper seine ehemalige Mätresse in seiner Kirche stehen sah, und nicht der unterbrochenen Hochzeitszeremonie!

Clara verzog das Gesicht, als sie den Anstieg fast bewältigt hatte, und als sie das Tor des Pfarrhauses erreichten, hörten sie das Brüllen eines Motors hinter sich. Jennings hatte Fragen. Clara brachte den Rollstuhl zum Stehen und lehnte sich erschöpft an die Mauer des Pfarrhauses. Sie musste wieder zu Atem kommen, bevor Jennings hier eintraf, doch da bog das Automobil schon um die letzte Kurve.

Jennings hielt auf der anderen Straßenseite an und sprang eifrig aus dem Wagen. Der Sergeant und der Constable begleiteten ihn.

„Ich dachte, ich hätte die Information als Erster erhalten", sagte Jennings, den es etwas amüsierte, die atemlose Clara an der Mauer des Verdächtigen lehnen zu sehen.

„Ich habe den Constable gesehen, als er den Hang hinunterfuhr", murmelte Clara zwischen ihren Atemzügen.

„Und kamen wie üblich zum richtigen Schluss. Nun, sind Sie bereit, dem Mann gegenüberzutreten?"

Clara bestätigte das und Jennings ging voran. Der Constable und der Sergeant flankierten ihn, während Clara und Tommy dicht hinter ihnen folgten. Jennings klingelte und sie alle warteten ungeduldig. Sie alle wirkten nervös, als könnte jeden Augenblick etwas Entsetzliches durch diese Tür brechen. Clara empfand es beinahe als Enttäuschung, stattdessen den Vikar mit seinem bescheidenen Auftreten zu sehen, als er in Pantoffeln die Tür öffnete.

„Hallo", sagte Draper neugierig.

„Inspector Jennings. Dürfte ich kurz auf ein Gespräch hereinkommen?"

Draper musterte die kleine Versammlung vor seiner Tür.

„Ich schätze, ja", sagte er eher verwirrt als besorgt.

Jennings betrat das Haus und Clara folgte ihm. Doch als sie versuchte, Tommy hereinzuhelfen, stoppte der Inspector sie.

„Nur Sie, Miss Fitzgerald. Sie sind es, mit der ich eine Vereinbarung habe."

Clara schaute zu Tommy, doch der zuckte nur mit den Schultern.

„Ich bleibe wohl besser hier draußen, damit er nicht fliehen kann", er grinste.

Clara warf ihm einen entschuldigenden Blick zu und folgte Jennings ins Haus. Die Haustür ließen sie angelehnt, damit der Constable und der Sergeant etwas mitbekamen, falls jemand unerwartet die Flucht ergreifen sollte. Clara folgte Jennings durch das saubere, aber sehr spartanisch eingerichtete Pfarrhaus. Er wiederum folgte Draper. Sie betraten ein kleines Wohnzimmer, in dessen Kamin gerade ein Feuer entfacht worden war, um die Feuchtigkeit aus der Luft zu vertreiben. Draper deutete auf zwei Sessel neben dem Kamin und setzte sich ihnen gegenüber. Er musterte sie mit seinen gutmütigen, grauen Augen.

Reverend Draper war ein untersetzter Mann. Ohne die Amtstracht eines Geistlichen sah er wie ein Büroangestellter oder ein anderer, sehr gewöhnlicher Mensch aus. Er lächelte leicht und seine Augen wirkten wässrig. Sein Haar wurde mittig auf dem Kopf dünner und zog sich an den Schläfen zurück, was seine hervorstehenden Ohren betonte. Alles in allem schien er ein ehrliches Gesicht zu haben, wie Clara fand, und darin bestand natürlich die eigentliche Gefahr. Draper machte überhaupt nicht den Eindruck, ein Leben mit Mätressen und illegalen Abtreibungen zu führen. Er wirkte wie ein harmloser, gelehrter Vikar.

„Es tut mir leid, Sie zu stören, Reverend, doch wir müssen uns mit Ihnen unterhalten. Ich glaube, Sie waren in London?", hob Jennings an.

Reverend Draper lächelte höflich.

„Das ist richtig."

„Und Sie sind gerade erst zurückgekehrt?"

„Vor etwa einer Stunde. Ich kam aus der anderen Richtung, um nicht durchs Dorf fahren zu müssen", erklärte Draper mit zuckenden Mundwinkeln. „Als Vikar wird man oft aufgehalten, deshalb versuche ich, das Dorf so gut wie möglich zu meiden."

„Das ist schon in Ordnung, Reverend. Ich wollte nur wissen, ob Sie uns irgendetwas über die Frau erzählen können, die vergangene Woche hier gestorben ist. Sie erinnern sich vielleicht daran, dass sie Shirley Cox hieß."

Draper zuckte mit den Schultern.

„Wir haben eine Zeugin, die gesehen hat, dass diese Frau Ihnen am Abend vor ihrem Tod einen Besuch abstattete. Soweit wir wissen, wurde sie zu diesem Zeitpunkt zum letzten Mal lebend gesehen. Vielleicht können Sie uns erklären, warum sie zu Ihnen kam?"

„Niemand war bei mir." Draper lächelte unbekümmert. „Möchten Sie eine Tasse Tee?"

„Reverend, Sie scheinen nicht zu verstehen, wie ernst die Lage ist", fuhr Jennings fort. „Wir wissen, dass sie herkam. Wir wissen auch, dass Sie Shirley Cox kannten. Mrs. Patterson hat uns alles erzählt.“

„Wer?“, fragte Draper, ohne zu blinzeln.

„Mrs. Patterson hat uns von ihrer Zusammenarbeit mit Ihnen berichtet, und uns erzählt, wie Sie Shirley Cox kennenlernten.“

Draper schüttelte sanft den Kopf.

„Ich kann nicht behaupten, Mrs. Patterson zu kennen. Sie kann nicht zu den regelmäßigen Kirchgängern gehören. Ich fürchte, Sie irren sich.“

Jennings unterdrückte das Seufzen, das ihm über die Lippen kommen wollte. Er schaute Clara nicht an, doch er wusste, dass sie das Gleiche dachte wie er. Welche Beweise hatten sie, um Draper mit Shirley in Verbindung zu bringen? Das Geständnis einer Frau, die Abtreibungen durchführte? Welche Jury würde dem mehr Glauben schenken, als den Worten eines Vikars?

Jennings beschloss, es sich gemütlich zu machen, da dies eine langwierige Angelegenheit werden könnte, und lehnte sich in seinen Sessel zurück.

„Fangen wir noch einmal von vorne an. Erzählen Sie mir alles, was vergangenen Samstag vorgefallen ist, jede Einzelheit, an die Sie sich noch erinnern können …“

Draußen beobachtete Tommy eine Taube, die auf die Straße flatterte und in der Erde herumpickte.

„Was will Inspector Jennings beim Vikar?“, fragte der Constable.

„Ich nehme an, er ist ein Zeuge. Er war bei der Hochzeit zugegen“, antwortete der Sergeant.

„Ich dachte, dafür wollten wir Andrew Campbell einbuchten.“

„Wir haben keine Indizien. Ich meine, er war es wahrscheinlich, aber das können wir nicht beweisen.“

„Oh, aber vielleicht kann der Vikar die Beweise liefern.“

„Das sind die Freuden der Polizeiarbeit, Constable. Man rennt wiederholt mit dem Kopf gegen die Wand.“ Tommy grinste vor sich hin. Sie schwiegen einen Moment lang, dann ergriff der Constable wieder das Wort.

„Ich finde es eigenartig, dass wir hier aufgestellt wurden und nur dieses Haus anstarren.“

„Eine weitere Freude der Polizeiarbeit. Das Warten.“

„Ich meine, die Dame ein Stück die Straße runter hat mich immer wieder beobachtet, und heute Morgen bat sie mich um Hilfe, weil ihre Wäscheleine gerissen war. Das war doch in Ordnung, oder, Sergeant? Ich soll doch den Menschen helfen.“

Der Sergeant schürzte die Lippen.

„Sie sollten dieses Haus beobachten.“

„Ja, aber ihre Wäscheleine ist gerissen und all ihre Wäsche ist auf dem Boden gelandet. Und sie war nicht groß genug, um die Leine wieder festzuknoten. Ich war nur wenige Minuten fort. Ich habe nicht damit gerechnet, dass er auftauchen würde, nachdem ich hier drei Tage lang grundlos herumgestanden habe; erst recht nicht in einem Automobil.“

„Was haben Sie da gerade gesagt?“, unterbrach Tommy ihn.

„Dass ich ihn nicht zurückerwartet habe“, wiederholte der Constable pflichtbewusst.

„Nein, der andere Teil; der mit dem Automobil. Der Reverend kam in einem Automobil her?“

„Auch noch aus der falschen Richtung. Ich hatte damit gerechnet, dass er vom Dorf aus den Hang heraufkommt, stattdessen kam er aus entgegengesetzter Richtung. Das hat mir niemand gesagt.“

„Wir müssen aufmerksam sein und mit solchen Möglichkeiten rechnen“, sagte der Sergeant und verdrehte die Augen.

„Nun, es hat mich auf jeden Fall überrascht.“

„Was ist aus dem Automobil geworden?“, hakte Tommy nach.

Der Constable schaute ihn verdutzt an und deutete auf die Garage an der Rückseite des Hauses.

„Schieben Sie mich da rüber, Constable“, forderte Tommy.

Der Constable schaute seinen Sergeant an, doch der nickte bloß, und so wurde Tommy zum Tor der Garage geschoben. Er versuchte, es zu öffnen. Abgeschlossen.

„Sie müssen das für mich aufbrechen, Constable.“

„Das kann ich nicht tun.“ Der arme Constable fühlte sich an den Moment erinnert, in dem Clara ihn dazu genötigt hatte, sich in einen Leichenwagen zu setzen. Die Fitzgeralds schienen ihn nur zu gern in Schwierigkeiten zu bringen.

Tommy ließ die Finger in den Spalt zwischen den Torflügeln gleiten und versuchte, das Tor aufzuhebeln.

„Constable, dahinter könnten wichtige Beweise liegen. Sie müssen das Tor öffnen!“

Der Constable scharrte mit den Füßen. Er versuchte halbherzig, das Tor zu öffnen, um zu schauen, ob es wirklich abgeschlossen war. Dann schaute er sich das Schloss an und stocherte mit einem Stift aus seiner Tasche darin herum.

„Constable, suchen Sie irgendetwas, das wir als Hebel benutzen können", wies Tommy ihn an.

Der Constable wedelte abwehrend mit den Armen.

„Das wäre Einbruch."

„Können Sie Schlösser knacken?"

„Nein!"

„Dann tun Sie, was ich Ihnen gesagt habe, und suchen Sie einen Hebel. Ich will dieses Automobil sehen."

Der Constable schnaubte und zögerte. Er lief vor und zurück und versetzte der Tür einen leichten Tritt, nur für den Fall. Doch das funktionierte nicht. Tommy schaute ihn grimmig an, so wie es Clara bei nachlässigen Handwerkern tat. Der Constable fühlte sich in die Enge getrieben. Er drehte sich zu seinem Sergeant um, doch der war genervt, weil er seinen Posten wegen einer Wäscheleine verlassen hatte, und schenkte ihm keine Beachtung. Angenommen, dieses Automobil war von Bedeutung? Sollte er es als Constable dann wirklich ignorieren? Könnte er so vielleicht sein früheres Versagen wettmachen? Mit einem weiteren Seufzen traf der Constable eine Entscheidung und nahm sich ein stabiles Stück Holz von einem Haufen neben der Garage. Das schmale Ende klemmte er in den Spalt zwischen den Torflügeln, dann drückte er zögerlich gegen das andere Ende. Das Tor leistete bewundernswerten Widerstand.

„Das da dürfte besser funktionieren." Tommy deutete auf eine Pflanzschaufel, die aufrecht in dem Blumenbeet steckte, in dem sie einst vergessen worden war.

Der Constable hob sie auf und starrte sie an, als wäre sie ein Meteorit aus dem All.

„Versuchen Sie, die zwischen die Tore zu klemmen, und ziehen Sie einmal kräftig daran."

Der Constable warf Tommy abermals einen seltsamen Blick zu und tat dann, was er gesagt hatte. Das Ende der Schaufel glitt mühelos in den Spalt. Der Constable zog leicht am anderen Ende.

„Fester!", befahl Tommy, während er mit einem Auge die Haustür beobachtete. Der Sergeant beobachtete sie neugierig, konnte aber aus seinem Blickwinkel nicht sehen, was sie da am Tor veranstalteten.

Der Constable zog fester an der Schaufel. Es reichte immer noch nicht. Tommy schaute ihn gereizt an, schnappte sich die Schaufel, schob sie etwa auf Höhe des Schlosses in das Tor, was für ihn knapp über seiner Schulterhöhe war. Dann fiel er halb aus seinem Rollstuhl, als er sich mit seinem ganzen Gewicht dagegenstemmte. Das Tor ächzte. Er schob die Schaufel ein Stück zurück und zog dann noch einmal daran. Sein Rollstuhl drehte sich unter ihm weg, doch im selben Augenblick öffnete sich das Tor unter Klappern und Knarren.

„Hey!" Der Sergeant rannte los.

„Heben Sie mich auf meinen Rollstuhl", blaffte Tommy den Constable an, der unentschlossen zwischen ihm und dem Sergeant stand. Er bückte sich rasch und hob Tommy in den Stuhl.

„Was tun Sie denn da?", rief der Sergeant, als er die Garage erreichte.

Tommy ignorierte ihn und überließ es dem Sergeant, mit ihm fertigzuwerden, während er sich in die Garage schob. Da stand das Automobil, glänzend und sauber. Der schwarzrote Lack war neu, die Räder blitzblank und das Faltdach war offen, sodass man problemlos ins Innere schauen konnte. Auch dort war alles sauber und aufgeräumt, wie das Haus des Vikars. Nicht einmal eine Straßenkarte lag am Boden oder auf den Sitzen. Tommy schob eine zusammengelegte Reisedecke beiseite, doch darunter war auch nichts. Falls Shirley Cox in diesem Automobil zur Rennstrecke gebracht worden war, gab es keinerlei Anzeichen dafür. Tommy war in eine Sackgasse geraten. Das Automobil war da, doch jegliche Beweise waren verschwunden.

„Sie können nicht einfach Türen aufbrechen!", schrie der Sergeant den Constable an.

Tommy versuchte, den Lärm auszublenden. Wenn ich eine Leiche bewegen müsste, wie würde ich das anstellen, fragte er sich. Sie auf den Rücksitz legen und die Reisedecke darüberlegen. Doch darunter würde man noch immer Formen ausmachen können. Das könnte jeder durchschauen. Es wäre viel zu auffällig. Tommy entfernte sich vom Automobil.

Reverend Draper war ein vorsichtiger Mann. Er hatte über etliche Jahre Beziehungen zu mehreren Mätressen unterhalten; hatte zwei Leben geführt. Er wäre gewiss nicht so töricht, mit einer Leiche auf dem Rücksitz seines Automobils herumzufahren. Selbst um Mitternacht hätte er jemandem begegnen können ...

Tommys Blick wanderte zum Kofferraum. Der Sergeant schrie immer noch den Constable an, da er es wohl für nötig erachtete, seinen Punkt überdeutlich klarzustellen. Tommy betastete die Kofferraumklappe. Das Ersatzrad war dort befestigt und direkt darunter befand sich ein ovaler, verchromter Griff. Der Griff ließ sich mühelos betätigen und ein Klicken gab zu erkennen, dass die Klappe entriegelt war. Tommy merkte, dass er den Atem anhielt, konnte aber nichts daran ändern, denn unter dieser Kofferraumklappe könnte sich der Hinweis befinden, der ihnen noch fehlte; oder rein gar nichts. Tommy hob die Klappe an. Der Kofferraum war dunkel und leer, abgesehen von einer weiteren Reisedecke.

Tommy seufzte. Es war eine schöne Hoffnung gewesen. Nur der Gründlichkeit halber schob er die ordentlich zusammengelegte Decke beiseite. Es lag nichts dahinter. Tommy wollte die Decke gerade loslassen, doch er hielt inne. Das Stoffbündel fühlte sich ungewöhnlich dick an, als wäre etwas darin eingewickelt, und es war in der Mitte etwas ausgebeult. Tommy faltete die Decke auseinander. Er zog sie gerade ganz auf, als der Sergeant auftauchte.

„Und was glauben Sie, da zu tun?", wollte der Polizist wissen.

Tommy hob den Blick und grinste.

„Ich glaube, Sie sollten Inspector Jennings holen." Er hielt eine zusammengelegte Nerzstola in der Hand.

***

Inspector Jennings schaute den Sergeant an, der in der Tür stand. Er war überaus frustriert, und er wollte sich gerade nicht mit seinem nervös wirkenden Sergeant herumschlagen.

„Was ist denn los, Sergeant?", fragte er.

Der Sergeant kaute kurz auf seiner Unterlippe herum, dann streckte er die Arme aus; darüber hing die Nerzstola.

„Die haben wir im Kofferraum des Reverends gefunden."

Drapers Augen blitzten.

„W... wie sind Sie an mein Automobil gelangt?"

Clara ignorierte ihn. Sie stand auf, schnappte sich die Stola und betrachtete sie eine Weile.

„Dies ist Shirleys Nerzstola, die sie am vergangenen Samstag getragen hat. Sie fehlte, als ihre Leiche gefunden wurde", sagte Clara leise.

Draper blickte zwischen ihr und dem Inspector hin und her.

„Ich ... ich ... ich ..."

„Sagten Sie nicht, Sie hätten Shirley Cox nicht gekannt?", fragte Jennings kühl.

Draper verlor seine Ruhe und zitterte.

„Warten Sie, ich erinnere mich an eine Dame, die mich besucht hat. Sie war verzweifelt. Ich habe ihren Namen nicht verstanden. Ich habe sie in meinem Automobil mitgenommen, dabei muss sie die Stola verloren haben."

„Sie lag zusammengelegt im Kofferraum", verkündete Tommy von der Tür aus. Der Constable hatte ihm die Stufen zur Haustür hinaufgeholfen.

Draper starrte sie reihum an. Seine Lippen bewegten sich, doch es kam kein Ton heraus.

„Wie ..." Schließlich richtete er seine Aufmerksamkeit auf Jennings. „Das können Sie mir nicht antun. Mein Ruf ist alles, was ich habe."

„Sie haben Shirley Cox ermordet", sagte Jennings ruhig. „Sie haben Ihren Ruf selbst ruiniert. Ich habe Zeugen, die Ihre Anwesenheit hier bestätigen können, und die Nerzstola, die ihr Mörder entwendet haben musste. Das alles steht gegen Sie, und Sie bestreiten immer noch, Shirley Cox gekannt zu haben?"

Draper zögerte eine ganze Weile. Es gab wenig, was er tun konnte. Das Beweismittel anzuzweifeln, würde ihm nicht weiterhelfen. Er verschränkte in seinem Schoß die Daumen, während er langsam zu einer Entscheidung kam. Schließlich seufzte er.

„Ich habe wohl nie wirklich geglaubt, für immer so weitermachen zu können", sagte er traurig. „Irgendwann hätte jemand die Stola entdeckt."

„Ich glaube, Ihr Bischof würde sich sehr dafür interessieren, wie Sie sich mit dem Gehalt eines Vikars ein Automobil leisten konnten", merkte Jennings an, um sein Schicksal zu besiegeln.

„Muss ich das erklären? Sie haben doch Mrs. Patterson. Ich nehme an, sie hat Sie über unsere geschäftliche Zusammenarbeit aufgeklärt."

„In der Tat, und die war zumindest für einen von ihnen beiden sehr profitabel, wie es scheint", antwortete Jennings. „Würden Sie uns jetzt alles über Shirley erzählen?"

Draper seufzte erneut. Er musterte sein Publikum argwöhnisch. Er war kein hartnäckiger Mann, nicht wirklich, und er wusste, wann das Spiel aus war.

„Ich hatte nie vor, sie zu töten", sagte er leise, in der Hoffnung, damit wenigstens von Clara Mitgefühl zu ernten, doch sie schwieg. „Sie kam am Samstagabend hierher. Ich hatte es schon befürchtet, nachdem ich sie jahrelang nicht mehr gesehen hatte. Bei unserer letzten Unterhaltung hatte sie vorgehabt, diesen jungen Soldaten zu heiraten, was unsere Affäre beendete. Nicht dass mir das zu schaffen gemacht hätte. Ich bin kein eifersüchtiger Mensch. Ich wünschte ihr Glück und wir gingen unserer Wege.

Normalerweise gebe ich einer Frau ein kleines Geschenk, wenn ich die Affäre beende. Doch Shirley war es, die unsere Affäre beendete, also schenkte ich ihr nichts. Dann kam sie am Samstag her und war der Meinung, ich sei ihr etwas schuldig."

Draper schüttelte den Kopf.

„Ich schuldete ihr gar nichts, doch sie wollte Geld. Sie war völlig mittellos und ihr altes Leben hatte sie ausgezehrt. Woher hätte ich wissen sollen, dass es sich bei dem Soldaten um Andrew Campbell handelte, oder dass sie ihr Leben so verbracht hatte? Sie war aggressiv. Sie schrie. Ich hasse Geschrei. Ich wollte gehen, doch sie ließ mich nicht los. Ich versuchte, sie rauszuwerfen, doch da verwandelte sie sich in eine Banshee und schrie etwas von Misshandlung. Ich ... ich weiß gar nicht wirklich, was passiert ist. Sie machte mich wütend und ich bekam es mit der Angst zu tun. Was, wenn die Nachbarn etwas hören? Was, wenn sie jemandem alles über mich erzählt? Ich wollte sie zum Schweigen bringen und packte sie. Ich wollte doch nur, dass sie aufhört zu schreien, doch dann erwischte ich diese verdammte Stola und zog sie fest um ihren Hals. Zuerst wusste ich gar nicht, warum ich das tat, doch sie wurde leiser. Dann konnte ich nicht mehr lockerlassen und dann ..." Draper verstummte.

„Warum haben Sie die Leiche auf der Rennstrecke abgeladen?", fragte Clara.

„Ich dachte, das würde vielleicht Andrew Campbell belasten." Draper rieb sich die Arme, als wäre ihm kalt. „Werden Sie mich verhaften?"

„Ja." Jennings nickte.

Draper ergab sich der Situation.

„Geistliche hängt man normalerweise nicht", sagte er eher zu sich selbst. „Ich nehme an, man wird Milde walten lassen."

Clara wollte ihn treten. Sein freundlicher Gesichtsausdruck war zurückgekehrt, als hätte er nicht gerade eben einen Mord gestanden. Er war so selbstgefällig und nahm an, der Kragen eines Geistlichen würde ihm die schlimmste Strafe ersparen, die die Gerichte verhängen konnten. Sie hoffte, dass er auf eine sehr strenge Jury und einen ebenso strengen Richter treffen würde; auf Menschen, die sich nicht von seiner Fassade irreleiten ließen.

„Sollten Sie sich nicht lieber um Gottes Milde Sorgen machen?", fragte sie.

Draper schaute sie mit ehrlicher Verwirrung an.

„Warum?", fragte er.

Und Clara begriff, dass er es ernst meinte.

Kapitel 27

Alles war gepackt und Clara war überglücklich, das Haus der Campbells endlich verlassen zu können. Timmy belud das Automobil mit ihren Habseligkeiten. Ihr Zug würde um Viertel nach elf abfahren und sie zurück nach Brighton bringen; zurück nach Hause.

Hogarth stand unter dem Vordach des Hauses und beobachtete sie. Er war ein stillerer Mann, als bei ihrer Ankunft hier; ein Mann, der vielen Herausforderungen entgegenblickte. Clara ging zu ihm, um sich zu verabschieden.

„Ich hoffe, dass ihr uns Weihnachten besuchen kommt", sagte sie ihm. „Brighton ist zur Weihnachtszeit wunderschön und die Läden sind herrlich."

Hogarth lächelte und umarmte sie.

„Vielen Dank für alles, Clara", flüsterte er ihr ins Ohr.

Sie wusste, er meinte damit nicht nur, dass sie Shirleys Mörder gefunden und Andrew entlastet hatte. Seine Gedanken galten auch Susan und Peg.

„Ich war so neugierig wie immer." Clara zuckte mit den Schultern. „Das würde ich für jeden tun."

Hogarth klopfte ihr auf die Schulter, während ihm Tränen in die Augen stiegen.

„Ganz wie dein Vater. Ich vermisse ihn sehr."

„Oh, Hogarth", Glorianna machte reichlich Wirbel um ihren Ehemann. „Clara braucht doch keine Tränen zum Abschied. Wo sind denn alle?"

Andrew, Peg und Susan standen in den Schatten der Eingangshalle. Glorianna scheuchte sie nach draußen, um ihre letzte Pflicht als Gastgeberin zu erfüllen, und die Gäste stilvoll zu verabschieden. Andrew gab Clara die Hand; eine Geste, die sie zu schätzen wusste.

„Danke. Ich meine, dafür, dass du meinen Schlamassel beseitigt hast. Ich weiß nicht, ob Laura mir je vergeben kann, aber falls wir irgendwann unsere Hochzeit feiern, stehst du ganz oben auf der Gästeliste."

Clara lächelte ihn strahlend an, hoffte aber inständig, dass man sie nie wieder zu einer Hochzeit der Familie Campbell einladen würde.

„Ich war am Anfang ziemlich mies zu dir. Das tut mir leid", fuhr Andrew fort. „Falls du jemals irgendetwas brauchen solltest ..."

„Danke", sagte Clara.

Peg war als nächstes an der Reihe. Sie konnte Clara nicht in die Augen sehen.

„Gute Reise", sagte sie steif.

„Bleib stark, Peg." Clara zwinkerte ihr zu. „Ich weiß, dass du im Innern eine gute Seele bist."

Susan unterbrach sie, indem sie die Arme um Clara schlang.

„Komm wieder vorbei, sobald du kannst!", sagte sie mit einem Lächeln. „Wenn ich ein Mädchen bekomme, werde ich sie Clara nennen."

„Oh, nein. Das arme Kind!" Clara lachte. „Belaste sie nicht mit meinem Namen!"

„Ohne dich gäbe es das Kind gar nicht. Ich bin sehr froh, dass du hier warst. Es tut mir leid, dass wir alle so schrecklich zu dir waren, aber ich hoffe, du kannst uns verzeihen und kommst uns bald wieder besuchen.“

Clara versprach, dass sie das tun würde, dann machte sie sich von Susan los und stellte sich vor die versammelte Familie. Sie wollte etwas sagen, doch es fiel ihr schwer, Worte zu finden. Sollte sie sich für den schönen Aufenthalt bedanken? Natürlich nicht, das wäre albern. Doch nichts zu sagen, wäre auch unangenehm. Tommy kam ihr zu Hilfe.

„Also dann, wir müssen einen Zug erwischen!“, rief er. „Tschüss, auf Wiedersehen, Cheerio! Komm schon, Clara.“

Clara stieg in das Automobil ein und winkte der Familie. Sie winkten alle zurück, bis der Wagen außer Sichtweite war. Clara lehnte sich in ihren Sitz zurück und schloss die Augen.

„Ich werde nie wieder eine Hochzeit besuchen“, sagte sie mit Nachdruck.

Tommy lachte laut.

„Nicht bei jeder Hochzeit ist Mord im Spiel!“

„Nein, nur bei den Hochzeiten in unserer Familie!“ Clara seufzte zischend durch zusammengebissene Zähne hindurch. „Sag mir, dass wir nicht so sonderbar sind wie dieser Haufen.“

„Keine Sorge, Clara.“ Tommy grinste sie an. „Wir sind viel schlimmer.“

Er gluckste noch eine ganze Weile, während Clara ächzte.